SUE GRAFTON
Sie kannte ihn flüchtig

Buch

Floral Beach ist ein unscheinbares Nest an der Pazifikküste von Kalifornien. Das auf den ersten Blick einzig Bemerkenswerte dort ist der lange Sandstrand. An diesem Strand war vor siebzehn Jahren Jean Timberlake aufgefunden worden, erwürgt. Der Fall hatte die Bewohner von Floral Beach seinerzeit nicht sonderlich erregt, zumal Bailey Fowler sich bald freiwillig gemeldet hatte und für den Mord verurteilt worden war. Selbst als er sein Geständnis widerrief, ein Jahr später aus dem Gefängnis ausbrach und spurlos verschwand, war niemand besonders beunruhigt. Schließlich war Jean Timberlake für ihre Wildheit und ihren Leichtsinn bekannt gewesen. Doch dann läuft Bailey Fowler durch einen dummen Zufall der Polizei in die Arme, und diesmal werden die Einwohner von Floral Beach aus ihrer gewohnten Ruhe gerissen: Kinsey Millhone, die junge Privatdetektivin aus Santa Teresa, zieht vorübergehend ins Ocean Street Motel von Floral Beach und stellt Nachforschungen an. Der Motelbesitzer, der schwerkranke Royce Fowler, hat sie engagiert, um die Unschuld seines Sohnes zu beweisen ...

Autorin

Sue Grafton, geboren in Kentucky, verfasste Drehbücher, bevor sie ihren ersten Roman veröffentlichte. Mit ihrer witzigen und einzelgängerischen Privatdetektivin Kinsey Millhone hat sie eine der erfolgreichsten amerikanischen Krimifiguren geschaffen. Inzwischen werden ihre Bücher in achtundzwanzig Sprachen übersetzt und erreichen Millionenauflagen allein in den USA. Sie ist Präsidentin des Verbandes der *Mystery Writers of America* und lebt abwechselnd in Kentucky und im kalifornischen Santa Barbara.
Sue Grafton im Internet: *suegrafton.com*

Von Sue Grafton außerdem im Goldmann Verlag erschienen:

Nichts zu verlieren [A wie Alibi]. Roman (42657/5374) · In aller Stille [B wie Bruch]. Roman (42658) · Abgrundtief [C wie Callahan]. Roman (42659) · Ruhelos [D wie Drohung]. Roman (43701) · Kleine Geschenke [E wie Eigennutz]. Roman (43702) · Stille Wasser. Roman (43358/42637) · *('J' is for Judgement)* · Frau in der Nacht. Roman (42638/41571) · *('K' is for Killer)* · Letzte Ehre [L wie Leichtsinn]. Roman (41586) · Goldgrube [M wie Missgunst]. Roman (44394)

Als gebundene Ausgabe:
Kopf in der Schlinge. Roman (30794) · *('N' is for Noose)*

Sue Grafton
Sie kannte ihn flüchtig
[F wie Fälschung]

Roman

Aus dem Amerikanischen
von Christine Frauendorf-Mössel

GOLDMANN

Die Originalausgabe erschien 1989 unter dem Titel
»'F' Is for Fugitive«
bei Henry Holt, New York.

Umwelthinweis:
Alle bedruckten Materialien dieses Taschenbuches
sind chlorfrei und umweltschonend.

Taschenbuchausgabe November 2000
Copyright © der Originalausgabe 1989 by Sue Grafton
Copyright © der deutschsprachigen Ausgabe 2000
by Wilhelm Goldmann Verlag, München,
in der Verlagsgruppe Bertelsmann GmbH
Alle Rechte an der deutschen Übersetzung
bei Fischer Taschenbuch Verlag GmbH, Frankfurt am Main
Umschlaggestaltung: Design Team München
Umschlagfoto: Wilfried Becker
Satz: DTP-Service Apel, Hannover
Druck: Elsnerdruck, Berlin
Verlagsnummer: 44854
JE · Herstellung: Sebastian Strohmaier
Made in Germany
ISBN 3-442-44854-9
www.goldmann-verlag.de

1 3 5 7 9 10 8 6 4 2

1

Das Ocean Street Motel in Floral Beach, Kalifornien, liegt, wen wundert's, an der Ocean Street, nur einen Steinwurf von der Kaimauer entfernt, die hier drei Meter tief zum Pazifik hin abfällt. Der Strand ist mit Fußspuren übersät, ein breites, beiges Band, das die Flut täglich neu glättet. Der öffentliche Zugang zum Strand führt über eine Betontreppe mit Metallgeländer. Ein ins Wasser gebauter hölzerner Angelsteg ist am Ufer vor dem grellblau gestrichenen Haus der Hafenmeisterei verankert.

Vor siebzehn Jahren hatte man Jean Timberlakes Leiche am Fuß dieser Kaimauer gefunden, doch die exakte Stelle war von meinem Standort aus nicht zu sehen. Damals hatte Bailey Fowler, Jeans Ex-Freund, sich des Totschlags an dem Mädchen für schuldig bekannt. Mittlerweile hatte er seine Meinung geändert. Jeder gewaltsame Tod ist der Höhepunkt einer Geschichte und zugleich die Einleitung einer weiteren. Mir fiel die Aufgabe zu herauszufinden, wie das Ende dieser Story wahrheitsgemäß aufgezeichnet werden musste. Kein einfaches Unterfangen nach all den Jahren.

Die Einwohnerzahl von Floral Beach ist so niedrig, dass sie auf keinem Ortsschild zu lesen steht. Die Stadt ist sechs Straßenzüge lang und zwei Straßen breit, welche sich allesamt eng an einen Steilhang schmiegen, der von Unkraut überwuchert ist. An der Küstenstraße liegen etwa zehn Unternehmen kommerzieller Art: drei Restaurants, eine Geschenkboutique, ein Spielsalon, ein Obst- und Gemüseladen, ein T-Shirt-Geschäft mit Skateboardverleih, eine Eisdiele und eine Gemäldegalerie. Gleich um die Ecke, an der Palm Street, gibt es eine Pizzeria und einen Waschsalon. Mit Ausnahme der Restaurants schließen alle Geschäfte um fünf Uhr abends. Die meisten Häuser der Stadt sind einstöckige Holzbauten aus den dreißiger Jahren mit blassgrün oder weiß gestrichenen Lattenfassaden. Die Grundstücke sind klein und eingezäunt, und hinter vielen Zäunen liegen Motorboote, von denen manche in besserem Zustand zu sein scheinen als die Anwesen, zu denen sie gehören. Es gibt auch einige verputzte, kastenförmige Apartmenthäuser mit Namen wie »Sea View«, »Tides« oder »Surf and Sand«. Die ganze Stadt wirkt eigentlich wie der weniger repräsentative Teil einer anderen Stadt, aber auch vage vertraut, wie ein schäbiges Seebad, das man aus der Kindheit zu kennen glaubt.

Das Motel selbst ist dreistöckig, grellgrün gestrichen und besitzt über die ganze Front einen Bürgersteig, der schließlich im buschigen Gras endet.

Man hatte mir ein Zimmer mit Balkon in der zweiten Etage gegeben. Vom Balkon konnte ich links bis zur Ölraffinerie mit dem hohen Maschendrahtzaun und zahlreichen Warnschildern und rechts ungefähr vierhundert Meter weit bis zur Port Harbor Road sehen. Am Hang über der Port Harbor Road liegt ein großes Ferienhotel mit Golfplatz, doch die Gäste, die dort wohnen, würden nie hier herunterkommen, trotz der niedrigen Übernachtungspreise.

Es war Spätnachmittag, und die Februarsonne ging mit einer Geschwindigkeit unter, die wider jedes Naturgesetz zu sein schien. Die Brandung donnerte monoton, und die Wellen schlugen an den Strand, als würden reihenweise Seifenwasserkübel über dem Sand ausgegossen. Der Wind frischte auf, nahezu lautlos, vermutlich weil es in Floral Beach kaum einen Baum gibt.

Die Möwen hatten sich zur Abendmahlzeit versammelt und saßen am Straßenrand, um das aufzupicken, was aus den Mülleimern überquoll. Da es Dienstag war, waren nur wenige Touristen unterwegs, und selbst die paar Unentwegten, die den Strand um die Mittagszeit aufgesucht hatten, waren bei Abkühlung der Temperaturen geflohen.

Ich ließ die gläserne Schiebetür offen und kehrte zum Tisch zurück, an dem ich meinen vorläufigen Bericht tippte.

Mein Name ist Kinsey Millhone, ich bin Privatdetektivin mit einer Lizenz des Staates Kalifornien und arbeite normalerweise in Santa Teresa, einer Stadt gut hundertfünfzig Kilometer nördlich von Los Angeles. Floral Beach liegt weitere eineinhalb Autostunden entfernt an der Küste. Ich bin zweiunddreißig Jahre alt, war zweimal verheiratet, bin kinderlos und momentan nicht gebunden, ein Zustand, der vorerst anhalten wird, denn mir geht's bestens. Vorübergehend bin ich bei meinem Vermieter Henry Pitts einquartiert, denn meine Garagenwohnung wird gerade renoviert. Mein Aufenthalt im Ocean Street Motel wird von Bailey Fowlers Vater bezahlt, der mich einen Tag zuvor engagiert hatte.

Zu diesem Zeitpunkt war ich gerade in mein neu ausgestattetes Büro bei der »California Fidelity« eingezogen, einer Versicherungsgesellschaft, die mir als Gegenleistung für meine Dienste die Räumlichkeiten zur Verfügung stellt. Die Wände waren strahlend weiß gestrichen, der Teppichboden war graublau (eine kurzflorige Wollqualität zum Preis von 25 Dollar pro Quadratmeter, wohlgemerkt ohne Arbeitskosten). Ich weiß das, weil ich beim Verlegen des Teppichs einen Blick auf den Lieferschein werfen konnte. Mein Aktenschrank stand inzwischen wieder an seinem Platz, und mein Schreibtisch war wie üblich an die Balkontür gerückt, ein neuer Wasserspender war installiert worden und versorgte mich je nach Knopfdruck mit kaltem oder heißem Wasser. Das Ambiente war erste Klasse, und mir ging's bestens, nachdem ich mich weitgehend erholt hatte von den Verletzungen, die ich mir bei meinem letzten Fall eingehandelt hatte. Da ich selbstständig bin, bezahle ich meinen Beitrag zur Arbeitsunfähigkeitsversicherung praktisch noch vor der Miete.

Royce Fowler machte den Eindruck eines ehemals robusten Mannes, der plötzlich gealtert war. Ich schätzte ihn auf Mitte siebzig. Er war etwa einsachtzig groß, aber seine einst imposante Statur konnte man nur noch ahnen. An der Art, wie sein Anzug an ihm schlotterte, war unschwer zu erkennen, dass er vor kurzem mindestens fünfzehn Kilogramm an Gewicht verloren haben musste. Er sah aus wie ein Farmer, ein Cowboy oder Hafenarbeiter, jedenfalls wie jemand, der es gewohnt war, den Elementen zu trotzen. Sein weißes, bereits schütteres Haar trug er streng aus der Stirn gekämmt, über den Ohren waren noch gelblich braune Strähnen sichtbar. Er hatte stahlblaue Augen, spärliche Brauen und Wimpern, und seine blasse Haut war von geplatzten Äderchen durchzogen. Er benutzte einen Stock, und die großen Hände, die er über dem Knauf gefaltet hielt, waren von Leberflecken übersät und erstaunlich ruhig. Eine Frau, die ich für eine Pflegerin oder eine bezahlte Hilfe hielt, hatte ihm in den Sessel geholfen.

Er sah so krank aus, dass er kaum in der Lage zu sein schien, selbst Auto zu fahren.

»Ich bin Royce Fowler«, hatte er zur Begrüßung erklärt. Seine Stimme klang rau und fest. »Das ist meine Tochter Ann. Meine Frau wäre gerne mitgekommen, aber sie ist krank, und ich habe ihr geraten, zu Hause zu bleiben. Wir leben in Floral Beach.«

Ich stellte mich ebenfalls vor und schüttelte beiden die Hand. Eine Familienähnlichkeit war für mich nicht erkennbar. Seine Züge waren in jeder Beziehung prägnant: große Nase, hohe Backenknochen, kantiges Kinn, während sie eher unscheinbar wirkte. Sie hatte dunkles Haar und leicht vorstehende Schneidezähne, die man in ihrer Kindheit hätte regulieren müssen. Vor meinem geistigen Auge leuchtete kurz das Bild von Floral Beach mit leicht heruntergekommenen Sommerhäusern und menschenleeren, von Lieferwagen gesäumten Straßen auf. »Sie sind extra meinetwegen in die Stadt gekommen?«, fragte ich.

»Ich hatte einen Termin im Krankenhaus«, erwiderte Fowler brummig. »Meine Krankheit können sie da nicht heilen, aber mein Geld nehmen sie trotzdem. Ich dachte, wir sollten gleich mit Ihnen reden, wenn wir schon mal in der Stadt sind.«

Royce Fowlers Tochter rutschte unruhig auf ihrem Stuhl hin und her, sagte jedoch kein Wort. Ich schätzte sie grob auf ungefähr vierzig und fragte mich insgeheim, ob sie bei den Eltern lebte. Bisher war sie meinen Blicken hartnäckig ausgewichen.

Small Talk ist nicht meine Stärke, daher schaltete ich sofort auf einen geschäftsmäßigen Ton um: »Was kann ich für Sie tun, Mr. Fowler?«

Er lächelte bitter. »Mein Name scheint Ihnen nicht viel zu sagen.«

»Er kommt mir irgendwie bekannt vor«, gestand ich. »Aber vielleicht helfen Sie mir auf die Sprünge?«

»Mein Sohn Bailey ist vor drei Wochen in Downey irrtümlich verhaftet worden. Die Polizei hat ziemlich schnell gemerkt, dass sie den Falschen erwischt hatten, und sie haben ihn nach ein paar Stunden wieder freigelassen. Aber dann hat man ihn nochmals überprüft. Tja, und seine Fingerabdrücke haben gepasst. Vorgestern Abend wurde er zum zweiten Mal verhaftet.«

Beinahe hätte ich gefragt: »Gepasst wozu?« Aber dann erinnerte ich mich. Ich hatte einen Artikel im Lokalteil der Zeitung gelesen. »Ach ja«, sagte ich. »Er ist vor sechzehn Jahren in San Luis ausgebrochen?«

»Richtig. Nach seiner Flucht hatte ich nie wieder was von ihm gehört, ich dachte, er wäre längst tot. Der Junge hat mir damals fast das Herz gebrochen, und ich schätze, die Sache ist noch nicht ausgestanden.«

Die Männerhaftanstalt bei San Luis Obispo umfasst einen Bereich mit geringen Sicherungsvorkehrungen für alte Männer und einen Bereich der mittleren Sicherungsstufe mit vier Blocks für je sechshundert Häftlinge. Bailey Fowler war offenbar während eines Arbeitseinsatzes geflohen und auf einen Güterzug gesprungen, der damals noch zweimal täglich am Gefängnis vorbeiratterte.

»Wie kam es, dass man ihn geschnappt hat?«

»Aufgrund eines Haftbefehls gegen einen Peter Lambert, das war der Name, unter dem er gelebt hat. Er sagt, er sei festgenommen worden, man habe seine Fingerabdrücke abgenommen und ihn in eine Zelle gesperrt, bis man merkte, dass man den Falschen erwischt hatte. Soviel ich verstanden habe, hat irgendein ehrgeiziger Detective darauf einen Tritt in den Hintern bekommen und deshalb Baileys Abdrücke durch ein neumodisches Computersystem gejagt, das sie seit kurzem hier haben. So sind sie drauf gekommen, dass er gesucht wurde. Durch einen miesen Zufall.«

»Pech für ihn«, sagte ich. »Was hat er vor?«

»Ich habe ihm einen Anwalt besorgt. Jetzt, da er wieder hier ist, will ich, dass man seine Unschuld beweist.«

»Sie wollen Berufung gegen das Urteil einlegen?«

Ann schien nahe dran, etwas zu sagen, doch der alte Mann kam ihr zuvor.

»Bailey hat nie einen Prozess gekriegt. Er hat sich auf eine Absprache eingelassen. Hat sich auf Anraten dieses Idioten von einem Pflichtanwalt schuldig bekannt.«

»Tatsächlich?« Ich fragte mich, weshalb Mr. Fowler damals keinen Anwalt für seinen Sohn engagiert hatte und welche Beweise die Staatsanwaltschaft haben mochte. Normalerweise lässt sich der Staatsanwalt nur auf Absprachen ein, wenn seine Beweisführung auf schwachen Beinen steht. »Was hat der neue Anwalt denn dazu gesagt?«

»Er will sich erst äußern, wenn er die Akten gelesen hat. Aber ich möchte, dass er jede nur erdenkliche Hilfe kriegt. Und weil's in Floral Beach keinen Privatdetektiv gibt, sind wir zu Ihnen gekommen. Wir brauchen jemanden, der die Ärmel aufkrempelt, die Sache anpackt und herausfindet, ob's da noch Möglichkeiten gibt. Einige Zeugen sind gestorben, andere sind fortgezogen. Es ist alles ein heilloses Durcheinander. Ich will, dass mit einem harten Besen ausgekehrt wird.«

»Und wie schnell brauchen Sie mich?«

Royce rutschte unruhig hin und her. »Reden wir erst mal über Geld.«

»Gern«, erwiderte ich, zog den Standardvertrag heraus und reichte ihn über den Schreibtisch. »Dreißig Dollar pro Stunde plus Spesen. Außerdem brauche ich einen Vorschuss.«

»Kann ich mir denken«, sagte er gereizt, doch er sah mich dabei nicht unfreundlich an. »Und was kriege ich dafür?«

»Kann ich nicht sagen. Wunder jedenfalls nicht. Ich schätze, es hängt davon ab, wie kooperativ sich die Polizei verhält.«

»Auf die würde ich nicht zählen. Bei der Polizei mag man Bailey nicht. Hat ihn nie gemocht. Und mit der Flucht hat er sich nicht gerade neue Sympathien erworben. Damals standen diese Typen doch wie Idioten da.«

»Wo sitzt er ein?«

»Los Angeles. Im Bezirksgefängnis. Nach unseren Informationen soll er morgen nach San Luis gebracht werden.«

»Konnten Sie mit ihm sprechen?«

»Ja, gestern. Ganz kurz.«

»Das muss ein Schock für Sie gewesen sein.«

»Ich dachte, mein Verstand setzt aus ... Ich dachte, mich hätte der Schlag getroffen.«

»Bailey hat Pop gegenüber immer behauptet, er sei unschuldig«, erklärte Ann.

»Ist er auch!«, fuhr Royce sie an. »Er hat's von Anfang an gesagt. Unter keinen Umständen hätte er Jean je umgebracht.«

»Ich will nicht streiten, Pop. Ich erklär's nur *ihr*.«

Royce entschuldigte sich nicht, doch sein Ton war verändert. »Ich habe nicht mehr lange Zeit«, fuhr er fort. »Und ich will das aus der Welt haben, bevor ich abtrete. Finden Sie raus, wer sie umgebracht hat, und Sie kriegen eine Prämie.«

»Das ist nicht nötig«, wehrte ich ab. »Einmal die Woche bekommen Sie einen schriftlichen Bericht, und wir können uns unterhalten, sooft Sie wollen.«

»Also gut. Mir gehört ein Motel in Floral Beach. Dort können Sie, solange Sie möchten, kostenlos wohnen. Essen Sie mit uns. Ann kocht.«

Sie warf ihm einen Blick zu. »Vielleicht will sie gar nicht mit uns essen.«

»Dann soll sie das sagen. Niemand zwingt sie zu was.«

Ann wurde rot, schwieg jedoch.

Nette Familie, dachte ich. Ich konnte es kaum erwarten, den Rest kennen zu lernen. Normalerweise übernehme ich einen Fall nicht, ohne mit dem Klienten selbst gesprochen zu haben, doch die Sache reizte mich, und ich brauchte den Job, nicht des Geldes wegen, sondern zur Stabilisierung meiner Psyche. »Wie sieht Ihr Zeitplan aus?«

»Sie können morgen anfangen. Der Anwalt ist in San Luis. Er sagt Ihnen schon, was er braucht.«

Ich füllte den Vertrag aus und sah zu, wie Royce Fowler unterschrieb. Dann setzte ich meine Unterschrift darunter, gab ihm den Durchschlag und behielt das Original für meine Akten. Der Scheck, den er daraufhin aus seiner Brieftasche zog, war bereits auf meinen Namen ausgestellt und lautete über zweitausend Dollar. Der Mann hatte Gottvertrauen, das musste man ihm lassen. Ich warf einen Blick auf die Uhr, als die beiden mein Büro verließen. Die ganze Transaktion hatte kaum mehr als zwanzig Minuten gedauert.

Ich machte früh im Büro Schluss und brachte meinen Wagen zur Inspektion in die Werkstatt. Ich fahre einen vierzehn Jahre alten VW-Käfer, eines jener schlichten beigefarbenen Modelle mit stattlichem Beulensortiment. Er rattert und rostet, ist jedoch bezahlt und verbraucht wenig Benzin. Von der Werkstatt aus ging ich zu Fuß nach Hause. Es war ein perfekter Februarnachmittag, sonnig, klar und mit angenehmen Temperaturen. Seit Weihnachten hatten uns Winterstürme in regelmäßigen Abständen heimgesucht, die Berge glänzten in sattem Grün, und die Waldbrandgefahr war bis zum Hochsommer gebannt.

Ich wohne in Strandnähe in einer schmalen Seitenstraße parallel zum Cabana Boulevard. Mein Garagenapartment, das während der Weihnachtsfeiertage eine Bombe dem Erdboden gleichgemacht hatte, war wieder aufgebaut worden. Henry allerdings hatte sich, was die Baupläne betraf, mächtig geziert. Er und sein Bauunternehmer hatten wochenlang die Köpfe zusammengesteckt, doch bislang hatte Henry sich geweigert, mir auch nur eine Blaupause zu zeigen.

Da ich mich selten zu Hause aufhalte, ist es mir ziemlich gleichgültig, wie es dort aussieht. Meine einzige Sorge war, dass Henry das Apartment zu großzügig und luxuriös wieder herrichten ließ und ich mich verpflichtet fühlen würde, ihn entsprechend zu bezahlen. Gegenwärtig beträgt meine Miete zweihundert Dollar im Monat, das ist unglaublich wenig heutzutage. Da mein Wagen bezahlt ist und die Bürokosten von der California Fidelity bestritten werden, kann ich von einem bescheidenen monatlichen Einkommen recht gut leben. Eine Wohnung, die für meinen Geldbeutel eine Nummer zu groß ist, kann ich nicht brauchen. Aber natürlich gehört das Anwesen Henry, und er kann schließlich damit machen, was er will. Am besten kümmerte ich mich um meine Angelegenheiten und ließ ihn in Ruhe.

2

Ich schloss das Tor auf und ging um den Neubau herum zu Henrys Terrasse an der Rückseite des Hauses. Er stand am Zaun und hielt ein Schwätzchen mit unserem Nachbarn, während er die Terrasse sprengte. Ohne sich zu unterbrechen, blickte er flüchtig in meine Richtung, und die Andeutung eines Lächelns huschte über sein Gesicht. Ich denke nie an ihn als einen alten Mann, obwohl er am Valentinstag in der vergangenen Woche seinen zweiundachtzigsten Geburtstag gefeiert hat. Henry ist groß und schlank, er hat ein schmales Gesicht mit intensiv blauen Augen. Sein volles weißes Haar trägt er zur Seite gekämmt, er hat noch die eigenen Zähne und sieht das ganze Jahr über sonnengebräunt aus. Er ist intelligent und warmherzig, und seine Neugier hat mit dem Alter kein bisschen nachgelassen. Früher hat er als Bäcker in einem Großbetrieb gearbeitet. Und er kann es immer noch nicht lassen, Brote und Brötchen, Kekse und Kuchen zu backen, die er in der Nachbarschaft gegen Waren und Dienstleistungen eintauscht. Seine augenblickliche Lieblingsbeschäftigung ist es, Kreuzworträtsel zu entwerfen für all die Heftchen, die man in Supermärkten vor der Kasse kaufen kann. Er ist stolz auf sein Geschick, Geld zu sparen. Zum Erntedankfest hat er zum Beispiel einen zehn Kilogramm schweren Truthahn für nur sieben Dollar ergattert, musste dann allerdings fünfzehn Leute einladen, die ihm dabei halfen, das Tier zu verzehren. Zu seinen Fehlern müsste man vermutlich seine Leichtgläubigkeit zählen und seine Neigung, immer dann passiv zu bleiben, wenn er für seine eigenen Interessen kämpfen sollte. Ich fühle mich in gewisser Weise als seine Beschützerin, was ihn sicher amüsieren würde, denn ich vermute, dass er sich umgekehrt als mein Beschützer sieht.

Ich hatte mich immer noch nicht daran gewöhnt, mit ihm unter einem Dach zu wohnen. Mein Aufenthalt in seinem Haus war vorübergehend, ich würde dort nur so lange wohnen, bis mein Apartment wieder hergestellt war, also ungefähr noch einen Monat. Kleinere Schäden an seinem Haus waren schnell beseitigt worden, abgesehen von der Sonnenveranda, die zusammen mit der Garage zerstört worden war. Ich hatte einen eigenen Hausschlüssel und konnte kommen und gehen, wie es mir passte. Doch gelegentlich erfasste mich eine Art Platzangst.

Ich mag Henry. Sehr. Es gibt keinen gutmütigeren Menschen, aber ich lebe seit über acht Jahren allein und bin es nicht gewohnt, jemanden um mich zu haben. Es machte mich nervös, beinahe so, als erwarte er etwas von mir, dem ich nicht entsprechen konnte. Absurderweise hatte ich angesichts meiner Nervosität auch noch Schuldgefühle.

Als ich die Hintertür des Hauses aufschloss, stieg mir Essensgeruch in die Nase: Zwiebeln, Knoblauch, Tomaten, vermutlich ein Hühnchengericht. Auf einem Metallregal lag aufgetürmt frisch gebackenes Brot. Der Küchentisch war für zwei gedeckt. Henry hatte kurzzeitig eine Freundin gehabt, die seine Küche neu eingerichtet hatte. Sie hatte die Hoffnung gehegt, bald auch über sein Erspartes verfügen zu können. Sie meinte, die Zwanzigtausend in bar würden sich auf ihrem Konto besser ausnehmen. Dank meiner Initiative wurden ihre Pläne durchkreuzt, und alles, was bis dato von ihr übrig geblieben war, waren die Küchenvorhänge aus grünbedrucktem Baumwollstoff, die mit grünen Schleifchen zurückgebunden waren, Henry benutzte die passenden Stoffservietten mittlerweile als Taschentücher. Wir sprachen nie von Lila, doch gelegentlich fragte ich mich, ob er mir im Stillen meine Einmischung in diese Romanze nicht verübelte. Gelegentlich lohnt es sich ja, um der Liebe willen einen Narren aus sich zu machen. Wenigstens weiß man dann, dass man lebt und gewisser Gefühle fähig ist, selbst wenn letztlich nur Herzbeklemmungen bleiben.

Ich ging durch die Diele und zu dem kleinen Schlafzimmer an der Rückseite des Hauses, das vorübergehend mein Reich war. Allein die Tatsache, im Haus zu sein, erfüllte mich mit einer gewissen Unruhe, und ich dachte erleichtert an den bevorstehenden Ausflug nach Floral Beach. Von draußen hörte ich ein Quietschen, als der Wasserhahn zugedreht wurde, und ich stellte mir Henry vor, wie er den Gartenschlauch aufrollte. Die Fliegengittertür klappte zu, und im nächsten Augenblick hörte ich Henrys Schaukelstuhl ächzen, das Rascheln seiner Zeitung, als er den Sportteil aufschlug, den er stets als Erstes zu lesen pflegte.

Am Fußende des Bettes lag ein kleiner Stapel sauberer Kleidungsstücke. Ich ging zur Kommode und starrte in den Spiegel. Ich sah etwas komisch aus, kein Zweifel. Mein Haar ist dunkel, ich schneide es alle sechs Wochen mit der Nagelschere. Und so sieht es auch aus ... zerrupft und dilettantisch. Vor kurzem hat jemand meinen Schopf mit dem Hinterteil eines Hundes verglichen. Ich fuhr mir mit der Hand durch das struppige Haar, aber das half auch nichts. Zwischen meinen Augenbrauen stand eine unzufriedene Falte, die ich mit dem Finger glatt strich. Braune Augen, dichte Wimpern. Meine Nase funktioniert und ist erstaunlich gerade, wenn man bedenkt, dass das Nasenbein schon zweimal gebrochen war. Ich bleckte die Zähne wie ein Schimpanse und war einigermaßen zufrieden mit dem, was ich sah. Make-up verwende ich kaum. Vermutlich könnte ich besser aussehen, wenn ich irgendetwas mit meinen Augen anstellte – mehr Wimperntusche, Augenbrauenstift, Eye-Shadow in zwei Nuancen –, aber dann müsste ich das Zeug ständig benutzen, die reine Zeitverschwendung. Ich war bei einer allein stehenden Tante aufgewachsen, deren Kenntnisse über Schönheitspflege sich in der Anwendung von Cold Creme unter den Augen erschöpften. Man hat mir nie beigebracht, mich wie ein Mädchen zu benehmen, und so stelle ich mit meinen zweiunddreißig Jahren noch immer mein nacktes Gesicht zur Schau, frei von kosmetischen Tricks und derlei Feinheiten. Schön kann man mich zwar nicht nennen, aber mein Gesicht erfüllt seinen Zweck, indem es hilft, meine Vorder- und Rückseite deutlich voneinander zu unterscheiden. Doch meine äußere Erscheinung war keinesfalls der Grund für meine innere Unruhe. Worin also lag das Problem?

Ich ging zur Küche zurück und blieb auf der Schwelle stehen. Henry hatte sich wie jeden Abend einen Drink eingeschenkt: Black Jack mit Eis. Er warf mir einen flüchtigen Blick zu, sah mich dann plötzlich genauer an und fragte: »Stimmt was nicht?«

»Ich habe heute einen Auftrag in Floral Beach gekriegt. Ich werde vermutlich eine Woche bis zehn Tage fort sein.«

»Ist das alles? Gut. Du hast Luftveränderung nötig.« Damit wandte er seine Aufmerksamkeit wieder der Zeitung zu und blätterte den Lokalteil durch.

Ich blieb stehen und starrte auf seinen Hinterkopf. Ich musste an ein Gemälde von Whistler denken. Und plötzlich dämmerte es mir. »Henry, fängst du an, mich zu bemuttern?«

»Wie kommst du denn darauf?«

»Es ist so ein komisches Gefühl, hier zu sein.«

»Inwiefern?«

»Das weiß ich nicht. Gedeckter Tisch ... und so weiter.«

»Ich esse gern. Manchmal sogar zwei-, dreimal am Tag«, erwiderte er gelassen. Er hatte das Kreuzworträtsel im unteren Teil der Witzseite entdeckt und griff nach dem Kugelschreiber.

»Du hast versprochen, niemals irgendwelche Umstände zu machen, wenn ich bei dir einziehe.«

»Ich mach keine Umstände.«

»Oh, doch.«

»Die Umstände machst du. Ich habe kein Wort gesagt.«

»Und was ist mit der Wäsche? Du hast sie ordentlich zusammengefaltet und auf das Fußende von meinem Bett gelegt.«

»Wirf sie auf den Boden, wenn sie dir dort nicht passt.«

»Komm, Henry. Ich habe gesagt, dass ich mich um die Wäsche selbst kümmere, und du warst einverstanden.«

Henry zuckte mit den Schultern. »Gut, dann bin ich also ein Lügner. Was soll ich dazu sagen?«

»Hör auf damit. Ich brauche keine Mutter.«

»Du brauchst jemand, der auf dich aufpasst. Das sage ich seit Monaten. Du vernachlässigst dich sträflich. Du isst nicht richtig. Lässt dich zusammenschlagen. Deine Wohnung fliegt in die Luft. Ich hab dir geraten, dir einen Hund zu halten, aber du hörst nicht. Und jetzt hast du mich, und wenn du mich fragst, du hast's nicht besser verdient.«

Wie merkwürdig! Ich fühlte mich wie eines jener Küken, das sich zu einer Katzenmutter verirrt hatte. Meine Eltern waren bei einem Autounfall ums Leben gekommen, als ich fünf Jahre alt war. Weil ich keine richtige Familie hatte, hatte ich mich darauf eingestellt, alleine zurechtzukommen. Dieser Mann war zweiundachtzig. Wer konnte vorhersagen, wie lange er noch lebte? Vermutlich würde er genau dann sterben, wenn ich mich gerade an seine Fürsorge gewöhnt hatte.

»Ich brauche weder Vater noch Mutter. Ich brauche dich als Freund.«

»Ich bin ein Freund.«

»Dann hör endlich mit diesem Unsinn auf. Es macht mich verrückt.«

Henry lächelte nachsichtig, als er auf die Uhr sah. »Du hast vor dem Essen gerade noch Zeit zu joggen, wenn du jetzt aufhörst, hier herumzumaulen.«

Das brachte mich zur Vernunft. Ich hatte tatsächlich gehofft, vor Einbruch der Dunkelheit noch laufen zu können. Mittlerweile war es bereits halb fünf, und ein Blick aus dem Küchenfenster sagte mir, dass nicht mehr allzu viel Zeit blieb. Ich hörte auf, herumzunörgeln, und zog meine Joggingsachen an.

Am Strand herrschte eine seltsame Stimmung. Sturmwolken hatten den Horizont sepiabraun gefärbt. Das stumpfe Ocker der Berge bildete einen merkwürdigen Kontrast, und der Himmel war von einem giftigen Orangerot überzogen. Es sah aus, als brenne Los Angeles lichterloh hinter einem Zauberdampf aus kupferfarbenem Rauch, der an den Rändern in dunkelbraune Tönungen überging. Ich lief den Fahrradweg entlang, der den Sandstrand säumte.

Die Küstenlinie von Santa Teresa verläuft in westliche und in östliche Richtung. Auf der Landkarte sieht es aus, als ob die zerklüftete Küste eine plötzliche Linksbiegung macht und eine kurze Strecke ins Meer hinausführt, bevor die Strömung sie zur Umkehr zwingt. Die Inseln waren im Hintergrund als Silhouetten sichtbar, und auf der dazwischenliegenden Wasserstraße glitzerten die Lichter der Bohrtürme, die hier zahlreich aus dem Meer ragten. Es ist traurig, aber wahr, dass Öltürme mittlerweile eine seltsame eigene Ästhetik entwickelt haben und ihr Anblick für uns so selbstverständlich geworden ist wie die Tatsache von Satelliten in der Erdumlaufbahn.

Nach etwa zwei Kilometern kehrte ich um. Die Straßenbeleuchtung war eingeschaltet. Es wurde allmählich empfindlich kalt, die Luft roch nach Salz, die Brandung donnerte gegen den Strand. Hinter der Brandungszone lagen Boote vor Anker; der Yachthafen des armen Mannes. Der Verkehr auf der Straße war ein Trost, denn die Autoscheinwerfer beleuchteten den Grasstreifen zwischen Bürgersteig und Fahrradweg. Ich versuche, täglich zu joggen, nicht aus Passion, sondern weil meine Kondition mir mehr als einmal das Leben gerettet hatte. Zusätzlich machte ich dreimal wöchentlich Hanteltraining, was ich jedoch wegen gewisser Verletzungen vorübergehend hatte unterbrechen müssen.

Als ich nach Hause zurückkam, hatte sich meine Stimmung gebessert. Wenn man außer Atem ist, halten sich weder Angst noch Depressionen. Mit der Anstrengung und dem Schweiß stellt sich Optimismus ein. Wir aßen in freundschaftlicher Atmosphäre zu Abend, und anschließend ging ich in mein Zimmer, um meine Reisetasche für Floral Beach zu packen. Über meinen neuen Fall hatte ich mir noch keine weiteren Gedanken gemacht. Ich nahm mir die Minute Zeit, um eine Akte anzulegen und sie mit Bailey Fowlers Namen zu beschriften. Dann blätterte ich die Zeitungen durch, die im Abstellraum lagerten, und schnitt jenen Teil heraus, in dem über Fowlers Verhaftung berichtet wurde.

Dem Artikel konnte ich entnehmen, dass Bailey Fowler gerade wegen bewaffneten Raubüberfalls verurteilt worden war – die Strafe war zur Bewährung ausgesetzt worden –, als seine siebzehnjährige Freundin erwürgt aufgefunden wurde. Einwohner des Ferienortes hatten ausgesagt, dass der damals dreiundzwanzigjährige Fowler seit Jahren immer wieder mit der Drogenszene zu tun gehabt hatte, und man vermutete, dass er das Mädchen umgebracht habe, weil es sich angeblich mit einem seiner Freunde eingelassen hatte. Mit seinem Schuldbekenntnis hatte Bailey sich sechs Jahre Haft im Staatsgefängnis eingehandelt. Er hatte noch nicht ganz ein Jahr seiner Strafe verbüßt, als ihm die Flucht gelang. Er verließ Kalifornien und nahm den falschen Namen Peter Lambert an. Nach etlichen Jobs als Verkäufer trat er in eine Konfektionsfirma mit Filialen in Arizona, Colorado, Neu-Mexiko und Kalifornien ein. 1979 wurde er Leiter der Unternehmensgruppe im Westen und zog nach Los Angeles, wo er seither gelebt hatte. Die Zeitung berichtete, dass seine Kollegen es kaum fassen konnten, dass er je mit dem Gesetz in Konflikt geraten war. Sie beschrieben ihn als hart arbeitenden, fähigen, offenen und redegewandten Mann, der sich aktiv an Kirchen- und Gemeindearbeit beteiligte.

Das Schwarzweißfoto von Bailey Fowler zeigte einen etwa vierzigjährigen Mann, der ungläubig in die Kamera starrte. Er hatte ausdrucksvolle Züge, eine feinere Version seines Vaters mit derselben energischen Kinnpartie. Daneben war das verkleinerte Polizeifoto zu sehen, das vor siebzehn Jahren bei seiner Verurteilung wegen des Mordes an Jean Timberlake aufgenommen worden war. Schon damals war er ein hübscher Junge gewesen, und er sah auch jetzt noch gut aus.

Seltsam, dachte ich, dass man einen neuen Menschen aus sich machen konnte, indem man sich einfach eine neue Identität zulegte. Ich fragte mich allerdings, ob die Verbüßung der gesamten Haftstrafe eine ebenso läuternde Wirkung auf Bailey Fowler gehabt hätte wie der tägliche Lebenskampf. Von Familie war nirgends die Rede, sodass ich davon ausgehen konnte, dass Bailey Fowler unverheiratet geblieben war. Vorausgesetzt Baileys neuer Anwalt erwies sich nicht als ein besonders gerissener Jurist, musste er nicht nur die verbleibenden Jahre seiner ursprünglichen Strafe, sondern zusätzliche sechzehn Monate bis zwei Jahre wegen seiner Flucht verbüßen. Bei seiner Entlassung wäre er dann siebenundvierzig Jahre alt. Es war anzunehmen, dass er diese kostbaren Jahre nicht kampflos hergeben würde.

In der Zeitung vom Tage fand ich einen Folgeartikel, den ich ebenfalls ausschnitt, mit einem Foto des ermordeten Mädchens aus dem Jahrbuch der Highschool. Sie war zu jenem Zeitpunkt in der Abschlussklasse gewesen. Ihr dunkles Haar umrahmte vorteilhaft ihr Gesicht und fiel vom Mittelscheitel in einer sanften Welle in den Nacken. Sie hatte helle Augen und dichte, schwarze Wimpern, einen großen, sinnlichen Mund. Die Andeutung eines Lächelns schien zu sagen, sie wisse mehr, als der Betrachter ahnte.

Ich legte die Zeitungsausschnitte in die Akte und diese in das Außenfach meiner Reisetasche. Auf dem Weg aus der Stadt wollte ich noch meine Reiseschreibmaschine aus dem Büro holen.

Am darauf folgenden Morgen war ich bereits um neun Uhr unterwegs und fuhr die Passstraße über die San Rafael Mountains hinauf. An der höchsten Stelle des zweispurigen Highways warf ich einen Blick nach rechts und war wie immer fasziniert von der sich endlos fortsetzenden Hügelkette, die hier, unterbrochen von schroffem Fels, nordwärts führt. Der Fels verleiht der kargen Landschaft seine typische verwaschen graublaue Tönung. Das Land hatte sich hier gehoben, sodass die Schiefer- und Sandsteinkämme wie ein Grat herausragen, den man die Transverse Ranges nennt. Geologen ziehen daraus den Schluss, dass sich Kalifornien westlich der Sankt-Andreas-Spalte in den vergangenen dreißig Millionen Jahren ungefähr fünfhundert Kilometer weit nördlich entlang der Pazifikküste vorgeschoben hat. Die Pazifische Platte reibt sich noch immer am Kontinent und beschert den Küstenregionen ein Erdbeben nach dem anderen. Die Tatsache, dass wir im täglichen Einerlei kaum einen Gedanken an diese Vorgänge verschwenden, ist entweder Beweis für unsere moralische Stärke oder purer Wahnsinn. Die einzigen Erdbeben allerdings, die ich je erlebt habe, waren Erschütterungen, die das Geschirr auf dem Regal klirren ließen oder die Kleiderbügel im Schrank zu einem lustigen Klangkonzert veranlassten. Das ist nicht beängstigender, als morgens von jemandem geweckt zu werden, der zu höflich ist, deinen Namen zu rufen. Die Bewohner von San Francisco, Coalinga und Los Angeles können gewiss andere Geschichten erzählen, aber in Santa Teresa (vom großen Beben im Jahr 1925 abgesehen) haben wir schwache, freundliche Erdbeben, die kaum mehr anrichten, als das Wasser in unseren Swimmingpools überschwappen zu lassen.

Die Straße führte in sanfter Neigung ins Tal hinab und kreuzte nach gut zehn Kilometern den Highway 101. Gegen halb elf nahm ich die Ausfahrt nach Floral Beach und fuhr in westlicher Richtung durch eine liebliche grüne Hügellandschaft dem Meer entgegen. Ich konnte den Pazifik riechen, lange bevor ich ihn sah. Schreiende Möwen kündigten ihn an, und doch war ich wieder einmal überrascht vom Anblick dieser weiten, glatten blauen Fläche. Schließlich bog ich nach links auf die Hauptstraße von Floral Beach ein. Rechts lag die Küste. Schon auf eine Entfernung von drei Blocks war das Motel sichtbar, das einzige dreistöckige Gebäude an der Ocean Street. Ich stellte den Wagen auf dem Kurzzeitparkplatz vor dem Empfang ab, nahm meine Reisetasche und ging hinein.

3

Das Empfangsbüro war klein, und die Theke versperrte den Zugang zu einem Trakt, in dem ich die Privatwohnung der Fowlers vermutete. Beim Übertreten der Schwelle hatte ich ein leises Klingelzeichen ausgelöst.

»Komme sofort!«, rief jemand aus dem Hintergrund. Die Stimme klang nach Ann.

Ich trat an die Theke und sah nach rechts. Durch eine geöffnete Tür erkannte ich flüchtig ein Krankenhausbett. Ich hörte Stimmengemurmel, aber niemand war zu sehen. Schließlich hörte ich gedämpft das Rauschen einer Toilettenspülung und das laute Knacken von Abflussrohren. Im nächsten Augenblick erfüllte der widerlich süßliche Geruch von Raumspray die Luft. Nichts Natürliches hat je so gerochen.

Es vergingen mehrere Minuten. Eine Sitzgelegenheit war nirgends verfügbar, sodass ich stehen blieb, wo ich war, und mich in dem kleinen Raum umsah. Goldbrauner Teppichboden, die Wände waren mit wild gemasertem Kiefernholz verkleidet. Ein Bild mit Birken in leuchtend oranger und gelber Herbstfärbung hing über einem Couchtisch aus Ahorn, auf dem ein Stapel Prospekte über Floral Beach und Umgebung auslag. Ich blätterte die Prospekte durch und griff schließlich nach dem Werbeblatt eines Thermalhotels, der Eucalyptus Mineral Hot Springs, an dem ich auf der Herfahrt vorbeigekommen war. Der Werbetext versprach Moor- und Thermalbäder zu »vernünftigen Preisen«, was immer das heißen mochte.

»Jean Timberlake hat nachmittags nach der Schule dort gejobbt«, sagte Ann hinter mir. Sie stand im Türrahmen, in einer blauen Hose mit weißer Seidenbluse, und machte einen gelösteren Eindruck als in Gegenwart ihres Vaters. Ihre Haare waren frisch gewaschen und fielen in weichen Wellen auf die Schultern, was den Blick von ihrem leicht fliehenden Kinn ablenkte.

Ich legte den Prospekt zurück. »Und was hat sie dort gemacht?«

»Ausgeholfen. Als Zimmermädchen. Für uns hat sie auch ein paar Tage pro Woche gearbeitet.«

»Sie haben sie gut gekannt?«

»Gut genug«, antwortete Ann. »Sie war mit Bailey befreundet, seit er zwanzig geworden war. Sie kam damals gerade in die Highschool.« In Anns rehbraune Augen trat ein abwesender Ausdruck.

»Dann war sie wohl ein bisschen jung für ihn, oder?«

Ann lächelte flüchtig. »Vierzehn.« Jeder weitere Kommentar wurde von einer Stimme aus dem Hintergrund abgeschnitten.

»Ann, ist da jemand? Du wolltest doch gleich wiederkommen. Was gibt's denn?«

»Sie möchten sicher Mutter kennen lernen«, murmelte Ann, und ihr Ton verriet Skepsis. Sie öffnete die Klapptür in der Theke für mich.

»Wie geht es Ihrem Vater?«

»Nicht gut. Gestern war ein harter Tag für ihn. Heute Morgen ist er ein paar Stunden auf gewesen, aber er wird schnell müde. Ich habe ihm geraten, sich wieder hinzulegen.«

»Sie haben wirklich alle Hände voll zu tun.«

Ann warf mir einen gequälten Blick zu. »Ich musste Urlaub nehmen.«

»Was machen Sie denn normalerweise?«

»Ich bin Psychologin an der Highschool. Aber wer weiß, wann ich an meinen Arbeitsplatz zurückkehren kann.«

Ich ließ sie ins Wohnzimmer vorausgehen, wo Mrs. Fowler mittlerweile von vielen Kissen gestützt aufrecht in ihrem Krankenhausbett saß. Sie war eine grauhaarige korpulente Frau, deren dunkle Augen hinter dicken Brillengläsern in plumpem Plastikgestell unnatürlich groß wirkten. Sie trug ein weißes Krankenhaushemd, das im Rücken geschlossen wurde. Der Halsausschnitt war einfach und ließ die Aufschrift »SAN LUIS OBISPO COUNTRY HOSPITAL« in Blockschrift erkennen. Ich fand es seltsam, dass sie diesen Aufzug einem eigenen Nachthemd mit Bettjäckchen vorzog. Möglicherweise benutzte sie ihre Krankheit als Druckmittel. Ihre Beine lagen auf der Bettdecke wie Fleischklumpen mit Fettschicht. Die dicken Füße waren nackt und ihre Zehen grau.

Ich trat ans Bett und streckte ihr die Hand entgegen. »Hallo, wie geht es Ihnen? Ich bin Kinsey Millhone«, begann ich. Wir schüttelten uns die Hand. Ihre Finger waren kalt und fühlten sich gummiartig an wie gekochte Rigatoni. »Ihr Mann hat schon angedeutet, dass es Ihnen nicht gut geht«, fuhr ich fort.

Sie hob das Taschentuch vor den Mund und brach prompt in Tränen aus. »O Kenny, entschuldigen Sie. Ich kann nicht anders. Seit Bailey wieder aufgetaucht ist, bin ich völlig durcheinander. Wir hatten ihn für tot gehalten, und jetzt lebt er! Seit Jahren bin ich krank, aber das hat mir den Rest gegeben.«

»Ich verstehe, wie Ihnen zu Mute sein muss. Aber ich heiße Kinsey.«

»Sie heißen wie?«

»Mein Vorname ist Kinsey. Man hat mich nach meiner Mutter benannt. Ich dachte, Sie hätten mich falsch verstanden und vorhin ›Kenny‹ gesagt.«

»Ach herrje! Entschuldigen Sie. Ich bin fast taub, und meine Augen sind auch miserabel. Ann, Liebes, hol doch einen Stuhl. Was sind das für Manieren?« Damit griff sie nach einem Papiertaschentuch und putzte sich geräuschvoll die Nase.

»Halb so schlimm«, wehrte ich ab. »Ich habe die ganze Fahrt von Santa Teresa hierher im Auto gesessen und stehe ganz gern ein bisschen.«

»Kinsey ist die Privatdetektivin, die Pop gestern engagiert hat.«

»Weiß ich«, entgegnete Mrs. Fowler. Dann begann sie an ihrer Baumwolldecke herumzuzupfen, als machten Themen sie nervös, die sie nichts angingen. »Eigentlich hatte ich gehofft, mittlerweile angezogen und zurechtgemacht zu sein, aber Ann hatte angeblich so viel zu tun. Ich nehme sie ja nur ungern mehr als unbedingt nötig in Anspruch, aber seit meine Arthritis so schlimm geworden ist, kann ich manches einfach nicht mehr alleine. Sehen Sie nur meinen Aufzug an! Ich bin übrigens Ori. Das ist die Kurzform von Oribelle. Sie finden sicher, dass ich unmöglich aussehe.«

»Überhaupt nicht.« Lügen gehen mir leicht über die Lippen. Und auf eine mehr oder weniger kam es nicht an.

»Ich bin Diabetikerin«, fuhr Oribelle fort, als hätte ich sie danach gefragt. »Schon ein Leben lang, und das hat natürlich seinen Tribut gefordert. Durchblutungsstörungen in Armen und Beinen, eine Nierenschwäche, geschwollene Füße und jetzt auch noch Arthritis.« Sie hielt mir zum Beweis eine Hand hin. Ich erwartete die geschwollenen Knöchel eines Preisboxers zu sehen, konnte jedoch zu meinem Erstaunen keine Missbildungen erkennen.

»Ein hartes Schicksal«, murmelte ich.

»Trotzdem will ich mich nicht beklagen«, sagte Oribelle. »Wenn ich was nicht ausstehen kann, dann Menschen, die mit ihrem Schicksal nicht fertig werden.«

»Mutter, wolltest du vorhin nicht eine Tasse Tee?«, warf Ann ein. »Was ist mit Ihnen, Kinsey? Auch eine Tasse?«

»Nein, danke. Für mich nicht.«

»Für mich auch nicht, Liebes. Ich habe keine Lust mehr auf Tee. Aber mach dir ruhig eine Tasse, Ann.«

»Ich setze Wasser auf.«

Damit entschuldigte sich Ann und verließ das Zimmer. Ich

stand da und wünschte, es ihr gleichtun zu können. Was ich von der Wohnung sah, wirkte wie das Empfangsbüro: goldbrauner Teppichboden, Möbel im Stil der Kolonialzeit. Gegenüber dem Fußende des Bettes ein Jesusbild an der Wand. Jesus mit ausgestreckten Händen und nach oben gewandtem Blick ... vermutlich war Oris Geschmack Ursache seines schmerzlichen Ausdrucks. Sie fing meinen Blick auf.

»Das Bild hat Bailey mir geschenkt. So war der Junge eben.«

»Sehr hübsch«, erklärte ich und benutzte die Gelegenheit, Ori auszufragen. »Wie ist er nur in diese Mordsache verwickelt worden?«

»Das war nicht seine Schuld. Er ist in schlechte Gesellschaft geraten. Er war kein guter Schüler in der Highschool, und hinterher konnte er keinen Job finden. Dann hat er Tap Granger kennen gelernt. Mir ist dieser Kerl von Anfang an zuwider gewesen. Die beiden waren unzertrennlich und haben dauernd was angestellt. Royce hat getobt!«

»War Bailey damals schon mit Jean Timberlake befreundet?«

»Ich glaube schon«, antwortete sie unsicher. Nach so langer Zeit schien sie sich nicht mehr genau erinnern zu können. »Jean war ein liebes Mädchen ... was immer auch über ihre Mutter geredet wurde.«

In diesem Augenblick klingelte das Telefon auf dem Nachttisch, und sie griff nach dem Hörer. »Motel«, meldete sie sich. »Hm, richtig. Diesen oder nächsten Monat. Augenblick, ich sehe mal nach.« Sie zog das Buch für die Hotelreservierungen zu sich heran und einen Bleistift zwischen den Seiten hervor. Ich beobachtete, wie sie den Monat Mai aufschlug. Oris Ton klang plötzlich ganz professionell. Die jammernde Krankenstimme war wie ausgewechselt. Sie leckte die Bleistiftspitze an und machte sich Notizen und redete über Vor- und Nachteile von Doppelbetten und getrennten Betten.

Ich nutzte die Gelegenheit und machte mich auf die Suche nach Ann. Eine Tür auf der gegenüberliegenden Seite des Raumes führte auf einen Korridor, von dem rechts und links die Zimmer abgingen. Zu meiner Rechten am Ende des Flurs gab es eine Treppe. Links hörte ich Wasser rauschen. In der Küche wurde offenbar ein Teekessel aufgesetzt. Anscheinend hatte man einfach die Wände zwischen einigen Zimmern herausgerissen und dadurch einen geräumigen, aber verwinkelten und unübersichtlichen Wohntrakt erhalten. Ich warf einen Blick in den Raum auf der gegenüberliegenden Seite des Korridors. Er entpuppte sich als Esszimmer mit Bad. Den Durchgang zur Küche bildete ein Alkoven, der ursprünglich wohl als Garderobe vorgesehen war. Ich blieb auf der Schwelle stehen. Ann stellte Tassen und Unterteller auf ein großes Hoteltablett aus Aluminium.

»Kann ich helfen?«

Ann schüttelte den Kopf. »Sehen Sie sich ruhig ein wenig um, wenn Sie möchten. Daddy hat das Haus praktisch mit eigenen Händen gebaut, nachdem er Mutter geheiratet hatte.«

»Hübsch«, sagte ich.

»Nicht mehr, aber damals war es für sie wohl ideal. Haben Sie schon einen Zimmerschlüssel gekriegt? Sie wollen sicher Ihr Gepäck nach oben bringen. Ich glaube, Mutter hat die Nummer zweiundzwanzig im ersten Stock für Sie vorgesehen. Das Zimmer hat Meerblick und eine Kochnische.«

»Danke. Das wäre großartig. Ich bringe meine Sachen dann gleich rauf. Ich hoffe, noch heute Nachmittag mit dem Anwalt sprechen zu können.«

»Ich glaube, Pop hat um Viertel vor zwei einen Termin für Sie bei ihm vereinbart. Er wird mitkommen wollen, vorausgesetzt, er fühlt sich danach. Mein Vater lässt sich das Heft nicht gern aus der Hand nehmen. Ich hoffe, das geht in Ordnung.«

»Nein, das finde ich gar nicht in Ordnung. Ich mache das lieber allein. Was Bailey betrifft, sind Ihre Eltern voreingenommen, und ich mache mir gern selbst ein Bild von der Angelegenheit.«

»Gut. Das verstehe ich. Ich versuche, ihm das auszureden.«

Das Wasser im Teekessel begann zu kochen. Ann nahm Teebeutel aus einer rot-weißen Büchse auf der Anrichte. Die Küche war altmodisch, mit einem Linoleumfußboden, beige-grün gewürfelt wie eine Luftansicht von abgemähten Wiesen und Luzernenfeldern. Der Gasherd war weiß und chromverziert, die unbenutzten Flammen durch zurückklappbare Platten geschützt. Das schmale Spülbecken aus weißer Keramik wurde von zwei stabilen Füßen getragen. Der kleine Eisschrank mit abgerundeten Ecken und einer vom Alter gelblich verfärbten Emailschicht hatte vermutlich ein Gefrierfach von der Größe einer Brotbüchse.

Der Teekessel begann zu pfeifen. Ann drehte das Gas ab und goss das heiße Wasser in eine weiße Teekanne. »Was nehmen Sie dazu?«

»Nichts, danke.«

Ich folgte ihr zurück ins Wohnzimmer, wo Ori mühsam versuchte, aufzustehen. Die Beine hatte sie bereits über den Bettrand gebracht. Dabei war das Hemd hochgerutscht und entblößte das faltige Weiß ihrer Schenkel.

»Mutter, was machst du da?«

»Ich muss noch mal auf die Toilette, und du hast so lange gebraucht, dass ich's nicht mehr ausgehalten habe.«

»Warum hast du denn nicht gerufen? Du weißt doch, dass du ohne Hilfe nicht aufstehen sollst! Also wirklich!« Ann stellte das Tablett auf einen hölzernen Servierwagen. Ori kam schwerfällig auf die Beine. Ihre weißen Knie zitterten sichtlich, als das Gewicht ihres Körpers auf ihnen lastete. Die beiden Frauen gingen langsam in das Nachbarzimmer hinüber.

»Ich hole inzwischen mein Gepäck.«

»Tun Sie das!«, rief Ann. »Wir sind gleich zurück.«

Vom Meer her wehte eine kühle Brise, doch die Sonne schien. Ich stand in der Tür und hielt einen Augenblick die Hand schützend über die Augen. Kurz vor Mittag waren jetzt mehr Fußgänger unterwegs. Zwei junge Mütter überquerten gemächlich die Straße, schoben ihre Kinderkarren vor sich her, während ein Hund mit einem Frisbee im Maul hinter ihnen hertrottete. Die

Touristensaison hatte noch nicht begonnen, und der Strand war fast leer. Im Sand verankertes Spielgerät stand einsam und verlassen da. Man hörte nur das Rauschen der Brandung und das Motorengeräusch eines kleinen Sportflugzeugs am Himmel.

Ich holte meine Reisetasche und meine Schreibmaschine aus dem Auto. Als ich ins Wohnzimmer zurückkam, half Ann Ori gerade wieder ins Bett. Ich blieb stehen und wartete, dass man Notiz von mir nahm.

»Mein Mittagessen«, sagte Ori quengelig zu Ann.

»Ist gut, Mutter. Dann machen wir jetzt zuerst den Test. Das hätten wir nämlich schon vor Stunden tun sollen.«

»Dann dauert alles wieder doppelt so lang. So gut fühle ich mich nicht.«

Ich sah deutlich, wie Ann angesichts des Tons ihrer Mutter mühsam die Beherrschung bewahrte. Sie schloss die Augen. »Du stehst augenblicklich unter starkem Stress«, sagte sie schließlich gleichmütig. »Dr. Ortega möchte, dass du bis zur nächsten Untersuchung sehr vorsichtig bist.«

»Mir hat er davon nichts erzählt.«

»Du hast ja auch gar nicht mit ihm geredet.«

»Ich mag Mexikaner nicht.«

»Er ist kein Mexikaner. Er ist Spanier.«

»Trotzdem verstehe ich kein Wort von dem, was er sagt. Warum beschafft ihr mir keinen Arzt, der Englisch spricht?«

»Ich komme gleich zu Ihnen, Kinsey«, murmelte Ann, als ihr Blick auf mich fiel. »Sobald ich Mutter versorgt habe.«

»Wenn Sie mir sagen wohin, bringe ich mein Gepäck schon mal rauf.«

Daraufhin entspann sich ein kurzer Disput zwischen Mutter und Tochter, die sich offenbar uneins darüber waren, welches Zimmer ich erhalten sollte. Währenddessen nahm Ann Tupfer, Alkohol und einen steril verpackten Teststreifen zur Hand. Ich beobachtete die Szene wenig begeistert, wurde widerwillig Zeugin, wie Ann die Fingerspitze der Mutter mit dem Tupfer reinigte und mit einer Lanzette hineinpiekste. Mir wurde beinahe übel vom Zusehen. Ich trat ans Bücherregal und täuschte Interesse an den dort aufgereihten Titeln vor. Eine Menge religiöser Literatur und eine Ansammlung von Werken von Leon Uris. Schließlich zog ich wahllos einen Band heraus und blätterte darin, um nicht mitansehen zu müssen, was hinter mir geschah.

Ich wartete eine angemessene Zeitspanne, steckte dann das Buch zurück und wandte mich wie zufällig um. Ann hatte das Testergebnis offenbar auf der Digitalanzeige eines Messgeräts abgelesen, das neben dem Bett stand, und zog mit dem milchigweißen Inhalt einer Ampulle eine Spritze auf. Ich vermutete, dass es Insulin war, und konzentrierte mich prompt auf einen gläsernen Briefbeschwerer mit einer Krippenszene im Schneetreiben. Was Spritzen betrifft, bin ich verdammt zimperlich.

Aus dem Rascheln hinter mir schloss ich, dass die beiden fertig waren. Ann brach die Nadel aus der Einwegspritze und warf sie in den Abfalleimer. Dann säuberte sie den Nachttisch, und wir gingen gemeinsam zur Empfangstheke, damit sie mir meinen Schlüssel geben konnte. Ori rief wieder nach ihr.

4

Gegen halb zwei hatte ich die knapp fünfzehn Kilometer nach San Luis Obispo zurückgelegt und kurvte nun kreuz und quer durch die Stadtmitte, um mich zu orientieren und mir einen Eindruck von dem Ort zu verschaffen. Gepflegte Geschäftshäuser zwischen zwei und vier Stockwerken hoch. Ein Stadtkern von musealem Charakter mit Häusern im spanischen und viktorianischen Stil. Die Gebäude waren sorgfältig renoviert, die Fassaden der Geschäfte in hübschen dunklen Farbtönen getüncht, viele hatten gewölbte Markisen über den Schaufenstern. Die Geschäfte schienen vor allem aus Modeboutiquen und schicken Restaurants zu bestehen. Die Straßen wurden von australischen Sapindabäumen gesäumt, in deren Ästen mit den frisch grünen Blattknospen italienische Lichterketten hingen. Jedes andere Unternehmen, das nicht unmittelbar dem Tourismus diente, schien auf die Bedürfnisse und den Geschmack der Studenten des Polytechnikums abgestellt, die überall das Stadtbild prägten.

Bailey Fowlers neuer Anwalt war ein Mann namens Jack Clemson, er hatte seine Kanzlei in der unmittelbaren Umgebung des Gerichtsgebäudes. Ich parkte meinen Wagen und schloss ihn ab. Clemsons Kanzlei befand sich in einem kleinen braunen Fachwerkhaus mit spitzem Giebel und einer schmalen Holzveranda im Pergolastil. Ein weißer Lattenzaun umgab das Grundstück, in dem Geranienbüsche blühten. Dem Schild am Gartentor nach zu schließen, war Jack Clemson der einzige Mieter.

Ich stieg die Holzstufen zur Veranda hinauf und betrat die Diele, die als Empfangsraum diente. Das rhythmische Klickgeräusch einer alten Wanduhr war das einzige Lebenszeichen hier. Die Wände waren mit Bücherregalen vollgestellt. Ich sah einen Schreibtisch aus massiver Eiche, einen Schreibmaschinentisch mit Drehstuhl und einen Kopierapparat, aber keine Sekretärin. Der Bildschirm des Computers war dunkel, und auf der Schreibtischplatte lagen wohl geordnet juristische Schriftsätze und Unterschriftsmappen. Einer der Knöpfe am Telefonapparat leuchtete, und in der Luft hing frischer Zigarettenrauch, der aus dem rückwärtigen Teil des Hauses zu kommen schien. Ansonsten wirkte das Gebäude völlig verlassen.

Ich setzte mich in eine alte Kirchenbank. Im Fach für die Gesangbücher steckten Jahrbücher der juristischen Fakultät der Columbia-Universität, in denen ich gelangweilt zu blättern begann. Dann hörte ich Schritte. Clemson tauchte auf.

»Miss Millhone? Ich bin Jack Clemson. Freut mich, Sie kennen zu lernen. Entschuldigen Sie den Empfang. Aber meine Sekretärin ist krank, und die Aushilfe ist beim Essen. Kommen Sie mit nach hinten.«

Wir schüttelten uns die Hand, und ich folgte ihm. Clemson war circa fünfzig Jahre alt und korpulent, einer jener Männer, die von Geburt an rundlich sind. Klein, vierschrötig, mit breiten Schultern und einer Halbglatze. Er hatte ein volles Kindergesicht mit spärlichen Brauen und einer sanft geschwungenen Allerweltsnase mit roten Druckstellen auf dem Nasenrücken. Die Hornbrille hatte er über die Stirn ins Haar geschoben, sodass dahinter einige Strähnen steil in die Höhe standen. Er hatte den Hemdkragen aufgeknöpft, die Krawatte gelockert. Zum Rasieren war die Zeit offenbar zu knapp gewesen, und er kratzte sich prüfend am Kinn, als wolle er feststellen, um wie viel seine Bartstoppeln gewachsen waren. Er trug einen gut geschnittenen, nur leicht verknitterten tabakbraunen Anzug.

Sein Büro nahm den gesamten rückwärtigen Teil des Hauses ein, eine Glastür führte auf eine sonnige Terrasse. Auf zwei Lederstühlen, die offensichtlich für Besucher vorgesehen waren, stapelten sich Kanzleiakten. Clemson legte einen Stoß Akten auf den Fußboden und machte mir ein Zeichen, mich zu setzen, während er hinter seinen Schreibtisch ging. Dabei fiel sein Blick in einen Spiegel links an der Wand, und er griff sich unwillkürlich erneut an die Bartstoppeln. Er setzte sich hinter seinen Schreibtisch, zog einen elektrischen Rasierapparat aus einer Schublade und begann sich zu rasieren. Der Apparat summte wie ein Flugzeug aus der Ferne.

»Ich habe in einer halben Stunde einen Gerichtstermin. Tut mir Leid, dass ich heute Nachmittag nicht länger für Sie Zeit habe.«

»Macht nichts«, erwiderte ich. »Wann wird Bailey hierher verlegt?«

»Eigentlich müsste er schon da sein. Unser Deputy ist heute Morgen runtergefahren, um ihn zu holen. Ich habe für Viertel nach drei eine Sprecherlaubnis für Sie erwirkt. Heute ist zwar kein Publikumsverkehr, aber Quintana hat eine Ausnahme gemacht. Es ist übrigens sein Fall. Damals war Quintana noch ein blutiger Anfänger.«

»Wann erfolgt offiziell die Anklageerhebung?«

»Um halb neun Uhr morgen früh. Wenn Sie dabei sein wollen, kommen Sie doch hierher, dann gehen wir gemeinsam zum Gericht rüber. Dabei könnten wir unsere Informationen austauschen.«

»Prima. Ich werde da sein.«

Clemson machte sich eine Notiz in seinem Tischkalender. »Gehen Sie heute Nachmittag noch mal in die Ocean Street?«

»Natürlich.«

Er legte den Rasierapparat zurück und machte die Schublade zu. Dann griff er nach einem Schriftstück, faltete es und steckte es in einen Umschlag, auf den er Royces Namen schrieb. »Sagen Sie Royce, er braucht es nur noch zu unterschreiben«, erklärte er.

Ich steckte das Kuvert in meine Handtasche.

»Wie viel Hintergrundinformationen haben Sie über den Fall?«

»Nicht viel.«

Er zündete sich eine Zigarette an und hustete hinter vorgehaltener Hand, was ihn zu ärgerlichem Kopfschütteln veranlasste. »Ich habe mich heute Vormittag ausführlich mit Clifford Lehto unterhalten. Das ist der Pflichtverteidiger, der mit Fowlers Fall befasst war. Er hat sich mittlerweile zur Ruhe gesetzt. Netter Mann. Hat sich einen Weinberg in der näheren Umgebung gekauft. Angeblich hat er Chardonnay- und Pinot-Noir-Trauben. So ein Leben würde mir offen gestanden auch zusagen. Jedenfalls hat er für mich die alten Akten durchgesehen und mir die Protokolle beschafft.«

»Aha. Und was steht da drin? Weshalb hat sich der Staatsanwalt auf diesen Kompromiss eingelassen?«

Clemson machte eine wegwerfende Handbewegung. »Sie hatten nur Indizienbeweise. George De Witt war der Staatsanwalt. Hatten Sie je mit ihm zu tun? Nein, vermutlich nicht. Das muss lange vor Ihrer Zeit gewesen sein. Mittlerweile ist er ein ranghoher Richter. Ich meide ihn wie die Pest.«

»Von ihm gehört habe ich schon. Hat er nicht politische Ambitionen?«

»Ob's ihm was nützt, steht auf einem anderen Blatt. Aber man weiß nie, wie er bei einer Verhandlung entscheidet. Er ist zwar nicht unfair, aber unberechenbar. Das ist die Hölle. George war eine blendende Erscheinung. Ein Karrierist. Er hat es gehasst, in einem publicityträchtigen Fall Kompromisse machen zu müssen, doch er war kein Idiot. Nach allem, was man so erfährt, muss der Timberlake-Mord, oberflächlich betrachtet, eindeutig gewesen sein, aber die nötigen Beweise fehlten. Fowler ist in der Stadt als Rumtreiber bekannt gewesen. Sein alter Herr hatte ihn rausgeworfen ...«

»Augenblick!«, unterbrach ich ihn. »War das, bevor er das erste Mal ins Gefängnis musste oder danach? Ich dachte, er sei wegen bewaffneten Raubüberfalls verurteilt worden, aber auch darüber hat mir noch niemand was erzählt.«

»Fragen Sie ruhig. Dann will ich mal ein bisschen weiter ausholen. Also, das war zwei, drei Jahre vorher. Irgendwo habe ich die exakten Daten, aber die sind nicht wichtig. Fowler und ein Bursche namens Tap Granger haben sich so ungefähr zu dem Zeitpunkt, als Fowler die Highschool verlassen hat, zusammengetan. Bailey war ein hübscher Junge und nicht dumm, aber er wusste nichts damit anzufangen. Sie kennen den Typ vermutlich. Es war fast vorprogrammiert, dass er auf die schiefe Bahn geraten musste. Laut Lehto haben Bailey und Tap einen ziemlichen Drogenkonsum gehabt. Sie mussten den Dealer in der Stadt bezahlen, also haben sie angefangen, Tankstellen zu überfallen. Alles amateurhafter Kleinkram. Die beiden Idioten haben sich Strumpfmasken über die Köpfe gezogen und es auf die Profitour versucht. Natürlich sind sie prompt erwischt worden. Rupert Russel hat den Fall damals als Pflichtanwalt vertreten und alles getan, was er konnte.«

»Warum ein Pflichtanwalt? Galt Bailey als mittellos?«

»Sozusagen. Er jedenfalls hatte kein Geld für einen Anwalt, und sein Vater hat sich geweigert, die Kosten zu übernehmen.« Clemson zog an seiner Zigarette.

»Hatte Bailey als Jugendlicher Probleme mit der Polizei?«
»Nein. Er war noch nicht vorbestraft. Vermutlich hat er geglaubt, mit einem blauen Auge davonzukommen. Natürlich lautete die Anklage auf bewaffneten Raubüberfall, aber Tap hatte die Waffe, und ich schätze, Bailey hat angenommen, dass er damit aus dem Schneider war. Sein Pech, dass die Gesetze unseres Staates das anders sehen. Als sie ihm dann einen Kompromiss vorgeschlagen haben, hat er jedenfalls abgelehnt und auf unschuldig plädiert und sich einen Prozess eingehandelt. Ich brauche wohl gar nicht erst zu sagen, dass die Geschworenen ihn schuldig gesprochen haben, und der vorsitzende Richter ist bei der Bemessung des Strafmaßes nicht gerade zimperlich gewesen. Damals konnte man für bewaffneten Raubüberfall ein bis zehn Jahre kriegen. Es war einer Kommission überlassen, das exakte Entlassungsdatum festzulegen und die Reststrafe zur Bewährung auszusetzen. Damals hatten wir sehr liberale Kommissionen. Und wir hatten eine liberalere Regierung in Kalifornien! Die Kommissionsmitglieder wurden vom Gouverneur ernannt, und Pat Brown junior ... na, lassen wir das Thema. Tatsache ist, dass die Burschen ein bis zehn Jahre kriegten, aber nach zwei Jahren wieder draußen waren. Alle schreien Zeter und Mordio, weil niemand mehr neun oder zehn Jahre abbrummen musste bei einem Strafmaß von einem bis zehn Jahren. Bailey musste nur achtzehn Monate absitzen.«
»Und wo? Hier?«
»Ne. Drunten in Chino, im Luftkurort unter den Gefängnissen. Im August wurde er entlassen. Er ist nach Floral Beach zurückgekommen und hat hier ziemlich glücklos versucht, Arbeit zu finden. Ziemlich bald war er wieder in der Drogenszene, nur hat er diesmal nicht nur Marihuana, sondern auch Kokain, Beruhigungs- und Aufputschmittel ... na, die ganze Palette, genommen.«
»Und Jean? Was hat sie in dieser Zeit gemacht?«
»Sie war im letzten Jahr auf der Central-Coast-Highschool.

Ich weiß nicht, ob man Ihnen schon von dem Mädchen erzählt hat.«

»Gar nichts.«

»Sie war ein uneheliches Kind. Ihre Mutter lebt noch immer in Floral Beach. Vielleicht sprechen Sie ja mal mit ihr. Sie hatte einen Ruf als Frau mit reichlich Männerbekanntschaften, die Mutter. Jean war ihr einziges Kind. Ein intelligentes Mädchen, aber ich vermute, dass sie 'ne Menge Probleme hatte. Aber wer hat die nicht?« Er zog an seiner Zigarette.

»Hat sie nicht für Royce Fowler gearbeitet?«

»Richtig. Als Bailey aus dem Gefängnis kam, hat sie sich wieder mit ihm eingelassen. Lehto sagt, Bailey habe behauptet, sie seien nur gute Freunde gewesen. Der Staatsanwalt ist der Überzeugung, dass die beiden ein Verhältnis hatten und Bailey das Mädchen in einem Anfall von Eifersucht umgebracht hat, als er herausbekam, dass sie was mit Tap hatte. Fowler leugnet das. Mit Granger hat sie nichts gehabt, sagt er, obwohl Tap Granger zwei Monate vor ihm entlassen worden war.«

»Was ist mit Granger? Gibt's den hier denn noch?«

»O ja. Er betreibt die einzige Tankstelle in Floral Beach. Sie gehört ihm zwar nicht, aber er macht die Arbeit. Mehr kann er auch nicht. Eine Intelligenzbestie ist er gerade nicht, aber zuverlässig. Seine wilden Jahre sind vorbei.«

Ich machte mir sowohl über Granger als auch über die Timberlake ein paar Notizen. »Ich wollte Sie aber nicht unterbrechen. Sie hatten gerade von Baileys Beziehung zu dem Mädchen nach seinem Gefängnisaufenthalt gesprochen.«

»Also Bailey behauptet steif und fest, dass die Romanze vorbei gewesen sei. Er und das Mädchen seien nur noch befreundet gewesen, mehr nicht. Beide waren ja irgendwie Außenseiter ... er wegen seiner Vorstrafe, sie wegen ihrer unmoralischen Mutter. Davon abgesehen hatten die Timberlakes nie Geld. In Floral Beach wäre Jean demnach nie auf einen grünen Zweig gekommen. Ich weiß nicht, inwiefern Sie sich mit Kleinstädten wie Floral

Beach auskennen. Rund elfhundert Einwohner, und die meisten leben schon seit Anno Tobak hier. Jedenfalls steckten Jean und Bailey zusammen wie früher. Er sagt allerdings, sie habe einen neuen Liebhaber gehabt, sich auf eine Affäre eingelassen, über die nichts aus ihr herauszukriegen war. Angeblich hat er nie erfahren, wer der andere Mann gewesen ist.

In der Mordnacht jedenfalls waren die beiden auf einer Sauftour durch circa sechs Bars in San Luis und zwei in Pismo. Gegen Mitternacht sind sie zurückgekommen und haben mit dem Wagen drunten am Strand gehalten. Bailey behauptet, es sei kurz vor zehn gewesen, aber ein Zeuge will die beiden gegen Mitternacht dort gesehen haben. Jean war ziemlich aufgebracht. Sie hatten Alkohol und ein paar Joints dabei. Es kam zum Streit, und Baileys Version ist, er habe sie einfach sitzen gelassen und sei davongetrabt. Das nächste, woran er sich erinnere, sei, dass er in seinem Zimmer in der Ocean Street liegt, und es ist Morgen. Am Strand wimmelte es von Kindern, die dort Müll aufsammeln im Rahmen irgendeines kirchlichen Programms. Bailey ist hundeelend, er hat einen solchen Kater, dass er sich die Seele aus dem Leib kotzt. Jean liegt unten am Strand, unterhalb der Treppe. Erst als der Säuberungstrupp näher rückt, merkt man, dass sie tot ist – erwürgt mit einem Gürtel, der Bailey gehört, wie sich herausstellt.«

»Trotzdem könnte es praktisch jeder gewesen sein.«

»Sicher. Aber Bailey war natürlich der Hauptverdächtige. Und vielleicht hätten sie es ihm auch beweisen können, aber De Witt war auf dem Karrieretrip und wollte das Risiko einer Niederlage vor Gericht nicht eingehen. Lehto hat die Chance für eine Einigung mit der Staatsanwaltschaft erkannt, und da Bailey ein gebranntes Kind war, war er einverstanden. Damals beim Überfall auf die Tankstelle war er schuldig gewesen, und er war in einem Prozess verurteilt worden. Diesmal behauptete er zwar unschuldig zu sein, doch die Aussichten in einem Prozess behagten ihm nicht, und deshalb hat er sich lieber auf den Handel mit dem Staatsanwalt eingelassen und auf Totschlag plädiert. Einfach so.«

Clemson schnalzte mit den Fingern. Es klang, als bräche ein hohler Stock entzwei.

»Hatte er denn eine Chance, dass in einem Prozess die Anklage wegen Mordes fallen gelassen worden wäre?«

»Schwer zu sagen. Ein Prozess ist immer ein Glücksspiel. Man kann alles gewinnen oder alles verlieren. Der Fall hatte 'ne Menge Publicity. Die Stimmung in der Stadt war gegen Bailey. Baileys Vorleben spielte eine Rolle, es gab praktisch keinen anständigen Zeugen für seinen guten Leumund. Mit dem Kuhhandel war er eindeutig besser bedient. Damals vor zwanzig Jahren musste er mit der Todesstrafe rechnen, und damit spielt man nicht, wenn sich eine andere Möglichkeit bietet. Es war, wie gesagt, ein Glücksspiel.«

»Ich dachte, wenn die Anklage einmal auf Mord gelautet habe, könnte auch die Staatsanwaltschaft nicht ohne weiteres dahinter zurück.«

»Theoretisch nicht. Aber die Praxis sah anders aus. Es lag durchaus im Ermessen des Staatsanwalts, wie die Anklage im Endeffekt lautete. Lehto hat das Übliche getan, ist zu De Witt gegangen, hat gesagt: ›Hör mal, George, ich habe Beweise, dass mein Klient zur Tatzeit unter dem Einfluss von Alkohol und Drogen stand. Die Beweise haben sogar deine Leute geliefert.‹ Er zog den Polizeibericht heraus. ›Da steht, dass der Beamte, der ihn verhaftet hat, aussagt, er sei benommen gewesen ...‹ Und so weiter, und so weiter. Clifford zog alle Register, und George geriet natürlich ins Schwitzen. Sein Ruf steht auf dem Spiel, und er will nicht mit einem Fall vor Gericht gehen, der nicht bombensicher für ihn ist. Von einem Staatsanwalt erwartet man eine neunzigprozentige ... wenn nicht sogar noch höhere Erfolgsquote.«

»Bailey hat also auf Totschlag plädiert, und der Richter hat ihm die Höchststrafe verpasst«, bemerkte ich.

»Ganz recht. Sie haben's erfasst. Aber die Höchststrafe war sechs Jahre. Unter Anrechnung der Untersuchungshaft und mit guter Führung hätte er vermutlich nur die Hälfte absitzen müssen. Also was soll's? Fowler war der Meinung, reingelegt worden zu sein, und hat nicht mal begriffen, welches Glück er hatte. Clifford Lehto hat verdammt gute Arbeit geleistet. Ich an seiner Stelle hätte nicht anders gehandelt.«

»Und wie soll's jetzt weitergehen?«

Clemson zuckte mit den Schultern und machte seine Zigarette aus. »Das hängt davon ab, wie Bailey sich zu seiner Flucht aus der Haftanstalt äußert. Worauf wird er plädieren? Auf mildernde Umstände? Er kann immer behaupten, er habe sich von einem der Wärter bedroht gefühlt und um sein Leben gefürchtet. Allerdings erklärt das kaum, dass er all die Jahre untergetaucht ist. Bailey hätte sich schon in der ersten Runde einen gewitzten Anwalt nehmen sollen. Jetzt wird ihm das nicht mehr viel nützen. Natürlich werde ich mit Haken und Ösen für ihn kämpfen, aber welcher Richter lässt einen Burschen auf Kaution frei, der sechzehn Jahre auf der Flucht gewesen ist?«

»Und was erwarten Sie in der Zwischenzeit von mir?«

Clemson stand auf und begann die Aktenstapel auf seinem Schreibtisch durchzuwühlen. »Ich habe meine Sekretärin gebeten, sämtliche Zeitungsausschnitte über den Mord von damals in einer Akte zu sammeln. Vielleicht interessieren Sie die Berichte ja. Lehto hat mir angeblich alle Unterlagen geschickt, die er besitzt: Polizeiberichte, Zeugenlisten. Reden Sie mit Bailey und kriegen Sie raus, was er noch ergänzend sagen kann. Sie wissen, worauf's ankommt. Schnüffeln Sie rum, und finden Sie einen neuen Verdächtigen für mich. Vielleicht graben wir Beweise aus, die einen anderen belasten und Bailey entlasten. Anderenfalls stehen ihm noch etliche Jahre im Knast bevor; es sei denn, ich kann den Richter davon überzeugen, dass eine neuerliche Haftstrafe völliger Unsinn ist. Und genau das versuche ich natürlich. Bailey hat sich all die Jahre über nichts zu Schulden kommen lassen, und ich persönlich sehe keinen Sinn darin, ihn wieder einzusperren. Ah, hier ist es!«

Er zog eine Akte aus dem Stapel und reichte sie mir. Ich stand auf, wir schüttelten uns die Hand, und er geleitete mich in die vorderen Büroräume zurück. Die Aushilfssekretärin saß mittlerweile hinter ihrem Schreibtisch und versuchte den Anschein von Kompetenz zu verbreiten. Dabei wirkte sie sehr jung und unsicher und schien sich in der Welt der »Habeaskorpus« und anderer juristischer Finessen überhaupt nicht zu Hause zu fühlen.

»Herrje, eines hätte ich beinahe vergessen«, sagte Clemson unvermittelt, als wir schon an der Veranda standen.

»Den Grund dafür, dass Jean in jener Nacht so aufgebracht gewesen war: Sie war schwanger. Im zweiten Monat. Bailey schwört Stein und Bein, dass das Kind nicht von ihm war.«

5

Bis zu dem Termin in der Haftanstalt blieb mir noch eine Stunde Zeit. Ich nahm den Stadtplan zur Hand und fand das kleine schwarze Viereck mit dem Fähnchen, das Gelände der Central-Coast-Highschool. San Luis Obispo ist keine große Stadt, und die Schule lag nur knapp acht Blocks weit entfernt. Ein auf den Hauptstraßen aufgemalter durchgehender weißer Streifen kennzeichnete einen historischen Stadtrundgang, den ich mir für einen späteren Zeitpunkt in dieser Woche aufhob. Ich habe ein Faible für kalifornische Geschichte und war neugierig auf die Mission und die alten Lehmziegelbauten.

Ich fuhr zu dem Highschool-Gelände und versuchte mir vorzustellen, wie es hier ausgesehen haben mochte, als Jean Timberlake eingeschult worden war. Viele Gebäude stammten aus neuerer Zeit: dunkler, aschgrauer Schlackenstein und cremefarbener Beton, lang gezogene flache Dächer. Turnhalle und Cafeteria dagegen waren erkennbar älteren Datums, im spanischen Kolonialstil mit angegrautem Putz und roten Ziegeldächern. An dem Hang, an dem sich die Straße in einer Rechtsbiegung hinaufwand, standen Pavillons, die früher als Klassenzimmer gedient haben mochten und jetzt kommerziell, unter anderem vom Weight Watcher Klub, genutzt wurden. Die Anlage wirkte eher wie ein College. Sanfte, üppig grüne Hügel bildeten eine schöne Kulisse und eine heitere, freundliche Atmosphäre. Für Jugendliche in dieser Idylle muss die Ermordung der Siebzehnjährigen ein Schock gewesen sein.

Ich erinnerte mich an meine eigene Highschool-Zeit. Wie sensationslüstern wir gewesen waren, wie intensiv extrem emotional wir auf die unscheinbarsten Ereignisse reagiert hatten! Fantasien über den Tod befriedigten unsere Sehnsucht nach dramatischem Erleben, während unsere Alltagswirklichkeit gewöhnlich – glücklicherweise – in Bahnen verlief. Wir waren unglaublich jung und gesund rücksichtslos und erwarteten doch nie, unter den Folgen leiden zu müssen. Eine Konfrontation mit dem Tod, zufällig oder absichtlich, hätte uns in grenzenlose Verwirrung gestürzt. Liebesaffären waren der dramatische Stoff, mit dem wir umzugehen wussten. Unsere Egozentrik war so beherrschend, dass wir überhaupt nicht darauf vorbereitet waren, einen wirklichen Verlust zu verkraften. Mord wäre für uns unfassbar gewesen. Jean Timberlakes Tod war vermutlich für die, die sie gekannt hatten, noch immer ein beunruhigendes Gesprächsthema. Bailey Fowlers plötzliche Rückkehr würde alles wieder aufrühren: die Angst, die Wut, die nahezu unfassbaren Gefühle von Sinnlosigkeit und Entsetzen.

Einer Eingebung folgend, parkte ich den Wagen und suchte die Schulbibliothek auf. Sie glich auf frappierende Weise unserer alten Bibliothek in der Santa-Teresa-Highschool. Es war hell und luftig, der Geräuschpegel gedämpft, der beigefarbene Linoleumfußboden glänzte matt. Es roch nach Möbelpolitur, Zeichenpapier und Klebstoff.

Die Lesetische waren spärlich besetzt, und am Informationspult saß ein junges Mädchen mit krausem Haar und einem Rubin im Nasenflügel. Beim Durchstechen der Ohrläppchen musste sie in eine Art Rausch verfallen sein, beide Ohren waren bis obenhin vielfach durchlöchert, und statt des üblichen Ohrschmucks trug sie bevorzugt jene Gegenstände, die sich im Bodensatz von Küchenschubladen finden: Büroklammern, Schrauben, Sicherheitsnadeln, Schuhbänder, Flügelmuttern. Sie saß auf einem Hocker und hatte das Buch »The Rolling Stones« auf ihrem Schoß. Auf dem Cover sah Mick Jagger mindestens wie sechzig aus.

»Hallo.«

Sie sah mich ausdruckslos an.

»Können Sie mir helfen? Ich bin eine ehemalige Schülerin und habe mein Jahrbuch verlegt. Hier werden doch sicher Kopien aufbewahrt. Ich möchte gern was nachschlagen.«

»Unterm Fenster. Erstes und zweites Regal.«

Ich holte die Bände von drei Jahrgängen heraus und trug sie zu einem Tisch am Ende einer freistehenden Regalreihe. Es klingelte, und aus dem Korridor drangen die Pausengeräusche, Stimmen, das Schlagen von Schranktüren, Lachen, das von den Wänden widerhallte, der muffige Geruch von Turnsocken.

Ich verfolgte die Spur von Jean Timberlakes Bild durch die Jahre zurück. In ihrer Highschool-Zeit, als die kalifornische Jugend gegen den Vietnamkrieg protestierte, Haschisch rauchte und ihr Heil im Landleben suchte, steckten die Mädchen von der Central-Coast-Highschool ihr Haar zu glänzenden Turmfrisuren auf, umrandeten die Konturen ihrer Augen mit schwarzem Eyeliner und malten ihre Lippen weiß an. Die Schülerinnen der Unterstufe trugen weiße Blusen und toupiertes Haar, das mit viel Spray in Form gehalten wurde. Die Jungen hatten feucht glänzende Bürstenschnitte und Zahnklammern. Sie konnten damals nicht ahnen, wie schnell sie sich für Koteletten, Bärte, ausgestellte Hosen und bunte Hemden erwärmen würden.

Jean sah nicht so aus, als habe sie mit den anderen etwas gemein. Sie lächelte nirgends auf den wenigen Gruppenaufnahmen, auf denen ich sie entdeckte, und hatte auch sonst nichts von der kecken Unschuld der Debbies und Tammies jener Zeit. Jeans Augen waren umflort, ihr Blick wie abwesend, in die Ferne gerichtet, und das kaum wahrnehmbare Lächeln in ihren Mundwinkeln drückte stille Amüsiertheit aus, die nach all den Jahren noch deutlich erkennbar war. Das Namensregister der Oberklassen wies sie weder als Mitglied eines Clubs noch eines Schülerkomitees aus. Es waren keine schulischen Auszeichnungen und Ämter unter ihrem Namen verzeichnet, und auch an außerlehrplanmäßigen Aktivitäten hatte sie sich nicht beteiligt. Ich blätterte mehrere Momentaufnahmen zu verschiedenen Schulereignissen durch und fand nirgends ihr Konterfei. Falls sie Football- oder Baseballspiele besucht hatte, musste sie sich stets außerhalb des Kamerablickwinkels aufgehalten haben. Auch an der Theateraufführung der Oberklasse hatte sie nicht teilgenommen. Die Bilder vom Highschool-Ball zeigten fast ausschließlich die »Queen« Barbie Knox und ihren Hofstaat aus turmfrisierten, weißlippigen Prinzessinnen. Jean Timberlake war zu diesem Zeitpunkt bereits tot. Ich notierte mir die Namen ihrer auffälligeren Klassenkameraden, fast alles Jungen. Ich nahm an, dass die Mädchen, falls sie noch in der Gegend lebten, unter dem Namen ihrer Männer im Telefonbuch stehen würden, die ich anderswo herausfinden müsste.

Schuldirektor war damals ein Mann namens Dwight Shales gewesen, dessen Foto auf einer der ersten Seiten eines Jahrbuches abgebildet war. Den Schulrat und seine beiden Vertreter hatte der Fotograf einzeln hinter ihren Schreibtischen mit amtlichen Papieren in der Hand aufgenommen. Manchmal tauchte auf den Bildern auch eine weibliche oder männliche Bürokraft aus dem Sekretariat auf, die dem betreffenden Herrn interessiert und keck über die Schulter blickte. Die Lehrer waren vor Landkarten, Werkgeräten, Schulbüchern oder mit Kreide beschriebenen Wandtafeln aufgenommen. Ich notierte mir die Namen einiger Fachlehrer für den Fall, dass ich zu einem späteren Zeitpunkt Lust verspüren sollte, mit ihnen zu sprechen. Die junge Ann Fowler entdeckte ich auf einem Bild der vier Schulpsychologen mit der Unterschrift: »Diese Berater haben uns unter Aufwendung von viel Zeit, Wissen und Ermutigung bei der Zusammenstellung unseres Stundenplans für das nächste Jahr geholfen oder uns mit Rat und Tat bei der Entscheidung für einen Beruf oder der Wahl eines Colleges zur Seite gestanden.« Mir fiel auf, dass Ann damals hübscher ausgesehen hatte; auf dem Foto wirkte sie längst nicht so müde und frustriert wie heute.

Ich steckte meine Notizen ein und stellte die Bücher in die Regale zurück. Dann ging ich den Korridor entlang am Krankenzimmer und dem Büro des Hausmeisters vorbei. Direktorat und Sekretariat befanden sich in der Nähe des Haupteingangs. Nach dem Namensschild an der Tür zu schließen, war Shales noch immer Direktor der Schule. Ich erkundigte mich bei seiner Sekretärin, ob ich ihn sprechen könne, und wurde nach kurzem Warten in sein Büro geführt. Meine Visitenkarte lag in der Mitte der Löschblattunterlage auf seinem Schreibtisch.

Shales war Mitte fünfzig, mittelgroß, schlank und sportlich, mit einem kantigen Gesicht. Sein einst blondes Haar war offenbar vorzeitig ergraut und länger als in den sechziger Jahren. Er strahlte Autorität aus, und seine haselnussbraunen Augen blickten wachsam wie die eines Polizisten. Sein Blick hatte etwas Abschätzendes, so als blätterte er im Geiste die Schülerakten der vergangenen Jahre auf der Suche nach meinem Strafregister durch. Ich fühlte, wie mir das Blut in die Wangen stieg, und fragte mich, ob er wohl intuitiv erkannte, welch schwierige Schülerin ich in meiner Highschool-Zeit gewesen war.

»Was kann ich für Sie tun?«

»Royce Fowler aus Floral Beach hat mich engagiert, um den Mord an einer Ihrer ehemaligen Schülerinnen, Jean Timberlake, zu untersuchen.« Ich hatte erwartet, dass er sich an das Mädchen sofort erinnern würde, doch er sah mich nur weiterhin betont unbeteiligt an. Er konnte unmöglich wissen, dass ich damals Haschisch geraucht hatte.

»Sie erinnern sich doch sicher an sie«, fuhr ich fort.

»Natürlich. Ich versuche mich nur gerade zu erinnern, ob wir ihre Akten noch aufgehoben haben.«

»Ich komme gerade von einer Unterredung mit Baileys Anwalt. Falls Sie eine Vollmacht brauchen ...«

Er machte eine wegwerfende Handbewegung. »Nicht nötig. Ich kenne Jack Clemson, und ich kenne die Familie. Ich muss die Sache natürlich mit der Schulbehörde klären, aber ich kann mir nicht vorstellen, dass man Ihnen da Schwierigkeiten machen würde ... Vorausgesetzt, wir finden die Akten. Die Frage ist schlicht, was wir noch haben. Immerhin ist das alles über fünfzehn Jahre her.«

»Siebzehn«, verbesserte ich ihn. »Können Sie persönlich sich denn noch an das Mädchen erinnern?«

»Lassen Sie mich die Angelegenheit erst auf dem Amtsweg klären, dann melde ich mich bei Ihnen. Sind Sie von hier?«

»Aus Santa Teresa. Aber ich wohne zur Zeit im Ocean Street Motel in Floral Beach. Ich kann Ihnen meine Telefonnummer geben ...«

»Die habe ich. Ich rufe Sie an, sobald ich mehr weiß. Das wird ein paar Tage dauern. Ich tue, was ich kann, aber garantieren möchte ich für nichts.«

»Das verstehe ich«, sagte ich.

»Gut. Wenn möglich, helfen wir immer gern.« Sein Händedruck war fest und energisch.

Gegen Viertel nach drei Uhr nachmittags verließ ich die Stadt in nördlicher Richtung auf dem Highway 1 zum Polizeipräsidium von San Luis Obispo, wo auch das Gefängnis untergebracht ist. Drumherum erstreckt sich freies Land mit vereinzelten felsigen Erhebungen. Hügel, die aussehen wie weiche Schaumgummibuckel, samtig überzogen in unterschiedlichen Grünschattierungen. Gegenüber dem Polizeipräsidium auf der anderen Straßenseite liegt das Männergefängnis von Kalifornien, wo Bailey zum Zeitpunkt seiner Flucht einsaß. Ich dachte amüsiert daran, dass in all den Werbeprospekten, die die Vorzüge eines Aufenthalts in San Luis Obispo preisen, die sechstausend Gefangenen unter den Einwohnern mit keinem Wort erwähnt werden.

Ich stellte den Wagen auf einem der Besucherparkplätze vor der Haftanstalt ab. Das Gebäude sah neu aus, es ähnelte in Architektur und Baumaterial den Neubauten der Highschool, von der ich gerade gekommen war. Ich betrat die Eingangshalle und folgte der Beschilderung rechts durch einen kurzen Korridor zur Anmeldung und Information. Dem Polizeibeamten hinter dem gläsernen Schalter gab ich meine Personalien an. Im Hintergrund erkannte ich weitere uniformierte Anstaltsbeamte und den Computerterminal. Links sah ich aus den Augenwinkeln flüchtig den getarnten Eingang zu der Garage, wo die Gefangenentransporte angeliefert wurden.

Während man Bailey holte, wurde ich in eine der gläsernen Besuchszellen geführt. Ein Informationsblatt an der Wand besagte, dass jeweils nur ein Besucher zum Gefangenen vorgelassen werden konnte, man auf Kinder zu achten habe und dass rüdes und respektloses Benehmen gegenüber dem Anstaltspersonal nicht geduldet wurde.

Gedämpft drang das Klappen von Türen zu mir herüber. Dann erschien Bailey Fowler, seine Aufmerksamkeit konzentrierte sich auf den Beamten, der die Kabine aufschloss, in der er während unserer Unterredung sitzen würde. Uns trennte eine Glaswand, sodass wir uns über die Telefonhörer auf seiner und meiner Seite verständigen mussten. Fowler sah mich ohne jedes Zeichen von Neugier an und setzte sich. Seine Haltung war irgendwie unterwürfig, und ich stellte fest, dass ich mich für ihn schämte. Er trug ein weites orangerotes Baumwollhemd über einer dunkelgrauen Baumwollhose. Das Foto in der Zeitung hatte ihn im Anzug und mit Krawatte gezeigt. Seine ungewohnte Kleidung schien ihn ebenso zu verunsichern wie sein Status als Gefängnisinsasse. Fowler sah ausgesprochen gut aus, er hatte ernste blaue Augen, hohe Backenknochen, einen vollen Mund und dunkelblondes Haar, das einen Schnitt gebrauchen konnte. Er rutschte auf dem harten braunen Stuhl hin und her, hielt die Knie mit den Händen umklammert und verzog keine Miene.

Ich griff nach dem Telefonhörer, wartete kurz, bis auch er seinen Hörer zur Hand genommen hatte, und sagte: »Ich bin Kinsey Millhone.«

»Kenne ich Sie?«

Unsere Stimmen hatten einen seltsamen Klang; ein wenig zittrig und viel zu nah.

»Ich bin Privatdetektivin. Ihr Vater hat mich engagiert. Ich komme gerade von Ihrem Anwalt. Haben Sie schon mit ihm gesprochen?«

»Ja, mehrmals am Telefon. Er soll heute Nachmittag kurz vorbeikommen.« Seine Stimme war ebenso emotionslos wie sein Blick.

»Darf ich Sie Bailey nennen?«

»Selbstverständlich.«

»Hören Sie, die ganze Sache ist ziemlich verfahren, aber Clemson ist ein guter Mann. Er wird alles in seiner Macht Stehende tun, um Sie hier rauszukriegen.«

Baileys Miene wurde düster. »Dann sollte er schnell was unternehmen.«

»Haben Sie Familie in Los Angeles? Frau und Kinder?«

»Warum?«

»Für den Fall, dass ich jemanden benachrichtigen soll.«

»Ich habe keine Familie. Holen Sie mich gefälligst hier nur raus, verdammt noch mal.«

»Ganz ruhig. Ich weiß, es ist hart.«

Er hob den Blick, sah flüchtig zur Seite, und Ärger blitzte in seinen Augen auf, bevor seine Miene plötzlich wieder ausdruckslos wurde. »Entschuldigen Sie.«

»Reden Sie mit mir. Wir haben vielleicht nicht mehr lange Zeit.«

»Worüber?«

»Über alles. Wann sind Sie hierher gekommen? Wie war die Fahrt?«

»Gut.«

»Wie sieht die Stadt aus? Hat sie sich sehr verändert?«

»Ich kann hier nicht höflich Konversation machen. Das dürfen Sie von mir nicht verlangen.«

»Seien Sie nicht störrisch. Dazu haben wir zu viel Arbeit vor uns.«

Er schwieg einen Augenblick und schien sichtlich mit sich zu kämpfen. Dann entschloss er sich, kommunikativ zu sein. »Jahrelang bin ich durch diesen Teil des Staates nicht mal mit dem Auto gefahren, aus Angst, dass man mich anhalten würde.« Am anderen Ende der Sprechleitung wurde es plötzlich still. Sein Blick war der eines Gehetzten, als sehne er sich danach, zu reden, habe jedoch die Fähigkeit, sich verständlich zu machen, verloren.

»Noch sind Sie nicht tot.«

»Das sagen Sie.«

»Sie müssen gewusst haben, dass Ihnen das jeden Tag passieren konnte.«

Er neigte den Kopf zur Seite und begann ihn in einer Art Entspannungsübung kreisen zu lassen. »Als sie mich das erste Mal geschnappt haben, dachte ich, es sei aus. Mein Pech, dass sie hier einen Peter Lambert wegen Mordes suchen. Als sie mich wieder laufen ließen, habe ich an eine Chance geglaubt.«

»Es überrascht mich offen gestanden, dass Sie nicht gleich getürmt sind.«

»Jetzt wünschte ich, ich hätte es getan. Aber ich war zu lange frei gewesen. Ich konnte einfach nicht glauben, dass sie mir auf die Schliche kommen würden. Ich dachte, die alte Geschichte würde niemanden mehr interessieren. Außerdem hatte ich einen Job. Ich konnte doch nicht alles hinschmeißen und davonlaufen.«

»Sie sind in der Konfektionsbranche, stimmt's? Das steht in den Papieren aus L. A.«

»Ich habe für Needham gearbeitet. Letztes Jahr war ich einer der erfolgreichsten Verkäufer. Deshalb wurde ich befördert. Zum

Bezirksleiter im Westen. Vermutlich hätte ich ablehnen müssen, aber ich hatte hart gearbeitet und war es leid, immer nein zu sagen. Das bedeutete natürlich, dass ich nach L. A. umziehen musste. Trotzdem konnte ich mir nicht vorstellen, dass man mich nach all den Jahren finden würde.«

»Wie lange haben Sie für die Firma gearbeitet?«

»Zwölf Jahre.«

»Wie hat Ihr Arbeitgeber reagiert? Können Sie mit seiner Hilfe rechnen?«

»In der Firma waren alle großartig. Mein Chef will herkommen und für mich aussagen ... für meinen guten Leumund. Aber was soll das nützen? Ich komme mir wie ein Idiot vor. All die Jahre habe ich mir nichts zu Schulden kommen lassen. War der sprichwörtliche ideale Staatsbürger.«

»Aber das ist doch nur gut. Das bringt Sympathien. Und ändert vieles ...«

»Aber nicht die Tatsachen. Man türmt eben nicht ungestraft aus dem Gefängnis.«

»Lassen Sie das mal lieber Clemsons Sorge sein.«

»Bleibt mir wohl gar nichts anderes übrig«, murmelte er. »Und was sollen Sie dabei tun?«

»Herausfinden, wer Jean Timberlake wirklich umgebracht hat, damit Sie entlastet sind.«

»Da sehe ich schwarz.«

»Einen Versuch ist es wert. Haben Sie eine Idee, wer es gewesen sein könnte?«

»Nein.«

»Erzählen Sie mir von Jean.«

»Sie war ein nettes Mädchen. Wild, aber nicht schlecht. Ziemlich chaotisch.«

»Schwanger.«

»Ja, aber es war nicht mein Kind.«

»Da sind Sie sicher.« Es sollte wie eine Feststellung klingen, aber die leise Frage dahinter war nicht zu überhören.

Bailey ließ den Kopf für eine Weile sinken und wurde rot. »Damals habe ich 'ne Menge getrunken und Drogen genommen. Im Bett war ich eine Niete. Besonders nach meinem Aufenthalt in Chino. Aber das spielte auch keine Rolle. Zu diesem Zeitpunkt hatte sie einen anderen.«

»Sie waren impotent?«

»Sagen wir, ›vorübergehend nicht funktionstüchtig‹.«

»Nehmen Sie noch Drogen?«

»Nein, und ich habe seit fünfzehn Jahren nicht mehr getrunken. Alkohol löst die Zunge. Das konnte ich nicht riskieren.«

»Mit wem hatte Jean sich damals eingelassen? Haben Sie 'ne Ahnung?«

Er schüttelte erneut den Kopf. »Der Kerl war verheiratet.«

»Woher wissen Sie das?«

»So viel hat sie mir immerhin erzählt.«

»Und Sie haben es geglaubt?«

»Weshalb hätte sie lügen sollen? Er war ein Mann in angesehener Position, und Jean war minderjährig.«

»Der Typ hatte also eine Menge zu verlieren, falls die Sache herausgekommen wäre.«

»Nehme ich an. Und Jean hätte es kaum Spaß gemacht, ihm beichten zu müssen, dass sie's verpatzt hatte. Sie hatte Angst.«

»Sie hätte abtreiben können.«

»Sicher ... wenn sie dazu noch Zeit gehabt hätte. Dass sie schwanger war, hat sie ja erst an jenem Tag erfahren.«

»Wer war ihr Arzt?«

»Einen Frauenarzt hatte sie damals noch gar nicht. Dr. Dunne war der Hausarzt, aber den Schwangerschaftstest hat sie in der Ambulanz einer Klinik unten in Lompoc machen lassen, wo man sie nicht kannte.«

»Verrückt! Ist sie denn so bekannt gewesen?«

»In Floral Beach sicher.«

»Was ist mit Tap? Könnte er der Vater gewesen sein?«

»Kaum. Jean fand ihn dämlich, und er mochte sie auch nicht.

Außerdem war er nicht verheiratet, und selbst wenn's sein Kind gewesen wäre, hätte ihn das doch kaum gejuckt.«

»Was gibt's sonst noch? Je mehr ich weiß, desto besser.«

»Hm, keine Ahnung ... Jean war ein uneheliches Kind und hat immer versucht herauszubekommen, wer ihr Vater war. Die Mutter hat jede Auskunft verweigert, aber es kam jeden Monat Geld mit der Post. Jean nahm deshalb an, dass er irgendwo noch existieren musste.«

»Hat sie die Schecks je zu Gesicht bekommen?«

»Ich kann mir nicht vorstellen, dass er per Scheck gezahlt hat, aber irgendwie muss sie ihm trotzdem auf die Spur gekommen sein.«

»Ist sie im San Luis County geboren worden?«

Im Hintergrund klirrten Schlüssel, und wir drehten uns beide um. Der Vollzugsbeamte stand in der Tür. »Sprechzeit ist aus. Tut mir Leid, dass ich unterbrechen muss. Wenn Sie noch mehr zu besprechen haben, muss Mr. Clemson einen neuen Termin arrangieren.«

Bailey stand widerspruchslos auf, aber es war ihm anzumerken, dass er sich bereits wieder in sein Schneckenhaus zurückgezogen hatte. Welche Energien unser Gespräch auch immer freigesetzt haben mochte, sie waren bereits wieder verflogen. Der abgestumpfte Ausdruck war in sein Gesicht zurückgekehrt und ließ ihn nicht besonders intelligent aussehen.

»Wir sehen uns nach der offiziellen Anklageerhebung wieder«, sagte ich.

Zum Abschied blitzte Verzweiflung in Baileys Augen auf.

Nachdem er weggeführt worden war, blieb ich noch eine Weile sitzen und machte mir Notizen. Ich konnte nur hoffen, dass er nicht selbstmordgefährdet war.

6

Um eine weitere Informationslücke zu füllen, fuhr ich die einzige Tankstelle von Floral Beach an und bat den Tankwart, den Tank aufzufüllen. Während sich der Junge daranmachte, meine Windschutzscheibe zu säubern, nahm ich mein Portemonnaie und ging in den Verkaufsraum hinüber. Es gab nur einen Automaten mit einem mickrigen Angebot. Der Raum hinter der Theke war leer. Dafür entdeckte ich jemanden in der Werkstatt. Hinter einem aufgebockten Ford-Fiesta war ein Mann dabei, die Radmuttern am rechten Hinterreifen zu lösen.

»Können Sie mir Geld wechseln für den Automaten?«

»Sicher doch.«

Er legte sein Werkzeug beiseite und wischte sich mit einem Lappen die Hände ab. Über der Brusttasche seines Overalls war der Name »Tap« aufgestickt. Ich folgte ihm zurück in den Verkaufsraum. Er bewegte sich in einer Dunstwolke von Schweiß und Motoröl, eine Mischung, die einen leicht schwindlig machte. Er war drahtig und klein, breitschultrig mit schmalen Hüften, der Typ, unter dessen Hemd sich üppige Tätowierungen zu verbergen pflegen. Sein dunkles, lockiges Haar fiel in einer Tolle über die Stirn und war seitlich mit Pomade nach hinten gekämmt. Er sah aus wie vierzig, mit einem immer noch jungenhaften Gesicht und einigen ledernen Fältchen um die Augen herum.

Ich gab ihm zwei Eindollarnoten. »Kennen Sie sich beim VW aus?«

Zum ersten Mal sah er mich direkt an. Er hatte braune glanzlose Augen. Ich vermutete, dass ich nur mit einem Reparaturproblem Interesse bei ihm zu wecken vermochte. Sein Blick schweifte flüchtig zu den Zapfsäulen draußen hinüber, wo der Junge gerade mit meinem Wagen fertig war. »Haben Sie Probleme?«

»Ich höre bei hundert immer so einen komischen hohen Ton. Klingt merkwürdig.«

»Mit der Sardinenbüchse können Sie hundert fahren?«

Ein Autowitz, dachte ich. Er grinste und öffnete mit einem Tastendruck die Kasse.

Ich lächelte. »Tja, hin und wieder schon.«

»Versuchen Sie's mal bei Gunter in San Luis. Der macht das schon.« Damit ließ er acht Münzen in meine Handfläche gleiten.

»Danke.«

Er ging in die Werkstatt zurück, und ich steckte das Wechselgeld ein. Wenigstens wusste ich jetzt, wer Tap Granger war. Ich bezahlte draußen die Benzinrechnung und fuhr die zwei Blocks weiter zum Motel.

An diesem Nachmittag sollte ich Royce nicht mehr zu Gesicht bekommen. Er hatte sich schon früh hingelegt und Ann gebeten, mir auszurichten, dass er mich am nächsten Morgen sprechen wolle. Ich unterhielt mich noch kurz mit ihrer Mutter, berichtete ihr von Baileys gegenwärtiger Verfassung, und ging dann in mein Zimmer hinauf. Ich hatte mir unterwegs, in San Luis, eine Flasche Weißwein besorgt, die ich in dem kleinen Kühlschrank deponierte. Meine Reisetasche fand ich noch so im Schrank, wie ich sie dort zurückgelassen hatte. Auf Reisen lebe ich aus dem Koffer und hole nur bei Bedarf Zahnbürste, Haarshampoo und saubere Kleidung aus dem Gepäck. Dadurch bleiben meine jeweiligen Unterkünfte ziemlich kahl und unpersönlich ordentlich, was eine gewisse asketische Ader bei mir befriedigt. Das Zimmer in der Ocean Street war geräumig, der Schlafbereich nur durch eine Sichtblende vom Wohn- und Essraum mit Kochnische getrennt. Zusammen mit dem Badezimmer und dem Schrankraum war es sogar größer als mein (ehemaliges) Apartment zu Hause.

Ich durchsuchte die Küchenschubladen, bis ich einen Korkenzieher gefunden hatte, schenkte mir ein Glas Wein ein und trat damit auf den Balkon. Im schwindenden Licht der Dämmerung war das Wasser des Pazifiks leuchtend blau, ein lebhafter Kontrast zum düsteren Lavendel der Küstenlinie. Der Sonnenuntergang bot ein Lichterspiel aus dunklem Pink und Lachsrotschattierungen, die sich allmählich in Anilinrot und Indigoblau übergehend, wie mit einem Dimmer zurückgedreht, über den Horizont senkten.

Gegen sechs Uhr klopfte es an meine Tür. Ich hatte gerade zwanzig Minuten lang die Informationen, die ich zusammengetragen hatte, in die Schreibmaschine getippt und war an einem toten Punkt angelangt. Ich klappte die Sichtblende über die Maschine und ging zur Tür.

Im Korridor stand Ann. »Ich wollte nur fragen, wann Sie zu Abend essen möchten.«

»Wann Sie wollen. Wie halten Sie's denn normalerweise?«

»Danach brauchen wir uns nicht zu richten. Mutter habe ich schon ziemlich früh versorgt. Sie muss sich strikt an ihren Essensplan halten. Und Pop wird, wenn überhaupt, erst spät etwas wollen. Für uns habe ich gebackene Seezunge. Das ist eine Sache von Minuten. Hoffentlich mögen Sie Fisch?«

»Gern. Klingt großartig. Darf ich Sie zu einem Glas Wein als Aperitif einladen?«

Ann zögerte. »Ja, das wäre nett«, antwortete sie schließlich. »Wie geht es Bailey? Alles in Ordnung?«

»Na, glücklich ist er gerade nicht, aber das lässt sich vorerst nicht ändern. Sind Sie noch nicht bei ihm gewesen?«

»Ich will morgen zu ihm ... falls man mich vorlässt.«

»Lassen Sie das durch Clemson arrangieren. Es dürfte nicht schwierig sein. Die offizielle Anklageerhebung findet morgen früh um halb neun statt.«

»Das schaffe ich nicht. Mutter hat um neun einen Termin beim Arzt. Da komme ich nicht mehr rechtzeitig zurück. Aber Pop will sicher dabei sein, wenn's ihm einigermaßen geht. Würden Sie ihn mitnehmen?«

»Natürlich. Kein Problem.«

Ich schenkte ihr ein Glas ein und füllte mir nach. Sie setzte sich auf die Couch, während ich mich wieder am Küchentisch niederließ, wo meine Schreibmaschine stand. Ann schien sich nicht wohl zu fühlen in ihrer Haut, sie nippte mit heruntergezogenen Mundwinkeln am Wein, als werde sie gezwungen, ein Glas Rizinusöl zu trinken.

»Chardonnay scheint nicht gerade Ihre Lieblingssorte zu sein.«
Sie lächelte entschuldigend. »Ich trinke selten Alkohol. Bailey ist der einzige aus der Familie, der dem je was abgewinnen konnte.«

Ich hatte angenommen, selbst die Initiative ergreifen zu müssen, wenn ich weitere Informationen aus ihr herausbekommen wollte, doch sie überraschte mich jetzt mit einer freiwilligen Kurzfassung der Familiengeschichte. Die Fowlers hätten für Alkohol nie etwas übrig gehabt. Sie führte das auf die Zuckerkrankheit der Mutter zurück. Mir schien das eher an der muffigen religiös-fundamentalistischen Einstellung zu liegen, die in diesem Haus herrschte.

Ann erzählte weiter, dass Royce in Tennessee geboren und aufgewachsen war. Das düstere schottische Erbe habe ihn zu einem schweigsamen, verschlossenen Jungen gemacht. Auf dem Höhepunkt der wirtschaftlichen Krise in den zwanziger Jahren war er gerade neunzehn Jahre alt. Er hatte gehört, dass es auf den Ölfeldern Kaliforniens Arbeit gebe, denn südlich von Los Angeles wuchsen die Bohrtürme wie Pilze aus dem Boden. Und er machte sich auf den Weg nach Westen. Oribelle hatte er unterwegs kennen gelernt, als er in einer Baptistenkirche in Fayetteville, Arkansas, ein billiges Abendessen erhielt. Sie war damals achtzehn und krank und hatte sich bereits mit einem Leben in Abhängigkeit von Insulin und der Kirche abgefunden. Sie arbeitete im Futtermittelhandel ihres Vaters, und ihre größte Freude war die alljährliche Reise zum Maultiermarkt in Fort Smith.

Royce war an jenem Mittwochabend in der Kirche erschienen, nachdem er auf der Suche nach einer warmen Mahlzeit von seinem Reisegefährt, einem Güterzug, abgesprungen war. Ann sagte, Ori erzähle noch heute von ihrer ersten Begegnung, als er breitschultrig und mit strohfarbenem Haar im Kirchenportal gestanden hatte. Er war in der Schlange der Wartenden an der Essensausgabe vorbeigezogen und hatte sich Berge von Makkaroni mit Käse, Oris Spezialität, auf den Teller gehäuft. Ori hatte ihn angesprochen, und gegen Ende des Abends kannte sie seine Lebensgeschichte und lud ihn nach Hause ein. Er schlief im Schuppen und nahm an den Mahlzeiten der Familie teil. Er blieb zwei Wochen, und Oribelle litt während dieser Zeit an solch fiebrigen Hormonschüben, dass sie zweimal kurz vor dem Zuckerkoma stand und ins Krankenhaus eingeliefert werden musste. Ihre Eltern nahmen das als Beweis für den bösen Einfluss, den Royce auf die Tochter ausübte. Sie redeten lange und eingehend auf sie ein, von ihm zu lassen, doch nichts konnte sie umstimmen. Sie wollte Royce heiraten. Als sich der Vater entschieden gegen die Verbindung stellte, nahm sie all das Geld, das für ihre Sekretärinnenausbildung auf die Seite gelegt worden war, und brannte mit ihm durch. Das war im Jahr 1932.

»Ich kann mir die beiden kaum als leidenschaftlich verliebtes Paar vorstellen«, bemerkte ich.

Ann lächelte. »Ich auch nicht. Ich muss Ihnen Fotos zeigen. Sie ist ein schönes Mädchen gewesen. Natürlich bin ich erst sechs Jahre später ... 1938 ... geboren, und Bailey kam fünf Jahre nach mir. Falls sie je so was wie Leidenschaft füreinander empfunden haben, war zu dieser Zeit schon Schluss damit. Trotzdem verbindet sie noch immer viel. Komischerweise waren wir alle davon überzeugt, dass sie lange vor ihm sterben würde ... und jetzt wird es wohl umgekehrt sein.«

»Was fehlt ihm denn eigentlich?«

»Bauchspeicheldrüsenkrebs. Die Ärzte geben ihm noch ein halbes Jahr.«

»Und das weiß er?«

»O ja. Deshalb ist er ja so glücklich, dass Bailey plötzlich wieder aufgetaucht ist. Er redet von gebrochenem Herzen, aber das ist Unsinn.«

»Und was ist mit Ihnen? Wie stehen Sie dazu?«

»Ich bin eigentlich erleichtert. Selbst wenn er wieder ins Gefängnis muss, habe ich doch jemanden, der mir hilft, die kommenden sechs Monate zu überstehen. Seit Bailey untergetaucht war, hatte ich die ganze Verantwortung für die Eltern.«

»Und wie hat Ihre Mutter das alles aufgenommen?«

»Es macht sie kaputt. Durch die Zuckerkrankheit ist ihre Gesundheit sehr labil. Jede Aufregung bringt sie aus dem Gleichgewicht. Der Stress. Ich schätze, er macht uns allen zu schaffen … mich eingeschlossen. Seit ich weiß, dass Pop sterben wird …«

»Sie haben mal erwähnt, dass Sie sich vorübergehend von Ihrem Job haben beurlauben lassen.«

»Es blieb mir nichts anderes übrig. Irgendjemand muss rund um die Uhr hier anwesend sein. Und da wir uns eine Pflegerin nicht leisten können, muss ich eben herhalten.«

»Das ist hart für Sie.«

»Es gibt Leute, denen es schlechter geht.«

Ich wechselte das Thema. »Haben Sie einen Verdacht, wer Jean Timberlake wirklich umgebracht haben könnte?«

Ann schüttelte den Kopf. »Ich wünschte, ich wüsste es. Sie war Schülerin an meiner Highschool und Baileys Freundin.«

»Ist sie viel hier gewesen?«

»Ziemlich. Das wurde erst nach Baileys Entlassung aus der Haft weniger.«

»Und Sie sind überzeugt, dass er mit dem Mord nichts zu tun hat?«

»Ich weiß langsam nicht mehr, was ich glauben soll«, erwiderte sie müde. »Ich will nicht glauben, dass er's gewesen ist. Andererseits finde ich den Gedanken, dass der Killer noch immer frei rumläuft, nicht gerade angenehm.«

»Dem gefällt das sicher auch nicht … dass Bailey wieder in Haft ist. Da muss sich jemand all die Jahre verdammt sicher gefühlt haben. Und sobald der Fall wieder neu aufgerollt wird, kann niemand sagen, wie's ausgeht.«

»Da haben Sie Recht. Ich möchte nicht in seinen Schuhen stecken.« Sie rieb sich die Arme, als fröre sie, und lachte nervös über sich selbst. »Ich muss jetzt wieder runter und nach Mutter sehen. Vorhin hat sie geschlafen, aber sie wacht meist nach kurzer Zeit wieder auf. Und sobald sie die Augen aufschlägt, muss ich parat sein.«

»Ich mache mich nur ein bisschen frisch, dann komme ich nach.« Ich ging zur Tür. Dabei fiel mein Blick auf meine Handtasche und das Kuvert, das Clemson mir mitgegeben hatte. »Halt! Das ist für Ihren Vater. Jack Clemson hat mich gebeten, es ihm zu geben.« Ich reichte es ihr.

Sie sah mich lächelnd an. »Danke für den Wein. Hoffentlich habe ich Sie mit den Familiengeschichten nicht gelangweilt.«

»Ganz und gar nicht. Was ist übrigens mit Jean Timberlakes Mutter? Ist sie schwer zu finden?«

»Wer, Shana? Versuchen Sie's in der Pool Hall. Dort ist sie fast jeden Abend. Tap Granger auch.«

Nach dem Abendessen holte ich kurz eine Jacke aus meinem Zimmer und lief die Hintertreppe hinunter.

Es war eine kalte Nacht, und die Brise, die vom Meer her wehte, war feucht und schmeckte nach Salz. Der Weg bis zu Pearls Billardsalon, zwei Blocks entfernt, war hell erleuchtet. Ganz Floral Beach schien in das orangerote Licht der Natriumdampflampen getaucht, die die Ocean Street säumten. Der Mond war noch nicht aufgegangen, und das Meer war eine pechschwarze Fläche. Nur der äußere Saum der Brandungswellen, die gegen den Strand schlugen, fing einen schwachen Widerschein der Straßenbeleuchtung ein und glühte golden. Nebel zog auf, und die Luft hatte die gelblich dichte Konsistenz von Smog.

Als ich mich dem Billardsalon näherte, wurde die Stille plötzlich von den rauen Klängen von Countrymusic durchbrochen. Die Tür stand offen, und schon auf zwanzig Meter Entfernung stieg mir Zigarettenrauch in die Nase. Am Straßenrand vor dem Lokal zählte ich fünf Harley-Davidsons mit viel Chrom, schwarzen Ledersitzen und gekrümmten Auspuffrohren. Die Jungen an meiner Highschool hatten in einer pubertären Phase in der Unterstufe ausschließlich solche Maschinen gezeichnet: heiße Öfen und Rennautos, Panzer, Folterwerkzeug, Schusswaffen, Messer und Grausamkeiten aller Art. Eigentlich sollte man sich mal die Mühe machen, herauszufinden, was aus diesen Jungen geworden war.

Der Billardsalon war zwei Billardtische lang mit genügend Zwischenraum für schwierige Stöße. Beide Tische waren von den Motorradfreaks belagert: korpulente Männer Anfang vierzig mit Mongolenbärten und langem, im Nacken zusammengebundenem Haar. Es waren insgesamt fünf, eine ganze Familie von Raubrittern der Landstraße. Der Bartresen verlief über die gesamte Wandlänge zu meiner Linken, und auf den Hockern saßen die Bräute der Motorradfreaks zwischen ortsansässigem Publikum. Wände und Decke des Lokals waren mit einer Art Collage aus Bierdeckeln, Tabakwerbung, Autoaufklebern, Cartoons, Schnappschüssen und Barwitzen bepflastert. Ein Spruch erklärte die Zeit von sechs bis sieben zur »Glücklichen Stunde«, doch die darunter abgebildete Uhr zeigte zu jeder vollen Stunde nur die Zahl Fünf. Zum Totlachen! Bowling-Trophäen, Bierkrüge und Tüten mit Kartoffelchips füllten das Regal hinter der Theke. Pearls-Billardsalon-T-Shirts wurden für $ 6.99 zum Kauf angeboten. Von der Decke baumelte ein Motorradhandschuh an einer Schnur, und ein Miller-Lite-Spiegel war mit zwei Damenslips an der Wand befestigt. Der Geräuschpegel war so hoch, dass ein späterer Gehörtest angebracht schien.

Am Tresen war noch ein einziger Hocker frei. Ich setzte mich. Der Barkeeper war eine Frau Mitte sechzig, vermutlich die Pearl, nach der das Lokal benannt war, klein, füllig um die Hüften, grau meliertes, streng nach hinten gebürstetes, dauergewelltes Haar. Sie trug eine karierte Trevirahose und ein ärmelloses Oberteil, das ihre muskulösen Oberarme freiließ. Es schien nicht ausgeschlossen, dass sie kräftig genug war, gelegentlich einen Motorradfreak mit Schwung am Hosenboden aus dem Lokal zu befördern.

Ich bestellte Fassbier, das mir in einem Steinkrug serviert wurde. Da der ohrenbetäubende Lärm jede Unterhaltung unmöglich machte, hatte ich ausgiebig Zeit, mich im Lokal umzusehen. Ich schwenkte mit dem Hocker herum, bis ich mit dem Rücken zur Bar saß, beobachtete die Billardspieler und ließ den Blick gelegentlich zu meinen Nachbarn am Tresen schweifen. Ich war nicht sicher, wie ich mich verhalten sollte. Erst einmal wollte ich meinen Beruf und den Grund für meinen Aufenthalt in Floral Beach für mich behalten. Die Lokalzeitungen hatten in großer Aufmachung von Baileys Verhaftung berichtet, sodass ich nicht befürchten musste, Verdacht oder Misstrauen zu erregen, sobald ich das Thema anschnitt.

Neben dem Musikautomaten links von mir begannen zwei Frauen zu tanzen. Die Motorradbräute machten einige gehässige Bemerkungen, aber sonst schien sich niemand um die beiden zu kümmern. Zwei Hocker weiter saß eine Frau Mitte fünfzig. Sie musste Shana Timberlake sein, denn keine andere Frau im Lokal sah alt genug aus, um siebzehn Jahre zuvor eine Tochter im Teenageralter gehabt zu haben.

Gegen zehn Uhr schwärmten die Motorradfahrer aus dem Lokal. Kurz darauf entfernten sich die donnernden Maschinen auf der Straße. Die Musikbox schaltete gerade auf eine andere Musiknummer, sodass sich für einen Augenblick heilsame Stille im Lokal ausbreitete. »O Mann!«, sagte jemand, und alle lachten. Wir waren noch ungefähr zehn, die spannungsgeladene Atmosphäre verflog und wurde familiärer. Es war Dienstagabend, der Stammtischtag der Einheimischen. Harte Schnäpse wurden offenbar nicht ausgeschenkt, und der Wein, der hier getrunken wurde, stammte vermutlich aus einem Gefäß von der Größe eines Ölfasses und war von entsprechender Qualität.

Der Mann auf dem Hocker rechts neben mir war Anfang sechzig. Er war groß, mit einem Bierbauch vom Umfang eines Medizinballes und einem breiten Gesicht mit Doppelkinn. Selbst im Nacken, wo grau meliertes Haar über den Kragen hing, hatte sich ein Fettwulst gebildet. Es war mir nicht entgangen, dass er mich gelegentlich neugierig musterte. Das übrige Publikum am Tresen schien sich zu kennen, was ich aus den Gesprächen schloss, die sich hauptsächlich um Politik, Sport und einen gewissen Ace drehten, der am Vorabend ziemlich betrunken gewesen sein musste. Der schüchterne Ace, ein groß gewachsener, hagerer Mann in Jeans und passender Jacke und Baseballmütze, musste sich eine Menge Spott wegen seines Benehmens gegenüber der »guten alten Betty« gefallen lassen, die er offenbar mit nach Hause genommen hatte. Ace schien sich in den Vorwürfen über sein schlechtes Benehmen zu sonnen, und da Betty nicht anwesend war, um den Eindruck zu korrigieren, nahm jeder an, dass er mit ihr geschlafen hatte.

»Betty ist seine Exfrau«, sagte der Mann an meiner Seite zu mir, um mich in die Unterhaltung mit einzubeziehen. »Sie hat ihn schon viermal rausgeworfen, aber dann lässt sie sich doch immer wieder mit ihm ein. He, Daisy. Wir hier unten könnten auch mal 'n paar Erdnüsse brauchen.«

»Ich dachte, sie heißt Pearl«, bemerkte ich, um die Unterhaltung nicht abreißen zu lassen.

»Curtis Pearl bin ich«, erwiderte mein Nachbar. »Für meine Freunde nur Pearl.«

Daisy schaufelte mit einem Gefäß, das wie ein Fressnapf für Hunde aussah, Erdnüsse aus einem Eimer unter der Theke und knallte es auf den Tresen. Die Nüsse waren noch in der Schale, und der Abfall auf dem Fußboden machte deutlich, was man von uns erwartete. Pearl schob sich zu meiner Überraschung eine Nuss mit Schale in den Mund. »Hier wird alles verwertet«, erklärte er. »Das ist gesund. Mein Arzt plädiert für faserreiche Kost. Das macht satt und putzt durch, behauptet er.«

Ich zuckte mit den Schultern und tat es ihm gleich. Kein Zweifel, die Schale war außerordentlich faserreich und schmeckte nach

Salz und dem bitteren inneren Häutchen der Nuss. Galt das hier als Körnerersatz, oder konnte man genauso gut Papier kauen?

Der Musikautomat sprang wieder an, diesmal mit einer sanften Stimme, wie eine Kreuzung aus Frank Sinatra und Della Reese. Die beiden Frauen am Ende der Bar begannen erneut zu tanzen. Beide waren dunkelhaarig und schlank, die eine größer als die andere. Pearl drehte sich um, um ihnen zuzusehen, und wandte sich dann wieder mir zu. »Stört Sie so was?«

»Nein, warum?«

»Es ist sowieso nicht das, was Sie vermuten«, fuhr er fort. »Die Größere tanzt gern, wenn sie deprimiert ist.«

»Und weshalb ist sie unglücklich?«

»Sie haben gerade den Kerl geschnappt, der vor Jahren ihre kleine Tochter umgebracht hat.«

7

Ich beobachtete sie eine Weile. Auf diese Entfernung sah sie wie fünfundzwanzig aus. Sie hatte die Augen geschlossen und den Kopf leicht zur Seite geneigt. Ihr Gesicht war herzförmig, und sie hatte das Haar mit einer Klammer zum Pferdeschwanz hochgebunden, sodass die Haarspitzen im Rhythmus der Musik über ihre Schultern wallten. Die Beleuchtung der Musikbox verlieh ihren Wangen einen goldenen Glanz. Die Frau, mit der sie tanzte, hatte mir den Rücken zugewandt.

Pearl erzählte mir im Stil des Routiniers einen kurzen Abriss der ganzen Geschichte. Ich erfuhr dabei zwar nichts Neues, war jedoch froh, dass er ohne Aufforderung überhaupt davon angefangen hatte. Er kam immer mehr in Fahrt und begann Spaß an seiner Rolle als Lokalchronist zu finden. »Wohnen Sie im Ocean Street Motel? Ich frage, weil das dem Vater des Burschen gehört.«

»Ach«, murmelte ich.

»Tja. Sie haben sie direkt unter dem Motel unten am Strand gefunden«, berichtete er. Die Leute von Floral Beach mussten diese Geschichte jahrelang immer wieder erzählt haben. Wie ein professioneller Komiker beherrschte er das richtige Timing für die Pointen, wußte exakt, wann er eine Kunstpause einlegen musste, und kannte die Reaktionen des Publikums bereits im Voraus.

Ich musste aufpassen, was ich sagte, denn ich wollte nicht den Eindruck erwecken, als hätte ich keine Ahnung. Ich habe zwar keine Skrupel zu lügen, tue es jedoch nie, wenn die Gefahr besteht, dabei ertappt zu werden. So etwas nehmen die Leute übel.

»Oh, ich kenne Royce«, sagte ich.

»Na, dann wissen Sie ja Bescheid.«

»In groben Umrissen. Glauben Sie wirklich, dass Bailey es gewesen ist? Royce bestreitet das.«

»Schwer zu sagen. Natürlich muss er das bestreiten. Keiner von uns will glauben, dass sein Kind jemanden umgebracht hat.«

»Stimmt.«

»Haben Sie Kinder?«

»Nein.«

»Mein Junge war es, der gesehen hat, wie die beiden in jener Nacht am Strand geparkt haben. Sie sind mit einer Flasche und einer Decke aus dem Lieferwagen gestiegen und die Treppe hinuntergegangen. Er hat gesagt, dass Bailey stockbesoffen gewesen sein muss, und sie war offenbar auch nicht viel nüchterner. Vermutlich wollten sie sich am Strand vergnügen ... wenn Sie wissen, was ich meine. Vielleicht hat sie ihm auch eröffnet, dass sie schwanger war.«

»Hallo! Was macht Ihr Käfer? Hat er noch seine Mucken?«

Ich drehte mich um. Hinter mir stand mit schlauem Grinsen Tap.

Pearl schien nicht gerade begeistert, ihn zu sehen, murmelte jedoch eine Höflichkeitsfloskel. »He, Tap. Was machst du denn hier? Ich dachte, deine Alte will nicht, dass du hierher kommst?«

»Unsinn. Wer ist die Dame, mit der du dich da unterhältst?«

»Ich bin Kinsey«, stellte ich mich vor.

Pearl zog eine Augenbraue hoch. »Ihr kennt euch?«

»Sie war heute Nachmittag mit ihrem Käfer bei mir und wollte, dass ich ihn mir mal ansehe. Macht bei hundert so komische Geräusche. 'n richtiger deutscher Brumm-Käfer muss das sein«, witzelte er. Auf diese Distanz konnte ich die Haarpomade riechen, die er benutzte.

Pearl drehte sich um und starrte Tap eindringlich an. »Hast du was gegen die Deutschen?«

»Wer? Ich?«

»Meine Vorfahren sind Deutsche, also pass gefälligst auf, was du sagst.«

»Mann, ich hab gegen niemanden was. He, Daisy, bring mir ein Bier! Und eine Tüte Kartoffelchips. Die große Packung. Das Mädchen hier sieht aus, als könne es einen Bissen gebrauchen. Ich bin Tap.« Damit schwang er sich auf den Barhocker zu meiner Linken. Er war der Männertyp, der sich das Händeschütteln für seine Geschlechtsgenossen vorbehielt. Frauen, die er kannte, kriegten sicher einen Klaps auf den Hintern. Als Fremde blieb mir Letzteres erspart.

»Tap? Was ist das für ein Name?«

»Tap kommt von Tapioka … Süßkartoffel«, warf Pearl ein. »Ich würde ihn eher als Pflaume bezeichnen.«

Tap lachte auch diesmal, aber es klang nicht sehr fröhlich. Daisy brachte das Bier und die Kartoffelchips, sodass ich nie herausfand, wofür Tap die Kurzform war.

»Wir haben gerade von deinem alten Kumpel Bailey gesprochen«, bemerkte Pearl. »Die Dame wohnt im Ocean Street Motel, und Royce erzählt ihr Seifenopern.«

»Ah, Bailey, das war ein ganzer Kerl«, seufzte Tap. »Er hat Grips. Er hatte immer tausend Ideen … konnte dich zu allem überreden. Mit ihm … das waren tolle Zeiten. Glauben Sie mir.«

»Kann ich mir schon vorstellen«, sagte Pearl. Pearl saß rechts, und Tap saß links von mir, und die beiden warfen sich an mir vorbei wie beim Tennis die Bälle zu.

»Der hat mehr Geld gescheffelt, als du je in deinem Leben gesehen hast«, behauptete Tap.

»Tap und Bailey haben in alten Zeiten Geschäfte zusammen gemacht«, erklärte Pearl mir in vertraulichem Ton.

»Wirklich? Was denn für Geschäfte?«

»Lass das doch, Pearl! Das interessiert sie doch gar nicht.«

»Wer die Kartoffelchips eines Mannes isst, möchte vielleicht auch wissen, in welcher Art von Gesellschaft er sich eigentlich befindet.«

Tap wand sich sichtlich. »Ich bin seit Jahren sauber. Das ist Tatsache. Ich habe Frau und Kinder und lass mir nichts zu Schulden kommen.«

Ich beugte mich mit gespielt besorgter Miene zu Pearl hinüber: »Was hat er denn gemacht, Pearl? Bin ich in seiner Gegenwart sicher?«

Pearl amüsierte sich köstlich.

»Wenn ich Sie wäre, würde ich auf meine Brieftasche aufpassen. Er und Bailey waren darauf verfallen, sich Damenslips über die Köpfe zu ziehen und mit ihren Spielzeugpistolen Tankstellen auszurauben.«

»Pearl, verdammt, lass den Unsinn! Du weißt genau, dass das nicht stimmt.«

Tap vertrug in diesen Dingen offenbar keinen Spaß. Er ließ die Geschichte im Raum stehen und machte mit seinen Protesten alles nur noch schlimmer.

Pearl trat den Rückzug an mit der routinierten Zerknirschung des Staatsanwalts, der genau weiß, dass er einen Punkt bei den Geschworenen gemacht hatte. »O Mann, tut mir wirklich Leid. Du hast ja Recht, Tap. Ihr hattet ja nur *eine* Waffe«, sagte Pearl. »Hier, Tap hat sie gehabt.«

»Erst mal war's überhaupt nicht meine Idee, und außerdem war das verdammte Ding nicht geladen.«

»Bailey war drauf gekommen, den Schießprügel mitzunehmen. Und von Tap stammt die Idee mit den Damenslips.«

Tap versuchte zu retten, was zu retten war. »Der Kerl kann einen Slip nicht von einer Strumpfhose unterscheiden. Das ist sein Problem. Wir hatten uns Strumpfmasken übers Gesicht gezogen.«

»Und habt euch dauernd Laufmaschen eingehandelt«, improvisierte Pearl. »Habt eure ganze Beute für neue Strumpfhosen ausgegeben.«

»Hören Sie nicht auf ihn. Er ist nur eifersüchtig. Wir hatten die Strumpfhose von seiner Frau. Sie hat die Beine breit gemacht … und schwupp, war sie runter.« Tap kicherte vergnügt. Pearl schien es ihm nicht übel zu nehmen.

Ich erlaubte mir zu lachen, mehr aus Verlegenheit als vor Vergnügen. Es war ein seltsames Gefühl, zwischen diesen beiden merkwürdigen Männern festzusitzen. Die Szene erinnerte mich an zwei Hunde, die sich über einen Zaun hinweg anbellten.

In diesem Moment wurden am anderen Ende der Bar Stimmen laut, die Pearls Aufmerksamkeit ablenkten. Daisy wusste, worum es ging. »Die Musikbox hat wieder mal ihren Geist aufgegeben. Sie hat schon den ganzen Tag Geld geschluckt. Darryl behauptet, einen Dollar und fünfundzwanzig Cents umsonst reingeworfen zu haben.«

»Gib ihm sein Geld aus der Kasse zurück. Ich sehe mir inzwischen mal die Maschine an.« Pearl glitt vom Barhocker und ging auf die Musikbox zu. Shana Timberlake tanzte noch immer, allein und zu den Klängen einer unhörbaren Musik. Ihre Trauer hatte etwas Exhibitionistisches, und zwei Billardspieler musterten sie bereits unverhohlen interessiert. Ich habe schon oft Frauen kennen gelernt, die sich über ihre Probleme hinwegtrösten, indem sie einfach mit irgendjemandem ins Bett gehen, als wäre Sex eine Art Balsam mit heilender Wirkung.

Als Pearl uns allein gelassen hatte, entspannte sich die Atmosphäre, und Tap begann sich sichtlich wohler zu fühlen. »He,

Daze! Noch 'n Bier, Baby! Das ist übrigens Crazy Daisy. Sie arbeitet schon seit grauer Vorzeit für Pearl.«

Daisy sah mich an. »Was ist? Kriegen Sie auch noch 'n Bier?«

Tap fing ihren Blick auf. »Bring gleich zwei. Das geht auf meine Rechnung.«

Ich lächelte flüchtig. »Danke. Sehr nett.«

»Hoffentlich denken Sie jetzt nicht, dass Sie es mit einem Ganoven zu tun haben.«

»Es macht ihm wohl Spaß, Sie zu ärgern, was?«

»Kann man sagen«, murmelte Tap, richtete sich auf und sah mich an. Es schien ihn zu überraschen, dass noch jemand außer ihm das gemerkt hatte. »Er meint's nicht böse, aber es nervt. Wenn das hier nicht die einzige Kneipe in der Stadt wäre, dann würde ich ihm sagen, wohin er sich scheren kann.«

»Tja. Jeder macht mal Fehler«, pflichtete ich ihm bei. »Ich habe als Kind auch über die Stränge geschlagen. Allerdings, eine Tankstelle zu überfallen, ist schließlich kein Jugendstreich.«

»Ach, das ist längst noch nicht alles. Dabei haben sie uns nur erwischt«, klärte er mich auf mit einem triumphierenden Unterton, der mir bekannt vorkam. Man findet ihn oft bei Männern, die von vergangenen sportlichen Triumphen schwärmen. Verbrechen zählen für mich zwar nicht zu solchen großartigen Erlebnissen, aber bei Tap war das vielleicht anders.

»Wenn man uns bei allem, was wir so ausfressen, erwischen würde, säßen wir alle längst im Knast«, bemerkte ich.

Er lachte. »He, Sie gefallen mir. So 'ne Einstellung mag ich.«

Daisy brachte unsere Getränke und wartete, bis Tap eine Zehndollarnote aus der Tasche gezogen hatte. »Mach uns die Rechnung«, sagte er zu ihr.

Sie nahm den Geldschein und ging damit zur Kasse. Ich beobachtete, wie sie sich dort etwas notierte. Währenddessen betrachtete Tap mich aufmerksam. Offenbar versuchte er zu erraten, woher ich kam. »Ich schätze, Sie haben nie jemandem die Waffe unter die Nase gehalten und ihn ausgeraubt.«

»Nein, aber mein Vater«, erwiderte ich leichthin. »Und dafür hat er auch gesessen.« Die Lüge kam mir glatt über die Lippen.

»Wollen Sie mich auf den Arm nehmen? Ihr Alter hat gesessen? Das können Sie mir nicht weismachen. Wo denn?«

»Lompoc«, behauptete ich prompt.

»Hm, und was hat er gemacht? Eine Bank ausgeraubt?«

Ich imitierte mit der Hand eine Pistole und zielte auf ihn.

»Verdammt«, murmelte er. »Verdammt.« Er war jetzt richtig aufgeregt; fast so, als hätte er eben erfahren, dass mein Vater der frühere Präsident der Vereinigten Staaten gewesen wäre.

»Und weshalb hat man ihn erwischt?«

Ich zuckte mit den Schultern. »Er war vorbestraft wegen Scheckfälschung. Die Fingerabdrücke auf dem Zettel, den er dem Kassierer zugesteckt hatte, haben ihn verraten. Er hatte nicht mal Zeit, was von der Beute auszugeben.«

»Und Sie haben noch nie gesessen?«

»Ich? Nein. Ich bin ganz gesetzestreu.«

»Das ist gut. Bleiben Sie dabei. Sie sind viel zu nett für diese Knastbräute. Die Frauen sind die Schlimmsten. Die schrecken vor nichts zurück. Ich habe Sachen gehört, da stehen einem die Haare zu Berge.«

»Kann ich mir vorstellen«, versicherte ich ihm und wechselte das Thema, um nicht noch mehr lügen zu müssen. »Wie viele Kinder haben Sie?«

»Hier, ich zeig's Ihnen.« Er griff in die Gesäßtasche seiner Hose, nahm die Brieftasche heraus, schlug sie auf und präsentierte ein Foto. »Das ist Joleen.«

Die Frau auf dem Bild sah sehr jung und etwas überrascht aus. Vier kleine Kinder standen mit sauber gewaschenen, lachenden Gesichtern um sie herum. Der Älteste war ein Junge von ungefähr neun Jahren mit Zahnlücken und sichtlich noch feuchtem Haar, das die Mutter zu einer Tolle hochgekämmt hatte, die an die Frisur des Vaters erinnerte. Als Nächstes kamen zwei Mädchen von vermutlich sechs und acht Jahren. Auf dem Schoß der Mutter saß ein molliges Baby, ebenfalls ein Junge. Das Bild war im Studio aufgenommen worden, wo alle fünf inmitten einer künstlichen Picknickszene posiert hatten, die bis zur karierten Tischdecke und den Baumästen aus Plastik alles bot, was gut und teuer war. Das Baby hielt einen künstlichen Apfel wie einen Ball in seiner Hand.

»Die sind ja niedlich«, sagte ich und hoffte, er würde nicht merken, wie überrascht ich war.

»Es sind Racker«, sagte er stolz. »Das Foto ist letztes Jahr aufgenommen worden. Sie ist wieder schwanger. Am liebsten würde sie nicht mehr arbeiten, aber es geht uns gut.«

»Was macht sie denn?«

»Sie ist Krankenschwester in der Orthopädie im Community Hospital und macht hauptsächlich Nachtdienst ... von elf Uhr abends bis sieben Uhr früh. Wenn sie nach Hause kommt, fahre ich zur Arbeit und bringe auf dem Weg die Kinder zur Schule. Für den Kleinen haben wir einen Babysitter. Aber was soll nur werden, wenn Nummer fünf da ist?«

»Irgendwie wird's schon gehen«, tröstete ich ihn.

»Vermutlich«, seufzte er und klappte seine Brieftasche zu.

Die nächste Runde Bier gab ich aus, dann war Tap wieder an der Reihe. Ich hatte Gewissensbisse, den armen Mann auf diese Weise betrunken zu machen, doch mir lagen noch ein paar Fragen auf der Seele, und ich wollte ihm die Zunge lockern. Mittlerweile hatte sich das Stammpublikum der Bar von zehn auf sechs verringert, und ich registrierte mit Bedauern, dass auch Shana Timberlake gegangen war. Die Musikbox funktionierte wieder, und mittlerweile ließ die Lautstärke der Musik eine gedämpfte Unterhaltung zu. Ich fühlte mich entspannt, war jedoch längst nicht so beschwipst, wie ich es Tap glauben machte. Ich legte plump die Hand auf seinen Arm.

»Eines müssen Sie mir noch verraten«, sagte ich mit leichtem Lallen. »Es ist pure Neugier.«

»Was denn?«

»Wie viel haben Sie und dieser Bailey abgezockt?«

»Abgezockt?«

»Kassiert! Wie viel habt ihr ungefähr kassiert? Ist ja nur 'ne Frage. Sie müssen nicht antworten.«

»Verknackt haben sie uns wegen zweitausend Dollar.«

»Zweitausend? Quatsch! Es muss mehr gewesen sein«, widersprach ich.

Tap fühlte sich geschmeichelt und wurde rot. »Meinen Sie?«

»Allein mit den Tankstellennummern habt ihr doch mehr gemacht. Wetten?«

»Es war alles, was ich je zu Gesicht bekommen habe.«

»Es war alles, was sie euch nachweisen konnten«, verbesserte ich ihn.

»Es ist alles, was ich je eingesteckt habe. Und das ist die reine Wahrheit.«

»Aber wie viel war's insgesamt?«

Tap überlegte, schob das Kinn vor und kaute nachdenklich auf der Unterlippe. »Na so ungefähr ... ich würde sagen ... ob Sie's glauben oder nicht ... zweiundvierzigtausendsechshundertsechs.«

»Und wer hat die Moneten? Bailey?«

»Ach, die sind futsch! Auch Bailey hat nie einen Cent davon gesehen ... so viel ich weiß, heißt das.«

»Und wie seid ihr an diese Summe gekommen?«

»Durch ein paar kleine Dinger, die wir gedreht haben, und von denen die Polizei nichts wusste.«

Ich lachte bewundernd. »Sie Teufelskerl!« Damit gab ich ihm erneut einen Klaps auf den Arm. »Wo ist es abgeblieben?«

»Wüsste ich selbst gern.«

Ich lachte, und er begann ebenfalls zu kichern. Irgendwie erschien uns das alles unheimlich komisch. Nach einer halben Minute verstummte das Gelächter, und Tap schüttelte den Kopf.

»Mann, das tut gut!«, keuchte er. »So habe ich eine halbe Ewigkeit nicht mehr gelacht.«

»Glauben Sie, Bailey hat die Kleine damals umgebracht?«

»Keine Ahnung«, antwortete er. »Aber eines will ich Ihnen sagen. Als wir in den Knast mussten, ja? Da haben wir das Geld Jean Timberlake zur Aufbewahrung gegeben. Dann ist Bailey rausgekommen, und plötzlich war Jean Timberlake tot, und er hat behauptet, er wisse nicht, wo das Geld geblieben ist. Es war längst futsch.«

»Warum haben Sie's nicht geholt, als Sie aus dem Knast gekommen sind?«, wollte ich wissen.

»Weil uns die Bullen bestimmt überwacht haben, um rauszukriegen, ob da noch was ist. Verdammt. Alle waren überzeugt, dass er sie umgebracht hat. Ich weiß nicht, was ich denken soll. Es sieht ihm nicht ähnlich. Trotzdem ist es möglich, dass sie das ganze Geld verjuxt hatte und er sie in seiner Wut erwürgt hat.«

»Ne, das kann ich mir nicht vorstellen. Hat Pearl nicht gesagt, dass sie schwanger war?«

»Das war sie auch, aber deshalb hätte Bailey sie nicht umgebracht. Weshalb auch? Uns war nur das Geld wichtig. Das ist doch verständlich. Wir hatten gesessen. Haben für alles bezahlt. Und dann sind wir rausgekommen. Wir waren nicht so dämlich und haben mit Geld um uns geworfen. Wir haben stillgehalten. Nach ihrem Tod hat Bailey mir gesagt, sie sei die Einzige gewesen, die wusste, wo die Piepen waren, und sie habe es ihm nicht gesagt. Er wollte es ja auch gar nicht wissen ... für den Fall, dass sie ihn an den Lügendetektor anschließen würden. Jetzt ist es endgültig weg ... oder noch immer in einem Versteck. Nur weiß keiner wo.«

»Vielleicht hat Bailey die Beute. Vielleicht hat er die ganze Zeit, die er verschwunden war, davon gelebt«, gab ich zu bedenken.

»Keine Ahnung. Ich glaub's eigentlich nicht, aber ich würde mich trotzdem mal gern mit ihm unterhalten.«

»Was denken Sie wirklich? Ehrlich.«

»Die ehrliche Wahrheit?«, wiederholte er und sah mich prüfend an. Plötzlich beugte er sich zu mir und blinzelte mir zu: »Ich glaube, ich muss jetzt mal dorthin, wo der Kaiser allein hingeht.

Laufen Sie nicht weg!« Er rutschte vom Hocker, drehte sich um und richtete den Zeigefinger wie eine Waffe auf mich. Ich tat es ihm gleich, und er verschwand mit dem betont lässigen Gang des Betrunkenen in Richtung Toilette.

Ich wartete eine Viertelstunde, nippte an meinem Bier und warf gelegentlich einen Blick zur Toilettentür hinüber. Die Frau, die mit Shana Timberlake getanzt hatte, spielte mit einem Jungen Billard, der kaum älter als achtzehn aussah. Es war fast Mitternacht, und Daisy hatte begonnen, die Theke mit einem Lumpen zu säubern.

»Wo ist Tap hin?«, fragte ich, als sie sich schließlich bis zu meinem Platz vorgearbeitet hatte.

»Er ist angerufen worden und weggegangen«, erwiderte sie.

»Gerade jetzt?«

»Vor ein paar Minuten. Er schuldet mir noch einiges.«

»Das erledige ich«, erbot ich mich, legte eine Fünfdollarnote auf den Tresen und verzichtete auf das Wechselgeld.

Daisy sah mich unverwandt an. »Wissen Sie was? Tap ist das schlimmste Großmaul, das mir je begegnet ist.«

»Das habe ich mir fast gedacht.«

Ihr Blick war düster. »Er war früher vielleicht mal auf der schiefen Bahn, aber jetzt ist er ein anständiger Familienvater geworden. Nette Frau und nette Kinder.«

»Warum sagen Sie das? Ich will nichts von ihm.«

»Weshalb haben Sie ihn dann die ganze Zeit wegen dem jungen Fowler gelöchert? Das ging doch den ganzen Abend lang so.«

»Royce hat mir die Geschichte erzählt. Das hat mich neugierig gemacht ... mehr nicht.«

»Neugierig, weshalb?«

»Weil's hier sonst verdammt langweilig ist«, entgegnete ich. »Was ist denn schon los in diesem Nest?«

Ihre Miene entspannte sich. Offenbar hatte ich sie von meiner Harmlosigkeit überzeugen können. »Sind Sie auf Urlaub hier?«

»Geschäftlich«, entgegnete ich. Ich erwartete, dass sie weiterfragen würde, doch sie wechselte das Thema.

»Wochentags schließen wir um diese Zeit«, klärte sie mich auf. »Sie können gern noch so lange bleiben, bis ich hinten abgeschlossen habe, aber Pearl hat es nicht gern, wenn ich vor Gästen den Kassensturz mache.«

In diesem Moment merkte ich erst, dass ich der letzte Gast war. »Dann lasse ich Sie jetzt am besten allein. Ich habe sowieso genug.«

Der Nebel war mittlerweile bis zur Straße hochgestiegen und hüllte Meer und Strand in gelblichen Dunst. Irgendwo in der Ferne tutete ein Nebelhorn. Auf der Straße fuhr kein Auto mehr, und auch kein Fußgänger war zu sehen. Hinter mir verriegelte Daisy die Tür des Lokals und löschte die Außenbeleuchtung. Ich ging rasch ins Motel zurück und überlegte, weshalb Tap sich wohl nicht verabschiedet hatte.

8

Die offizielle Anklageerhebung gegen Bailey sollte im Raum B des Amtsgerichts stattfinden, im Untergeschoss des Justizgebäudes vom San Luis Obispo County in der Monterey Street. Royce fuhr mit mir. Eigentlich war sein Gesundheitszustand viel zu labil für ein solches Unternehmen, aber er hatte einen eisernen Willen. Da Ann an diesem Vormittag ihre Mutter zum Arzt gefahren hatte und uns somit nicht begleiten konnte, versuchten wir die Anstrengungen für ihn auf ein Minimum zu beschränken. Ich setzte Royce daher vor dem Portal des Justizgebäudes ab und beobachtete, wie er mühsam die breite Steintreppe erklomm. Wir waren übereingekommen, dass er in dem kleinen Café in der kühlen und luftigen Eingangshalle auf mich warten sollte. Bereits auf der Fahrt hatte ich ihn vom Stand meiner Ermittlungen unterrichtet, und er schien mit meinen Unternehmungen zufrieden zu sein. Ich allerdings brannte jetzt darauf, mich mit Clemson zu unterhalten.

Ich stellte den Wagen auf dem kleinen Privatparkplatz hinter der Anwaltskanzlei ab, einen Block vom Justizgebäude entfernt. Clemson und ich gingen dann gemeinsam zum Gericht hinüber und nutzten die Zeit, um über Baileys psychische Verfassung zu sprechen. Während meines Besuchs hatte Bailey zwischen Teilnahmslosigkeit und Verzweiflung geschwankt. Bis zu seiner späteren Unterredung mit Clemson schien sich sein Zustand erheblich verschlechtert zu haben. Er war offenbar überzeugt, dass Clemson die Anklage wegen Flucht aus der Haft nicht aus der Welt schaffen konnte, erwartete, wieder im Zuchthaus zu landen, und sagte voraus, dass er eine nochmalige Haftstrafe nicht überleben werde.

»Der Junge ist ein Nervenbündel«, erklärte Jack. »Es ist kein vernünftiges Wort aus ihm rauszukriegen.«

»Wie stehen seine Chancen? Realistisch gesehen, meine ich.«

»Mein Gott, ich tue, was ich kann! Die Kaution ist auf eine halbe Million festgesetzt. Einfach lächerlich! Fowler ist schließlich nicht Jack the Ripper. Ich stelle selbstverständlich einen Antrag auf Herabsetzung der Kautionssumme. Vielleicht kann ich den Staatsanwalt auch noch überreden, für die Flucht aus der Haftanstalt auf die Mindeststrafe zu plädieren. Aber natürlich wird die Strafe seiner alten Strafe zugeschlagen. Darum kommt er nicht herum.«

»Und wenn ich überzeugende Beweise erbringe, dass er Jean Timberlake nicht umgebracht hat?«

»Dann beantrage ich, dass die ursprüngliche Anklage fallen gelassen oder dass die Aktenlage grundsätzlich neu festgestellt wird. Damit wären wir dann aus dem Schneider.«

»Verlassen Sie sich nicht zu sehr darauf, aber ich tue, was ich kann.«

Er sah mich lächelnd an und kreuzte die Finger.

Im Justizgebäude verabschiedete er sich in der Eingangshalle, um sich mit dem Staatsanwalt und dem Richter zu besprechen. Das Café war eigentlich nichts weiter als eine Verlängerung der

Eingangshalle, mittlerweile vollbesetzt mit Presseleuten. Royce saß an einem kleinen Tisch in der Nähe der Treppe und hatte die Hände auf dem Knauf seines Stocks gefaltet. Er wirkte müde. Sein Haar hatte den stumpfen, leicht feuchten Glanz des Kranken. Er hatte Kaffee bestellt, der jedoch kalt und unberührt vor ihm stand. Ich setzte mich. Die Bedienung kam mit einer Kanne frischen Kaffees, doch ich schüttelte dankend den Kopf. Royces ängstliche Sorge wirkte beklemmend. Er war ganz offenbar ein stolzer Mann, der es gewohnt war, der Umwelt seinen Willen aufzuzwingen. Die offizielle Anklageerhebung gegen Bailey hatte jetzt schon den Anstrich eines öffentlichen Spektakels. Die Lokalzeitung brachte die Geschichte seiner Verhaftung seit Tagen auf der ersten Seite, die Regionalsender eröffneten alle Nachrichten und die kurzen Zusammenfassungen von den Ereignissen des Tages mit Meldungen zu seinem Fall.

Ein Fernsehteam ging rechts an uns vorbei und die Treppe hinunter, ohne zu registrieren, dass Bailey Fowlers Vater in Reichweite ihrer Kamera gesessen hatte. Royce warf ihnen einen bösen Blick nach, und sein Lächeln wirkte bitter.

»Ich glaube, wir sollten jetzt hinuntergehen«, schlug ich vor.

Im Zeitlupentempo stiegen wir die Stufen hinab. Ich widerstand der Versuchung, Royce zu stützen, um ihn nicht zu verletzen. Seine Sturheit schien irgendwie ein Ausdruck dafür zu sein, dass er sich über sich selbst lustig machte. Offenbar bereitete es ihm ein grimmiges Vergnügen, so lange ausgehalten zu haben, und seinen Körper ohne Rücksicht seinem Willen zu unterwerfen.

Der Korridor im Untergeschoss war auf einer Seite von großen Fensterscheiben aus schusssicherem Glas gesäumt und hatte zwei Eingänge, zu denen man durch einen Innenhof gelangte. Innenhof und Korridor füllten sich mit Schaulustigen, von denen etliche Royce erkannten. Die Menge machte uns stumm Platz, und Blicke wandten sich ab, als wir den Gerichtssaal betraten. Die Leute in der dritten Reihe rückten enger zusammen, damit wir uns setzen konnten. Im Saal herrschte das gedämpfte Stimmengemurmel einer Kirchengemeinde vor dem Gottesdienst. Die meisten Anwesenden waren sonntäglich gekleidet, und in der Luft mischten sich verschiedene Parfüms. Niemand sprach Royce direkt an, doch ich glaubte zu ahnen, dass man um uns herum Zeichen machte und tuschelte. Royce war ein angesehener Bürger gewesen, bis Baileys Lebenswandel seinen guten Ruf zunichte machte. Einen Sohn zu haben, der des Mordes verdächtigt wird, ist ebenso verwerflich, wie selbst ein Verbrechen zu begehen – elterliches Versagen der schlimmsten Kategorie. So unfair es auch war, immer und überall schwebte unausgesprochen die Frage in der Luft: Was haben diese Eltern getan, dass aus einem einst unschuldigen Kind ein kaltblütiger Mörder werden konnte?

Ich hatte mir die Prozessliste angesehen, die im Korridor aushing. Für diesen Vormittag waren noch zehn weitere Anklageerhebungen angesetzt. Die Tür zum Richterzimmer war geschlossen. Die Gerichtsdienerin, eine schlanke, hübsche Frau im marineblauen Kostüm, saß unterhalb des Richtertischs etwas rechts vom Richterstuhl. Die Gerichtsreporterin hatte an einem Tisch gegenüber auf der linken Seite Platz genommen. Außerdem waren ungefähr ein Dutzend Staatsanwälte anwesend, in schwarzen Talaren, weißen Hemden mit dezent gemusterten Krawatten. Es gab nur eine Frau unter ihnen.

Während wir auf die Eröffnung der Verhandlung warteten, ließ ich meine Blicke über die Menge der Anwesenden schweifen. Shana Timberlake saß auf der gegenüberliegenden Seite des Mittelganges eine Reihe weiter hinten. Die kalte Neonbeleuchtung des Saals entlarvte den Eindruck von Jugendlichkeit als Illusion; ich sah die tiefen Falten an ihren Augenwinkeln, die Alter, Müdigkeit und die vielen Nächte schlechter Gesellschaft verrieten. Sie hatte breite Schultern, einen üppigen Busen und schmale Hüften und trug Jeans und ein Flanellhemd. Ihr Haar war beinahe schwarz mit vereinzelten silbrigen Strähnen und glatt aus dem Gesicht gekämmt. Im Nacken wurde es von einer Spange zusammengehalten. Ihre brennenden, dunklen Augen waren plötzlich auf mich gerichtet, und ich wandte mich hastig ab. Natürlich wusste sie jetzt, dass ich mit Royce gekommen war. Als ich wieder in ihre Richtung sah, ruhte ihr Blick unverhohlen abschätzend auf Royce. Offenbar versuchte sie abzulesen, wie lange er wohl noch zu leben hatte.

Noch eine andere Frau erregte meine Aufmerksamkeit. Sie kam den Mittelgang herunter, Anfang dreißig, blass, hager, in einem aprikotfarbenen Strickkleid mit einem großen Fleck knapp über dem Saum. Dazu hatte sie eine weiße Jacke, weiße Schuhe mit hohen Absätzen und weiße Baumwollsöckchen an. Ihr Haar war platinblond und wurde von einem breiten, billig aussehenden Band aus der Stirn gehalten. Sie war in Begleitung eines Mannes, in dem ich den Ehemann vermutete. Ich schätzte ihn auf Mitte dreißig. Er hatte lockiges blondes Haar und jenes puttenhafte Aussehen, das ich bei Männern noch nie gemocht hatte. Bei ihnen war Pearl, sodass ich mich unwillkürlich fragte, ob der junge Blonde der Sohn war, von dem Pearl erzählt hatte, der Bailey in der Mordnacht mit Jean Timberlake gesehen hatte.

Hinten im Saal wurde das Stimmengemurmel plötzlich lauter, und ich drehte mich um. Die Aufmerksamkeit der Zuschauer war wie bei einer Hochzeit, wenn die Braut erscheint, auf den Saaleingang gerichtet, durch den gerade die Häftlinge hereingeführt wurden. Ihr Anblick war seltsam beklemmend: neun Männer in Handschellen, aneinandergekettet; sie schlurften in Fußketten den Mittelgang entlang und trugen Anstaltskleidung: lose orangefarbene Anstaltshemden, hellgraue, dunkelgraue oder hellblaue Baumwollsocken und Plastiksandalen, die man im Häftlingsjargon »Schleicher« nannte. Die meisten waren sehr jung: fünf Latinos und drei Schwarze. Bailey war der einzige Weiße. Er wirkte entsetzlich verlegen, hatte hochrote Backen und den Blick niedergeschlagen. Er war der bescheidene Star dieser Gangstertruppe. Seine Mithäftlinge schienen die Prozedur gelassener zu nehmen und nickten Freunden und Verwandten im Publikum zu. Die meisten der Zuschauer waren allerdings wegen Bailey Fowler gekommen, und niemand machte Anstalten, ihm seinen Status streitig zu machen. Ein Hilfssheriff in Uniform führte die Männer zur Geschworenenbank, wo man ihnen die Fußketten abnahm für den Fall, dass sie zum Richtertisch gerufen wurden. Anschließend nahmen die Häftlinge Platz und harrten wie wir anderen der Dinge, die da kommen mochten.

Die Gerichtsdienerin forderte uns mit der üblichen Formel auf, uns zu erheben, was wir befolgten, als der Richter den Saal betrat und sich auf seinem Stuhl niederließ. Richter McMahon war ungefähr Mitte vierzig und schien vor Energie und Tüchtigkeit zu platzen. Er war schlank, blond und sportlich, sah aus wie jemand, der Handball und Squash spielte und Gefahr lief, trotz blendender Gesundheit eines Tages einem Herzinfarkt zu erliegen. Baileys Fall sollte als vorletzter verhandelt werden, sodass wir noch eine Menge juristischen Kleinkrieg erleben sollten, bis es so weit war. Ein Übersetzer musste eiligst von irgendwoher aus dem Justizgebäude herbeigeholt werden, da zwei Angeklagte des Englischen nicht mächtig waren. Dann waren Protokolle verschwunden oder falsch abgelegt worden. Zwei Verhandlungen wurden vertagt. Eine Akte war geschickt worden, aber nicht angekommen, und der Richter war wütend, weil der Staatsanwalt keinen Beleg für die Zustellung besaß und die Gegenseite noch nicht vorbereitet war. Zwei zusätzliche Beschuldigte waren auf Gerichtsbeschluss vorläufig freigelassen worden und saßen nun unter den Zuschauern. Sie mussten jeweils vortreten, als ihr Fall aufgerufen wurde.

Ein andermal zog der Hilfssheriff einen Schlüsselbund aus der Tasche und nahm einem der Häftlinge die Handschellen ab, damit dieser hinten im Saal ungestört mit seinem Verteidiger sprechen konnte. Während dieses Gespräch andauerte, verwickelte ein anderer Häftling den Richter in einen längeren Disput. Er beharrte darauf, seine Verteidigung selbst zu übernehmen. Richter McMahon war entschieden dagegen und brachte gut zehn Minuten damit zu, dem Mann zuzureden, zu drohen und zu schimpfen. Der Häftling ließ sich letztendlich doch nicht umstimmen, und der Richter war von Rechts wegen gezwungen, dem Wunsch des Beschuldigten stattzugeben, zeigte sich jedoch sichtlich verärgert. In der Zwischenzeit war das Publikum merklich unruhiger geworden. Man begann sich leise zu unterhalten und zu lachen. Alle warteten auf die Hauptattraktion des Tages und mussten diese Serie von drittklassigen Einbruchs- und Sexualdelikten über sich ergehen lassen. Ich wartete schon fast darauf, dass die Menge mit rhythmischem Klatschen ihr Recht wie im Kino fordern würde, wenn sich der Hauptfilm verzögerte.

Jack Clemson hatte sich die ganze Zeit über, an die Wand gelehnt, mit einem Anwaltskollegen unterhalten. Kurz bevor Baileys Fall aufgerufen werden sollte, verließ er seinen Platz und ging zur Geschworenenbank. Dort sprach er kurz mit dem Hilfssheriff, der schließlich Bailey die Handschellen abnahm. Clemson und der Polizeibeamte waren gerade wieder zur Seite getreten, als vom Saaleingang her ein scharfer Befehl ertönte. Der Kopf des Richters fuhr hoch, und alle Übrigen drehten sich automatisch in einer synchronen Bewegung um. Im Türrahmen stand ein Mann mit roter Skimütze, die nur die Augenpartie freiließ. Er hatte ein Schrotgewehr mit abgesägtem Lauf im Anschlag. Die Wirkung, die von diesem Anblick ausging, war elektrisierend. Ein Raunen ging durch den Saal.

»Keine Bewegung!«, brüllte der Mann. »Jeder bleibt, wo er ist!«

Dann feuerte er einmal, wie um seiner Aufforderung Nachdruck zu verleihen. Der Knall war ohrenbetäubend, die Ladung durchtrennte die Halterungskette einer Deckenlampe, die damit krachend zu Boden fiel und einen Glassplitterregen aussandte. Menschen suchten schreiend nach Deckung. Ein Baby begann schrill zu weinen. Die meisten, ich eingeschlossen, warfen sich einfach zu Boden. Baileys Vater allerdings saß wie gelähmt vor Schreck noch immer aufrecht auf seinem Platz. Ich packte ihn an der Hemdbrust, zog ihn zu mir herunter und warf mich schützend über ihn. Er wehrte sich, versuchte aufzustehen, doch in seiner gegenwärtigen körperlichen Verfassung war es nicht schwer, mit ihm fertig zu werden. Aus den Augenwinkeln beobachtete ich, wie einer der Hilfssheriffs im Schutz der Zuschauerbänke, die ihn gegen die Blicke des Amokschützen abschirmten, auf dem Bauch den Mittelgang entlangkroch.

In diesem Augenblick sah ich den Schützen deutlicher und hätte schwören können, dass es Tap war. Seine Hände zitterten erbärmlich, und er wirkte viel zu klein und verkrampft, um wirklich gefährlich zu sein. Die eigentliche Gefahr stellte das Schrotgewehr mit seiner breiten, alles vernichtenden Streuung dar. Sein Finger am Abzug zuckte. Jede unerwartete Bewegung konnte ihn veranlassen, abzudrücken. Zwei Frauen in der Nähe von Royce begannen hysterisch zu jammern und hielten sich wie Liebende umklammert.

»LOS BAILEY! HAU AB, VERDAMMT NOCHMAL!«, brüllte der Schütze, dann versagte ihm vor Angst die Stimme, und ein kalter Schauer lief mir über den Rücken, als ich vorsichtig über die Bankreihen spähte. Der Mann musste Tap sein.

Bailey war wie gelähmt. Er starrte den Typ mit dem Schrotgewehr ungläubig an, dann kam Bewegung in ihn. Mit einem Satz sprang er über die Holzbrüstung und rannte den Mittelgang hinunter zur Hintertür, während Tap erneut einen Schuss abgab. Ein großes, gerahmtes Foto des Gouverneurs fiel von der Wand und löste sich in seine Bestandteile auf, als die Gewehrladung durch Glas und Rahmen schlug und nur noch weißen Staub hinterließ. Aus dem Publikum ertönten erneut Schreie und lautes Jammern. Zu diesem Zeitpunkt war Bailey bereits verschwunden. Tap knickte den Lauf des Schrotgewehrs ab und lud zwei weitere Patronen nach, als er rückwärts den Gerichtssaal verließ. Ich hörte schnelle Schritte. Eine Tür fiel draußen ins Schloss. Dann ertönten Schreie und ein Schuss.

Im Gerichtssaal herrschte das Chaos. Die Gerichtsdienerin

und die Gerichtsreporterin waren verschwunden, und ich konnte nur vermuten, dass auch der Richter auf allen vieren kriechend das Weite gesucht hatte. Nachdem die unmittelbare Gefahrenquelle nicht mehr da war, drängten die Leute in panischer Hast dem Ausgang zu. Pearl zerrte seinen Sohn und die Schwiegertochter zum Notausgang und löste eine Alarmsirene aus, die ohrenbetäubend durchs Gebäude schrillte.

Aus dem Korridor drangen immer mehr Schreie herüber, ich konnte jedoch kein Wort verstehen. Schließlich lief ich geduckt in die Richtung, aus der die Schreie kamen; ich wollte nicht von herumschwirrenden Kugeln erwischt werden. Auf dem Weg zur Hintertür kam ich an einer Frau vorbei, die heftig blutende Schnittwunden durch Glassplitter davongetragen hatte. Jemand versuchte bereits fachmännisch, die Wunden zu verarzten. Neben ihr weinten zwei Kinder eng umschlungen. Schließlich erreichte ich die Hintertür und rannte ins Freie. Draußen lehnte Shane Timberlake an der Hauswand. Sie war kreidebleich. Die Schatten unter ihren Augen wirkten wie melodramatisch geschminkt.

Das Heulen der Polizeisirenen zerriss die stille Morgenluft.

Durch die verglaste Seitenwand des Korridors konnte ich sehen, wie Polizisten in Uniform die Treppe heruntergelaufen kamen und in den Innenhof rannten. Frauen kreischten auf, als hätten die Schüsse jahrelang unterdrückte Gefühle plötzlich freigesetzt. Die in Panik geratene Menge im Korridor wogte vorwärts und teilte sich abrupt.

Tap Granger lag auf dem Rücken, die Arme seitlich ausgebreitet wie beim Sonnenbaden. Jemand hatte ihm die rote Skimütze vom Gesicht und über die Stirn gezogen, wo sie ihm wie ein lascher Hahnenkamm übers Haar hing. Er trug ein kurzärmeliges Hemd, und ich konnte sogar die Falten erkennen, die seine Frau hineingebügelt hatte. Seine Arme wirkten mager. Tap war tot. Bailey war nirgends zu sehen.

Als ich in den Gerichtssaal zurückkehrte, wurde mir zum ersten Mal bewusst, dass unter meinen Schritten Glassplitter und

Schutt knirschten. Royce Fowler war wieder auf den Beinen und schwankte unsicher durch die leeren Bankreihen. Sein Mund zitterte.

»Ich kann nur hoffen, dass Sie damit nichts zu tun hatten«, begann ich.

»Wo ist Bailey? Wo ist mein Junge? Sie werden ihn niederschießen wie einen räudigen Hund.«

»Nein, das werden sie nicht tun«, widersprach ich. »Er ist schließlich nicht bewaffnet. Aber sie finden ihn sicher. Ich will zu Ihren Gunsten annehmen, dass Sie keine Ahnung von dem hatten, was hier passieren sollte?«

»Wer war der Kerl mit der Mütze?«

»Tap Granger. Er ist tot.«

Royce sank auf eine Bank und verbarg das Gesicht in den Händen. Der Schutt unter meinen Füßen knirschte. Als ich hinuntersah, wurde mir klar, dass der Fußboden mit weißen Körnchen übersät war.

Verwirrt starrte ich an mir herab, dann bückte ich mich und hob eine Hand voll davon auf. »Was ist denn das?«, murmelte ich unwillkürlich. Im selben Augenblick wusste ich es, aber es machte keinen Sinn. Taps Schrotgewehr war mit Salzkristallen geladen gewesen.

9

Als wir endlich zum Motel zurückkehrten, war Royce dem Zusammenbruch nahe, und ich musste ihm ins Bett helfen. Ann und Ori hatten beim Arzt erfahren, was geschehen war, und waren sofort nach Hause gefahren. Sie kamen kurz nach uns. Bailey Fowler wurde im Fahndungsaufruf als »vermutlich gefährlicher Killer im Besitz einer Schusswaffe« bezeichnet. Die Straßen von Floral Beach wirkten so leer und ausgestorben wie nach einer Naturkatastrophe. Ich glaubte beinahe zu hören, wie überall in der näheren Umgebung die Türen verriegelt wurden und alte Damen hinter ihren Vorhängen hervorlugten. Wie man auf die Idee kommen konnte, Bailey sei dumm genug, ausgerechnet in seinem Elternhaus Zuflucht zu suchen, war mir unbegreiflich. Trotzdem musste auch die Polizei diese Möglichkeit durchaus in Betracht gezogen haben, denn ein Polizeibeamter in brauner Uniform erschien im Motel und führte ein langes und ausführliches Gespräch mit Ann; dabei hatte er ständig die Hand am Knauf seiner Waffe und ließ seine Blicke unaufhörlich umherschweifen, als suche er Anzeichen dafür, dass der Flüchtige im Haus versteckt gehalten wurde.

Kaum war der Streifenwagen wieder abgefahren, strömten Freunde der Familie mit ernsten Gesichtern ins Haus und brachten etwas zum Essen mit. Etliche dieser Leute hatte ich bereits im Gerichtssaal gesehen, und ich war nicht sicher, ob Mitgefühl oder Sensationslust sie hergetrieben hatte.

Zwei Damen aus der Nachbarschaft wurden mir als Mrs. Maude und Mrs. Emma vorgestellt. Sie waren ältliche Schwestern, die Bailey bereits von klein auf kannten. Robert Haws, der Baptistenpfarrer, erschien mit seiner Frau June, eine weitere Besucherin war Mrs. Burke, die Inhaberin des zwei Blocks weit entfernten Waschsalons. Sie sei kurz vorbeigekommen, erklärte sie, um zu fragen, ob sie irgendwie helfen könne. Ich hoffte, sie würde für die Wäsche Spartarife anbieten, aber offenbar kam ihr das gar nicht in den Sinn. Mrs. Maudes Miene nach zu schließen, missbilligte sie den tiefgefrorenen Käsekuchen zutiefst, den die Dame aus dem Waschsalon mitbrachte. Mrs. Maude und Mrs. Emma wechselten einen Blick, der besagte, dass es nicht das erste Mal war, dass Mrs. Burkes hausfraulicher Eifer zu wünschen übrig ließ. Das Telefon klingelte unaufhörlich. Mrs. Emma bestritt in Eigenregie die Aufgabe der Telefonistin, wimmelte Anrufe ab und führte eine Liste mit Namen und Telefonnummern für den Fall, dass Ori später zurückrufen wollte.

Royce weigerte sich, mit irgendjemandem zu sprechen, während Ori von ihrem Bett aus Hof hielt, endlos wiederholte, wie sie die Neuigkeit erfahren, was sie dabei zuerst gedacht, wie lange es gedauert hatte, bis sie die Bedeutung all dessen begriffen hatte, und dass sie in ihrem Unglück einen Schreikrampf bekommen, sodass der Arzt ihr ein Beruhigungsmittel verabreicht hatte. Tap Grangers Schicksal oder die Gefahr, in die sich ihr Sohn mit dieser Flucht begeben hatte, waren für die »Ori-Fowler-Show«, in der sie die Starrolle spielte, nur von marginaler Bedeutung. Bevor ich eine Chance hatte, das Zimmer unbemerkt zu verlassen, rief uns der Reverend zum Gebet zu sich. Ich muss gestehen, dass mir ordentliche Gebetsriten nie beigebracht worden sind. So viel ich weiß, faltet man dabei die Hände, senkt ernst den Kopf und verkneift sich Seitenblicke auf andere Andächtige. Gegen religiöse Praktiken habe ich eigentlich nichts. Ich verspüre nur keine große Lust, mir von anderen ihren Glauben aufoktroyieren zu lassen. Sobald Zeugen Jehovas vor meiner Tür auftauchen, frage ich sie als Erstes nach ihrer Adresse und versichere ihnen, dass ich spätestens in einer Woche zu ihnen kommen und sie mit meinen Überzeugungen traktieren werde.

Während der Reverend um Baileys willen mit dem lieben Gott Zwiesprache hielt, erlaubte ich meinen Gedanken abzuschweifen und nutzte die Zeit, die Frau des Geistlichen zu beobachten. June Haws war ungefähr fünfzig, klein und wie fast alle Frauen ihrer Gewichtsklasse zu einer vorwiegend sitzenden Lebensweise geschaffen. Nackt war sie vermutlich weiß und hatte, vornehm ausgedrückt, Fettgrübchen. Sie trug weiße Baumwollhandschuhe, die auf der Höhe der Handgelenke Flecken von einer bräunlichen Tinktur aufwiesen. In einer medizinischen Fachzeitschrift abgebildet, mochten sie ein Paradebeispiel für einen besonders komplizierten Fall von Schuppenflechte sein.

Als Pfarrer Haws in seinem langatmigen Gebet endlich zum Schluss kam, entschuldigte sich Ann und ging in die Küche. Es war klar, dass ihre offensichtliche Diensteifrigkeit ein Vorwand war, sich immer wieder entziehen zu können. Ich gab vor, ihr helfen zu wollen, und begann Untertassen und Tassen zu decken, Kekse auf Teller mit Papierspitzendeckchen zu legen, während Ann eine große Kaffeemaschine aus rostfreiem Stahl aus dem Büro in die Küche wuchtete. Auf der Küchentheke standen bereits eine Kasserolle Tunfisch, überzogen mit einer Schicht Kartoffelchipsbröseln, ein Nudel-Hackfleisch-Auflauf und zwei Obstpudding-Formen, die ich auf Anns Bitte in die Gefriertruhe stellte. Es war erst eineinhalb Stunden her, dass Bailey unter dramatischen Umständen aus dem Gerichtssaal entflohen war. Ich glaubte nicht, dass Gelatine so schnell fest wurde, aber diese christlichen Damen kannten vermutlich irgendwelche Tricks mit Eiswürfeln, die Salate und Desserts speziell zu solchen Gelegenheiten in Rekordzeit fest werden ließen. Ich malte mir aus, dass es vermutlich einen Anhang zum Kirchen-Kochbuch der Damen über »Snacks für plötzliche Todesfälle« gab ... und wobei Zutaten verwendet wurden, die jede Hausfrau für den unverhofft eintretenden Katastrophenfall stets vorrätig haben konnte.

»Kann ich irgendwie helfen?«, fragte June Haws von der Küchentür her. Mit ihren Baumwollhandschuhen sah sie aus wie ein Sargträger für jemanden, der möglicherweise erst kürzlich an derselben Hautkrankheit gestorben war. Ich schob einen Kekstelller beiseite und zog einen Stuhl heran, damit sie sich setzen konnte.

»Nein, danke ... für mich nicht, Kleines«, wehrte sie ab. »Ich sitze nie. Warum lässt du mich nicht weitermachen und ruhst deine Füße aus, Ann?«

»Wir schaffen das ganz gut«, sagte Ann. »Wenn du Mutter von Bailey ablenken kannst, dann ist das für uns die beste Hilfe.«

»Haws liest ihr aus der Bibel vor. Es ist unglaublich, was diese Frau alles durchmachen muss. Das muss einem ja das Herz brechen. Wie geht's deinem Vater?«

»Es war natürlich ein Schock für ihn.«

»Der arme Mann.« Sie sah mich an. »Ich bin June Haws. Ich glaube, wir sind uns noch nicht vorgestellt worden.«

»Entschuldige, June«, warf Ann ein. »Das ist Kinsey Millhone, Privatdetektivin, Pop hat sie engagiert, um uns zu helfen.«

»Privatdetektivin?«, wiederholte sie ungläubig. »Ich dachte, so was gibt's nur im Fernsehen.«

»Freut mich, Sie kennen zu lernen«, sagte ich. »Leider ist unsere Arbeit gar nicht so aufregend wie im Film.«

»Hoffentlich nicht! Diese schrecklichen Schießereien und Verfolgungsjagden! Wenn ich daran denke, läuft mir ein kalter Schauer über den Rücken. Man möchte meinen, dass das für ein nettes Mädchen wie Sie kaum der richtige Beruf ist.«

»So nett bin ich gar nicht«, widersprach ich bescheiden.

Sie lachte und hielt das offenbar für einen Witz. Ich ging jeder Diskussion aus dem Weg, indem ich nach einem Keksteller griff. »Ich bringe das hier nur schnell rüber«, murmelte ich und verließ die Küche.

Draußen im Korridor machte ich langsamer. Ich saß in der Falle. Mir blieb nur die Wahl zwischen salbungsvollen Bibellesungen im einen und erbarmungslosen Plattitüden im anderen Zimmer. An der Schwelle blieb ich stehen. Während meiner Abwesenheit hatte sich noch der Direktor der Highschool zu den anderen gesellt, war jedoch ins Gespräch mit Mrs. Emma vertieft und schien mich nicht zu bemerken. Schließlich ging ich weiter ins Wohnzimmer, wo ich Mrs. Maude den Keksteller übergab, mich hastig entschuldigte und ins Büro weiterlief. Reverend Haws deklamierte gerade eine Furcht erregende Passage aus dem Alten Testament voller schrecklicher Heimsuchungen und Entbehrungen. Oris Los musste vergleichsweise harmlos erscheinen, was vermutlich der tiefere Sinn für die Vorstellung war.

Ich ging in mein Zimmer hinauf. Es war kurz vor zwölf Uhr mittags, und ich nahm an, dass die kleine Versammlung bis zu einem warmen Mittagessen ausharren würde. Wenn ich Glück hatte, gelang es mir, mich über die Seitentreppe hinunter und zu meinem Wagen zu schleichen, bevor jemand merkte, dass ich nicht mehr da war. Ich wusch das Gesicht und kämmte mich. Ich hatte gerade die Jacke über dem Arm und eine Hand auf dem Türknauf, als es klopfte. Mein erster Gedanke galt Dwight Shales. Möglicherweise hatte er von seiner Behörde das Okay dafür erhalten, mit mir zu reden. Ich machte auf.

Vor mir stand Reverend Haws. »Verzeihen Sie den Überfall, aber Ann meinte, dass Sie vermutlich in Ihrem Zimmer zu finden seien«, begann er. »Ich hatte noch gar keine Gelegenheit, mich vorzustellen. Robert Haws, der Pfarrer der Baptistengemeinde von Floral Beach.«

»Hallo. Wie geht's?«

»Danke bestens. Meine Frau June hat mir erzählt, wie nett sie sich mit Ihnen vorhin unterhalten hat. Sie meinte, Sie hätten vielleicht Lust, heute Abend an unserer Bibelstunde in der Kirche teilzunehmen?«

»Wie nett«, erwiderte ich. »Leider weiß ich noch nicht, ob ich heute Abend hier sein werde. Aber trotzdem vielen Dank für die Einladung.« Ich schäme mich, es zuzugeben, aber ich imitierte den salbungsvoll jovialen Ton, der hier üblich zu sein schien.

Wie seine Frau schätzte ich Reverend Haws auf ungefähr fünfzig. Allerdings hat er sich besser gehalten, dachte ich. Er sah, vorausgesetzt man mochte den Typ, recht gut aus: volles, rundes Gesicht, randlose Brille, sandfarbenes, grau meliertes, und volles Haar, mit einem Hauch von Frisiercreme. Er trug einen dezent karierten Anzug und ein schwarzes Hemd mit weißem Halskragen, Details, die bei einem protestantischen Geistlichen nur auf eine Marotte des Trägers hindeuten konnten. Ich vermochte mir nicht vorzustellen, dass Baptistenpfarrer sich normalerweise so kleideten. Davon abgesehen hatte er den unbekümmerten Charme eines Mannes, der sein gesamtes Erwachsenendasein hindurch nur fromme Komplimente empfangen hatte.

Wir schüttelten uns die Hand. Er hielt meine fest und tätschelte sie, während er einen intensiven christlichen Augenkontakt pflegte. »So viel ich gehört habe, sind Sie aus Santa Teresa. Kennen Sie zufällig Millard Alston von der Baptistengemeinde in

Colgate? Wir sind zusammen auf dem Seminar gewesen. Wie lange das her ist, erzähle ich Ihnen allerdings lieber nicht.«

Ich entzog meine Hand seinem feuchten Griff und lächelte charmant. »Der Name kommt mir nicht bekannt vor. Aber natürlich bin ich selten in der Gegend.«

»Zu welcher Kirchengemeinde gehören Sie? Sie sind doch hoffentlich keine dieser schrecklichen Methodisten, oder?« Er lachte dabei, um mir zu zeigen, welch ausgefallenen Humor er hatte.

»Ganz und gar nicht«, entgegnete ich.

Sein Blick war auf das Zimmer hinter mir gerichtet. »Begleitet Ihr Mann Sie?«

»O nein! Wirklich nicht.« Ich warf einen Blick auf die Uhr. »Heiliger Bimbam, ich bin schon viel zu spät dran.« Der »Heilige Bimbam« blieb mir fast im Hals stecken, doch Haws schien das nicht weiter zu stören.

Er steckte die Hände in die Hosentaschen und rückte dezent seine Hose zurecht. »Schade, dass Sie schon fortmüssen. Vielleicht kommen Sie Sonntag zum Elf-Uhr-Gottesdienst und essen anschließend mit uns. June kocht aus Gesundheitsgründen zwar nicht mehr selbst, aber wir laden Sie gern ins Apple Farm Restaurant ein.«

»Ich wünschte, ich könnte das annehmen, aber ich weiß nicht, ob ich übers Wochenende hier bin. Vielleicht ein andermal.«

»Sie kriegt man wohl wirklich schwer zu fassen, Lady, was?«, bemerkte er. Der Reverend wirkte leicht gereizt, und ich schloss daraus, dass er es nicht gewohnt war, bei seinen schmierigen Annäherungsversuchen einen Korb zu bekommen.

»Stimmt«, sagte ich und zog meine Jacke an, während ich in den Gang hinausging. Reverend Haws trat zur Seite, war mir jedoch noch immer näher, als mir lieb sein konnte. Ich zog die Tür hinter mir zu und schloss sorgfältig ab. Dann lief ich die Treppe hinunter. Er folgte mir.

»Tut mir Leid, aber ich habe eine Verabredung«, erklärte ich in gerade noch freundlich christlichem Umgangston.

»Tja, dann muss ich Sie wohl ziehen lassen.«

Als ich noch einmal zurücksah, stand er auf dem obersten Absatz der Außentreppe und sah mit einem kalten Ausdruck in den Augen auf mich herab, der seine oberflächlich betuliche Freundlichkeit Lügen strafte. Ich ließ den Motor meines Wagens an und wartete auf dem Parkplatz, bis er an mir vorbei zu den Fowlers zurückgegangen war. Die Vorstellung, er könnte sich während meiner Abwesenheit auch nur in der Nähe meines Zimmers aufhalten, gefiel mir überhaupt nicht.

Dann fuhr ich etwa einen halben Kilometer weit die doppelspurige Ausfallstraße entlang, die Floral Beach mit dem Highway, einen guten Kilometer weiter nördlich, verband und bog in die Zufahrt zu den Eucalyptus Mineral Hot Springs ein. Ich hielt auf dem Parkplatz. Aus dem Prospekt, der im Motel auslag, war zu entnehmen, dass die Schwefelquellen im späten neunzehnten Jahrhundert von zwei Männern entdeckt worden waren, die eigentlich nach Öl gebohrt hatten. Statt der Ölbohrtürme errichtete man dann ein Heilbad, das als Kurzentrum für kränkelnde Kalifornier diente, die mit dem Zug anreisten bis zu dem kleinen Bahnhof, der dem Kurgelände direkt gegenüberlag. Ein Team von Ärzten und Pflegepersonal stand den Heilungssuchenden zur Verfügung, es wurden Schlammbäder, homöopathische Therapien, Kräuterkuren und hydroelektrische Therapien angeboten. Das Unternehmen erlebte eine kurze Blütezeit, lag dann jedoch brach bis in die dreißiger Jahre des zwanzigsten Jahrhunderts, als das gegenwärtige Hotel auf dem Areal erstellt wurde. In den frühen siebziger Jahren kam es zu einem neuen Boom, als sich Kurbäder wieder wachsender Beliebtheit erfreuten. Mittlerweile gab es abgesehen von den etwa fünfzig gefassten heißen Quellen, die über das Hanggebiet hinter dem Hotel verstreut unter Eichen und Eukalyptusbäumen lagen, noch Tennisplätze und ein geheiztes Schwimmbad. Außerdem wurden Aerobic-Kurse, kosmetische Behandlungen, Massage, Yogaunterricht und eine Ernährungsberatung angeboten.

Das Hotel selbst war zweistöckig und ein Paradebeispiel für die Architektur der dreißiger Jahre; spanisches Art déco mit Türmchen, abgerundeten Ecken und Wänden aus Glasbausteinen. Ich ging auf dem überdachten Fußweg auf das Hotelbüro zu. Hier im tiefen Schatten, den kein Sonnenstrahl erwärmte, war die Luft empfindlich kalt. Aus der Nähe besehen, zeigte der Putz an der gesamten Front von den Grundmauern bis unter das Ziegeldach Blasen und Risse. In den Schwefelgeruch der Quellen mischte sich der Modergestank von feuchten Blättern. Es roch, als ob die Leitungen leck wären und die Abwässer den Boden durchtränkten, und ich fragte mich, ob später möglicherweise Giftmüll in Fässern von diesem Areal abgetragen werden müsste.

Ich machte einen kurzen Rundgang und stieg die Holztreppen hinauf, die den Hang hinter dem Hotel erschlossen. Hier gab es in regelmäßigen Abständen überdachte, in Holzplateaus eingelassene heiße Schwefelbäder. Verwitterte Holzpaneele waren so platziert, dass sie die Badenden vor den Blicken Neugieriger schützten. Jeder dieser Alkoven trug einen Namen, vermutlich um die Erstellung eines Belegplanes zu erleichtern. Ich kam an Quellen wie »Serenity«, »Meditation«, »Sunset« und »Peace« vorbei und registrierte mit leichtem Gruseln, wie sehr diese Bezeichnungen denen der Aufbahrungsräume in Beerdigungsinstituten ähnelten. Zwei Badebecken waren leer: Den Boden bedeckte eine Schicht herabgefallener Blätter. Eine Quelle war mit einer stumpfen Plastikplane verhüllt, die wie eine zweite Haut über dem Wasser lag. Schließlich stieg ich die Treppen wieder hinunter und war insgeheim dankbar, dass ich für das Kuren in heißen Quellen noch nicht reif war.

Im Hauptgebäude stieß ich die Glastür auf und ging hinein. Die Eingangshalle machte schon einen einladenderen Eindruck, obwohl auch hier die Atmosphäre eines CVJM-Hotels mit Finanzierungsproblemen vorherrschte. Der schwarzweiß gemusterte Mosaikfußboden war offenbar gerade gewischt worden, denn es hing der Geruch von Putzmitteln in der Luft. Von irgendwoher drangen die hallenden Geräusche eines Schwimmbades, in dem eine Frau mit autoritärer Stimme und deutschem Akzent rief: »Anziehen und ausstrecken! Anziehen und ausstrecken!« Ihre Kommandos begleitete ein Wasserplatschen, das an die Badegewohnheiten eines Walrosses erinnerte.

»Kann ich Ihnen helfen?«

Die Empfangsdame war aus einem kleinen Büro hinter mir gekommen. Sie war groß, grobknochig, eine jener Frauen, die in Konfektionsgeschäften die Abteilung für Vollschlanke frequentieren. Ich schätzte sie auf Ende vierzig. Sie hatte platinblondes Haar, helle Wimpern und einen blassen, reinen Teint. Ihre festen Schnürschuhe erinnerten an das Schuhwerk von Gefängniswärterinnen.

Ich überreichte ihr meine Visitenkarte und stellte mich vor. »Ich suche jemanden, der sich an Jean Timberlake erinnert.«

Sie sah mich unverwandt und ausdruckslos an. »Dann müssen Sie mit meinem Mann, Dr. Dunne, sprechen. Leider ist er nicht im Haus.«

»Wann erwarten Sie ihn zurück?«, wollte ich wissen.

»Das kann ich nicht genau sagen. Lassen Sie mir Ihre Telefonnummer hier, dann bitte ich ihn, Sie anzurufen, sobald er wieder da ist.«

Wir starrten uns an. Ihre Augen hatten das kalte Grau von Wintertagen kurz vor dem Schneefall. »Was ist mit Ihnen?«, fragte ich. »Haben Sie das Mädchen gekannt?«

Schweigen. Dann erwiderte sie vorsichtig: »Ich wusste, wer sie war.«

»So viel ich erfahren habe, hat sie hier gearbeitet, als sie ermordet wurde.«

»Ich glaube nicht, dass wir uns darüber unterhalten sollten ...« Sie warf einen Blick auf meine Visitenkarte. »... Miss Millhone.«

»Wo liegt das Problem?«

»Wenn Sie mir Ihre Adresse hinterlassen, bitte ich meinen Mann, sich mit Ihnen in Verbindung zu setzen.«

»Zimmer 22 im Ocean Street Motel in …«
»Ich weiß, wo das ist. Wenn er Zeit hat, ruft er Sie sicher an.«
»Ausgezeichnet. Dann brauchen wir unsere Zeit wenigstens nicht mit richterlichen Vorladungen zu vergeuden.« Ich bluffte natürlich, und sie mochte das erraten haben, doch ich genoss den rötlichen Schein, der ihr in die Wangen stieg. »Falls ich nichts von ihm höre, komme ich wieder«, versprach ich.

Erst als ich wieder am Wagen angelangt war, fiel mir ein, was in dem Prospekt über die Besitzer des Etablissements gestanden hatte. Dr. und Mrs. Joseph Dunne hatten das Hotel in dem Jahr gekauft, als Jean Timberlake gestorben war.

10

Es war kurz nach halb eins, als ich wieder auf die Hauptstraße von Floral Beach einbog und den Wagen vor Pearls Billardsalon parkte. Die Tür stand offen. Die verbrauchte Luft der vergangenen Nacht zog in Schwaden heraus, es roch nach abgestandenem Bier und Zigarettenrauch. Drinnen war es muffig und etwas wärmer als die Seeluft draußen. Ich entdeckte Daisy an der Hintertür, wo sie einen riesigen Müllsack aus Plastik hinaushievte. Sie warf mir einen ausdruckslosen Blick zu, doch ich spürte, dass sie nicht gut auf mich zu sprechen war. Ich setzte mich an die Theke. Um diese Zeit war ich der einzige Gast. Leer machte der Billardsalon einen noch trostloseren Eindruck als am Vorabend. Der Fußboden war gefegt worden, und neben dem Besen an der Wand lag ein Häufchen aus Erdnussschalen und Zigarettenkippen, das Daisy mit der bereitstehenden Schaufel entfernen wollte. Die Hintertür schlug zu, und Daisy kam zurück. Sie wischte sich die Hände an einem Tuch ab, das in ihrem Gürtel steckte und vermied es, mich direkt anzusehen. »Na, was macht die Detektivarbeit?«

»Entschuldigen Sie, dass ich mich gestern nicht vorgestellt habe.«

»Was geht das mich an? Mich interessiert es gar nicht, wer Sie sind.«

»Vielleicht nicht, aber ich war Tap gegenüber nicht ganz offen, und das tut mir Leid.«

»Sie sehen auch ganz zerknirscht aus.«

Ich zuckte mit den Schultern. »Ich weiß, es klingt wie eine lahme Ausrede, aber es stimmt. Sie glauben, dass ich ihn nur ausgequetscht habe, und in gewisser Weise habe ich das auch getan.«

Daisy sagte nichts. Sie stand nur da und starrte mich an. Nach einer Weile fragte sie: »Möchten Sie eine Cola? Ich trinke jetzt eine.«

Ich nickte, beobachtete, wie sie zwei Steinkrüge vom Regal nahm, sie unter den Cola-Automaten unter der Theke hielt und meinen Krug schließlich vor mir auf den Tresen stellte.

»Danke.«

»Man erzählt sich, dass Royce Sie engagiert hat«, begann sie widerstrebend. »Weshalb macht er das?«

»Er hofft, dass ich was finde, das Bailey entlastet ... dass die Mordanklage gegen ihn fallen gelassen wird.«

»Nach dem, was heute Morgen passiert ist, sieht's übel für ihn aus. Weshalb ist Bailey getürmt, wenn er unschuldig ist?«

»Unter Stress neigt man zu unbedachten Handlungen«, entgegnete ich. »Als ich mit ihm im Gefängnis gesprochen habe, wirkte er völlig verzweifelt. Und als Tap dann aufgekreuzt ist, glaubte er vielleicht einen Ausweg aus seiner Lage gefunden zu haben.«

»Der Junge hatte nie einen Funken Grips«, erklärte Daisy verächtlich.

»Scheint so.«

»Was ist mit Royce? Wie geht es ihm?«

»Nicht besonders. Er hat sich hingelegt. Bei Ori sind 'ne ganze Menge Leute.«

»Mit ihr kann ich nichts anfangen«, gestand Daisy. »Hat man schon was von Bailey gehört?«

»So viel ich weiß, nein.«

Sie machte sich hinter der Bar zu schaffen, ließ heißes Seifenwasser in die eine Abteilung des Spülbeckens und klares Wasser in die andere einlaufen und begann die Bierkrüge vom Vorabend zu säubern. Ihre Bewegungen waren automatisch, wie sie die Krüge spülte und schließlich auf ein Tuch zum Trocknen stellte. »Was wollten Sie eigentlich von Tap?«

»Ich war neugierig, was er über Jean Timberlake sagen würde.«

»Ich habe gehört, wie Sie ihn über die Überfälle ausgefragt haben, die die beiden zusammen ausgeheckt hatten.«

»Es hat mich interessiert, ob seine Version mit der von Bailey übereinstimmt.«

»Und?«

»Mehr oder weniger«, sagte ich. Ich musterte sie aufmerksam bei der Arbeit und fragte mich, weshalb sie sich plötzlich so interessiert zeigte. Ich dachte allerdings gar nicht daran, ihr von jenen zweiundvierzigtausend Dollar zu erzählen, von denen Tap behauptet hatte, sie seien spurlos verschwunden.

»Wer hat Tap letzte Nacht hier angerufen? Haben Sie die Stimme erkannt?«

»Es war ein Mann. Niemand, der mir auf Anhieb bekannt vorgekommen wäre. Vielleicht habe ich schon mal mit ihm geredet, aber das kann ich nicht hundertprozentig sagen. Allerdings war das Gespräch irgendwie komisch«, bemerkte sie. »Glauben Sie, es hatte was mit der Schießerei zu tun?«

»Was sollte es sonst gewesen sein?«

»Hm, das habe ich mir auch schon gedacht. So wie der hier abgedüst ist. Allerdings könnte ich schwören, dass der Anrufer nicht Bailey gewesen ist.«

»Vermutlich nicht«, stimmte ich ihr zu. »Um die Zeit hätte man ihm nie erlaubt, vom Gefängnis aus zu telefonieren. Außerdem hätte er sich unmöglich mit Tap verabreden können. Weshalb ist Ihnen der Anruf merkwürdig vorgekommen?«

»Die Stimme klang so komisch. Sehr sonor. Und der Mann sprach schleppend ... wie jemand, der einen Infarkt hinter sich hat.«

»Wie jemand mit einem Sprachfehler?«

»Möglich. Darüber muss ich noch nachdenken. Ich weiß nicht recht, was ich davon halten soll.« Nach einer Pause schüttelte sie den Kopf und wechselte das Thema. »Taps Frau, Joleen, tut mir wirklich Leid. Haben Sie schon mit ihr gesprochen?«

»Noch nicht. Das hole ich irgendwann nach.«

»Vier kleine Kinder. Und das fünfte kann jeden Tag kommen.«

»Schlimme Sache. Wenn er nur einen Funken Vernunft gehabt hätte! Das hätte doch nie und nimmer funktioniert. Die Wachbeamten im Gerichtssaal sind immer bewaffnet. Er hatte überhaupt keine Chance«, fügte ich hinzu.

»Vielleicht haben sie genau darauf spekuliert.«

»Wer?«

»Na der, der Tap angestiftet hat. Ich kannte Tap seit seinem zehnten Lebensjahr. Glauben Sie mir, er war nicht in der Lage, sich so was selbst auszudenken.«

Ich musterte sie interessiert. »Das ist ein Argument«, pflichtete ich ihr bei. Möglicherweise sollte gleichzeitig auch Bailey aus dem Weg geräumt werden. Ich griff in die Tasche meiner Jeans und zog die Liste von Jean Timberlakes Klassenkameraden heraus. »Sind von diesen Jungs noch 'n paar in der Gegend?«

Daisy nahm die Liste und zog eine Brille aus der Tasche. Dann hielt sie den Zettel auf Armeslänge von sich und studierte die Namen mit leicht in den Nacken gelegtem Kopf. »Der ist tot. Ist ungefähr vor zehn Jahren mit dem Wagen verunglückt. Der da ist, so viel ich weiß, nach Santa Cruz gezogen. Der Rest lebt entweder hier oder in San Luis. Wollen Sie mit allen reden?«

»Wenn's sein muss, ja.«

»David Poletti ist Zahnarzt. Seine Praxis liegt an der Marsh

Street. Mit dem sollten Sie anfangen. Netter Typ. Ich kenne seine Mutter seit Jahren.«

»War er ein Freund von Jean?«

»Das bezweifle ich, aber er weiß vermutlich, wer mit ihr befreundet gewesen ist.«

Wie sich herausstellte, war David Poletti ein Kinder-Zahnarzt, der mittwochnachmittags in seiner Praxis Papierkram erledigte. Ich wartete kurz in einem pastellfarben eingerichteten Wartezimmer mit Kindermöbeln und Kinderzeitschriften aller Art. In dem Heft »Young Miss« interessierte mich besonders ein Artikel unter der Überschrift »Da wurde ich rot«, in dem junge Mädchen ausschweifend von peinlichen Situationen berichteten ... und dabei kamen meist Dinge zur Sprache, die ich vor noch gar nicht so langer Zeit selbst getan hatte. Ein volles Glas Coca-Cola von der Balkonbrüstung zu stoßen, gehörte auch dazu. Die Leute unten kreischten wie verrückt.

Dr. Poletti hatte drei Sprechstundenhilfen, allesamt junge Frauen Mitte zwanzig, Alice-im-Wunderland-Typen mit großen Augen, liebenswertem Lächeln und langem, glattem Haar, die einem nichts als heile Welt vorgaukelten. Aus den Wänden drang sanfte Musik wie Lachgas. Als man mich schließlich in das Sprechzimmer bat, wäre ich sogar bereit gewesen, mich in einen Behandlungsstuhl zu setzen und mir die Arme festbinden zu lassen.

Dr. Poletti trug einen weißen Arztkittel mit einem Blutfleck an der Brust. Er entdeckte ihn im selben Augenblick wie ich, zog den Kittel sofort aus und warf ihn mit einem sanft entschuldigenden Lächeln über einen Stuhl. Darunter trug er Oberhemd und Pullunder. Er bat mich, Platz zu nehmen, während er nach einem sportlichen, braunen Tweedjackett griff und die Hemdmanschetten zurechtrückte. Poletti war ungefähr fünfunddreißig, groß und hatte ein schmales Gesicht. Sein dichtes, lockiges Haar begann an den Schläfen bereits grau zu werden. Aus den Jahrbüchern wusste ich, dass er zur Basketballmannschaft der Highschool gehört hatte, und ich konnte mir gut vorstellen, wie er in der Cafeteria von den Mädchen umschwärmt worden war. Er sah nicht unbedingt blendend aus, wirkte jedoch sehr anziehend und hatte ein sanftes Wesen, das auf Frauen und Kinder wirkte. Seine Augen waren schmal, in den Winkeln leicht nach unten gezogen und bernsteinbraun. Er trug eine Brille mit Stahlgestell.

Poletti setzte sich hinter den Schreibtisch, auf dem für jeden sichtbar ein Fotoporträt seiner Frau und zweier Jungen stand. Vermutlich sollte dieses Bild potenzielle Illusionen seiner Angestellten bezüglich seiner Verfügbarkeit im Keim ersticken. »Twana sagt, dass Sie einige Fragen wegen einer ehemaligen Schulkameradin an mich haben. In Anbetracht der jüngsten Ereignisse nehme ich an, dass es sich dabei um Jean Timberlake handelt.«

»Wie gut haben Sie sie gekannt?«

»Nicht sehr gut. Natürlich wusste ich, wer sie ist, aber wir hatten nie gemeinsam Unterricht.« Er griff nach dem Gipsabdruck eines Gebisses auf seinem Schreibtisch und räusperte sich. »Welcher Art sind die Informationen, für die Sie sich interessieren?«

»Ich nehme, was ich kriegen kann. Bailey Fowlers Vater hat mich engagiert, um neue Beweise zu finden. Ich habe mir vorgenommen, bei Jean anzufangen und dann weiterzusehen.«

»Und weshalb sind Sie da zu mir gekommen?«

Ich erzählte ihm von meinem Gespräch mit Daisy und ihrer Vermutung, er könne mir vielleicht behilflich sein. Sein anfängliches Misstrauen schien zu schwinden, obwohl ein letzter Rest vorsichtiger Zurückhaltung blieb. Spielerisch steckte er den Finger in das Gebiss und tastete über die oberen Schneidezähne. Hätte ich mit der Faust auf das Gebiss geschlagen, hätte es ihm den Finger glatt abgebissen. Der Gedanke machte es mir schwer, mich auf das zu konzentrieren, was er sagte. »Seit Bailey Fowlers Verhaftung habe ich oft über den Mord von damals nachgedacht. Schreckliche Geschichte. Einfach schrecklich.«

»Sind Sie zufällig bei der Gruppe von Jugendlichen gewesen, die sie gefunden hat?«

»Nein, nein. Ich bin katholisch. Die Gruppe am Strand kam von der Baptistengemeinde.«

»Von der in Floral Beach?«

Er nickte, und ich dachte unwillkürlich an Reverend Haws. »Wie ich gehört habe, war Jean im Umgang mit Jungs ziemlich freizügig«, bemerkte ich.

»Den Ruf hatte sie. Einige meiner Patientinnen sind Mädchen in ihrem Alter. Vierzehn, fünfzehn. Sie kommen mir so unreif vor. Ich kann sie mir sexuell aktiv gar nicht vorstellen. Und trotzdem bin ich sicher, dass einige bereits ihre Erfahrungen haben.«

»Ich habe Fotos von Jean gesehen. Sie war ein schönes Mädchen.«

»Das hat ihr kein Glück gebracht. Sie war ganz anders als wir. Einerseits zu abgebrüht für ihr Alter und andererseits auch wieder zu naiv. Ich glaube, sie hoffte, sich durch ihre Großzügigkeit in dieser Beziehung Freunde zu machen, und deshalb hat sie sich so verhalten. 'ne Menge Jungs haben sie ausgenutzt.« Er räusperte sich. »Verzeihen Sie.« Er schenkte sich ein halbes Glas Wasser aus der Thermosflasche ein, die auf seinem Schreibtisch stand. »Möchten Sie auch einen Schluck Wasser?«

Ich schüttelte den Kopf. »Denken Sie da an jemanden speziell?«

»Wie bitte?«

»Ich frage mich, ob sie sich vielleicht mit jemandem eingelassen hat, den Sie kannten?«

Er sah mich ausdruckslos an. »Nicht, dass ich wüsste.«

Ich spürte, wie mein innerer Lügendetektor ausschlug. »Was ist mit Ihnen selbst?«

Er lachte verwirrt. »Mit mir?«

»Ja. Sind Sie vielleicht näher mit ihr befreundet gewesen?« Ich sah, wie er blass wurde, und fügte aufs Geratewohl hinzu: »Ehrlich gesagt hat jemand behauptet, Sie seien eine Zeit lang mit ihr gegangen. Ich erinnere mich nicht mehr, wer das war, aber es muss jemand gewesen sein, der Sie beide gekannt hat.«

Poletti zuckte mit den Schultern. »Vielleicht. Aber nur kurz. Sie ist nie meine richtige Freundin gewesen.«

»Aber Sie waren intim mit ihr.«

»Mit Jean?«

»Dr. Poletti, sparen wir uns das Geplänkel. Sagen Sie mir, in welcher Beziehung Sie zu Jean standen. Wir reden über Dinge, die siebzehn Jahre her sind.«

Er schwieg einen Moment, spielte mit dem Gipsabdruck und konzentrierte sich darauf, einen Fussel davon zu entfernen. »Worüber wir jetzt auch reden, ich möchte nicht, dass das bekannt wird.«

»Ich betrachte dieses Gespräch als strikt vertraulich.«

Er rutschte auf seinem Stuhl hin und her. »Ich glaube, ich habe es immer bereut, mich mit ihr eingelassen zu haben ... wie auch immer. Jetzt schäme ich mich deshalb, denn ich hätte es besser wissen müssen. Ob sie's wusste, möchte ich bezweifeln.«

»Wir tun alle mal Dinge, die wir später bereuen«, bemerkte ich. »Das gehört zum Erwachsenwerden. Was macht das nach all den Jahren schon für einen Unterschied?«

»Ich weiß nicht. Sie haben Recht. Merkwürdig, dass es mir so schwer fällt, darüber zu sprechen.«

»Lassen Sie sich Zeit.«

»Ich bin mit ihr gegangen. Ungefähr einen Monat lang. Oder kürzer. Ich kann nicht gerade behaupten, dass meine Absichten ehrenhaft waren. Ich war siebzehn. Sie wissen, wie Jungen in dem Alter sind. Kaum hatten wir erfahren, dass Jean leicht zu haben war, waren wir alle wie besessen. Sie machte Sachen, die wir bis dahin nicht mal vom Hörensagen kannten. Wir lauerten wie ein Rudel Wölfe auf die Gelegenheit, bei ihr zum Zuge zu kommen. Alle redeten nur von dem einen: wie wir ihr an die Wäsche kommen wollten, wie wir sie dazu kriegen konnten, uns an die Wäsche zu gehen. Ich schätze, ich war um keinen Deut besser als die anderen Jungen.« Er lächelte flüchtig und verlegen.

»Erzählen Sie weiter.«

»Einige von uns haben sich nicht mal die Mühe gemacht, zuerst um sie zu werben. Sie haben sie einfach nur abgeholt und sind mit ihr zum Strand gefahren. Sie sind erst gar nicht in ein Lokal mit ihr gegangen.«

»Aber Sie haben das getan.«

Er senkte den Blick. »Ich bin ein paar Mal mit ihr ausgegangen. Sie war irgendwie Mitleid erregend ... und jagte einem doch Angst ein. Sie war intelligent, aber sie war verzweifelt darauf aus, Liebe zu erwecken. Das schüchterte uns ein, sodass man hinterher bei den anderen Jungen über sie herzog.«

»Was Sie auch getan haben«, ergänzte ich.

»Richtig. Ich kann noch immer nicht an sie denken, ohne mich elend zu fühlen. Und seltsamerweise erinnere ich mich noch genau an die Dinge, die sie getan hat.« Er hielt einen Moment inne und zog die Augenbrauen hoch. Dann schüttelte er den Kopf und atmete tief aus. »Sie war wirklich ein wildes Mädchen ... unersättlich ... aber Lust am Sex war nicht der Grund dafür. Es war ... ich weiß nicht ... vielleicht Selbstverachtung oder der Drang, andere zu beherrschen. Wir waren ihr ausgeliefert, weil wir sie so sehr wollten. Und aus Rache haben wir ihr vermutlich nie das gegeben, wonach sie sich gesehnt hat ... nämlich ganz einfach und altmodischerweise Selbstachtung.«

»Und was war ihre ...?«

»... Rache, meinen Sie? Keine Ahnung. Uns geil zu machen. Uns ständig daran zu erinnern, dass nur sie uns geben konnte, was wir wollten, dass wir nie genug von ihr kriegen oder je in unserem Leben wieder eine wie sie bekommen konnten. Sie brauchte unsere Bewunderung, einen Jungen, der nett zu ihr war. Alles, was wir je gewagt haben, war, hinter ihrem Rücken über sie zu reden ... und das muss sie gewusst haben.«

»War sie in Sie verliebt?«

»Vermutlich. Allerdings kaum für lange.«

»Es würde mir schon helfen, wenn Sie mir sagen könnten, wer sonst noch was mit ihr hatte.«

Er schüttelte den Kopf. »Das kann ich nicht. Ich verpfeife niemanden. Schließlich bin ich mit ein paar dieser Jungen noch immer befreundet.«

»Wie wär's, wenn ich Ihnen einfach ein paar Namen auf dieser Liste vorlese?«

»Nein, das will ich nicht. Ehrlich nicht. Was meine Person betrifft, ist das was anderes. Aber ich will da niemanden mit hineinziehen. Es verbindet uns da was Merkwürdiges … etwas, worüber wir nicht reden. Eines kann ich Ihnen sagen … wenn ihr Name fällt, spricht keiner ein Wort, aber wir denken alle dasselbe.«

»Was ist mit Burschen, mit denen Sie nicht befreundet waren?«

»Wie meinen Sie das?«

»Zum Zeitpunkt des Mordes hatte sie offenbar eine Affäre und war schwanger.«

»Keine Ahnung.«

»Haben Sie keinen Verdacht? Bestimmt ist darüber geredet worden.«

»Nicht dass ich wüsste.«

»Könnten Sie sich nicht umhören? Jemand muss davon gewusst haben.«

»Ich würde ja gern helfen, aber vermutlich habe ich schon mehr gesagt, als gut ist.«

»Was ist mit den Mädchen aus Ihrer Klasse? Jemand muss damals informiert gewesen sein.«

Er räusperte sich erneut. »Tja … Vielleicht weiß Barb was. Ich kann sie ja mal fragen.«

»Welche Barbara?«

»Meine Frau. Wir waren in derselben Klasse.«

Ich warf einen Blick auf das Foto auf seinem Schreibtisch und erinnerte mich. »Die Ballkönigin?«

»Woher wissen Sie denn das?«

»Ich habe ihre Fotos im Jahrbuch gesehen. Würden Sie sie bitte fragen, ob sie uns helfen kann?«

»Ich bezweifle es zwar, aber ich will's versuchen.«

»Das wäre großartig. Sie soll mich bitte anrufen. Falls sie nichts weiß, hat sie ja vielleicht eine Idee, an wen ich mich noch wenden könnte.«

»Ich möchte nicht, dass herauskommt …«

»Ich verstehe«, versicherte ich ihm.

Ich gab ihm meine Visitenkarte. Auf die Rückseite hatte ich meine Telefonnummer im Ocean Street Motel geschrieben. In leicht optimistischer Stimmung verließ ich die Praxis. Trotzdem beunruhigte mich der Gedanke, dass erwachsene Männer noch immer von der Erinnerung an die Sexualität einer Siebzehnjährigen geplagt wurden, die sowohl bemitleidenswert als auch pervers gewesen zu sein schien. Irgendwie fühlte ich mich nach dem Einblick, den Dr. Poletti mir in seine Vergangenheit gegeben hatte, wie ein Voyeur.

11

Gegen zwei Uhr schlich ich mich auf leisen Sohlen die Außentreppe des Motels hinauf in mein Zimmer, wo ich die Straßenkleidung gegen die Jogging-Klamotten tauschte. Ich hatte nichts zu Mittag gegessen, war jedoch viel zu überdreht und aufgekratzt, um etwas zu mir nehmen zu können. Seit den tumultartigen, blutigen Szenen im Gerichtssaal hatte ich Stunden in engem Kontakt mit anderen Menschen verbracht, und all meine Energie hatte sich zu innerer Erregtheit gesteigert. Ich zog mein Sweatshirt über die Jogginghose, schnürte die Laufschuhe zu und rannte hinaus. Den Zimmerschlüssel hatte ich in die Schuhbänder gebunden. Es war ein kühler Nachmittag, und die Luft war dunstig. Meer und Himmel gingen am Horizont konturlos ineinander über. Der Wechsel der Jahreszeiten geht in Süd-Kalifornien gelegentlich kaum merklich vor sich, ein Phänomen, das Menschen, die im Osten oder Mittleren Westen aufgewachsen sind, als ausgesprochen unangenehm empfinden. Jeder Tag ist eine Jahreszeit für sich. Die Stimmungen des Meeres ändern sich ständig. Das Licht wechselt, und die Landschaft nimmt feinste farbliche Veränderungen auf, sodass sich das satte, winterliche Grün ganz allmählich in das lohfarbene Gelb des Sommergrases wandelt, das so schnell verbrennt. Die Bäume zeigen ein wahres Feuerwerk an Farben, vom feurigen Rot bis zum flammenden Goldton, ein Farbspiel, das dem Herbst anderer Landstriche durchaus Konkurrenz machen kann; und die geschwärzten Äste, die zurückbleiben, sind so kahl und düster wie an den winterlichen Bäumen im Osten, erholen sich langsam und treiben nur allmählich wieder neue Knospen.

Ich joggte den Fußweg entlang, der hinter dem Strand der Küstenlinie folgt. Vereinzelt waren Touristen unterwegs. Zwei etwa achtjährige Kinder tobten in den Wellen, und ihre Schreie hallten so rau durch die Luft wie die der Vögel, die über ihnen kreisten. Es war fast Ebbe, und ein breites, glitzerndes Band trennte die Brandungszone vom trockenen Sand. Ein größerer Junge fuhr mit seinem Skateboard geschickt am Wasserrand entlang. Vor mir sah ich die zerklüftete Küste, dort wo die Straße ihren Konturen folgte, vom Asphalt gesäumt. Am Ende der Straße lag der Port-San-Luis-Hafen, ein Werftgelände mit einer Auftankstation für die Boote aus der Gegend.

Ich erreichte die Küstenstraße und bog nach links ab, zum Fußweg auf dem Damm. Rechts oben am Hang lag das große Hotel mit seinen ordentlich geschnittenen Hecken und gemähten Rasenflächen. Am Golfplatz vorbei führte ein breiter Meerwasserkanal landeinwärts. Die Entfernung war trügerisch, und ich brauchte eine halbe Stunde, bis ich das Ende der Sackgasse am Bootshafen erreicht hatte. Ich ging im Schritttempo weiter, um wieder zu Atem zu kommen. Mein Sweatshirt war feucht, und ich fühlte, wie mir der Schweiß über die Schläfen rann. Ich war schon in besserer Verfassung gewesen, und die Erkenntnis, wie viel Schweiß es mich kosten würde, verlorenen Boden wiedergutzumachen, war kaum verlockend. Der Weg machte hier eine Kehre, die ich entlangschlenderte, während ich interessiert beobachtete, wie drei Männer ein Sportboot mit Hilfe eines Krans zu Wasser ließen. Im Trockendock lag ein Fischtrawler, dessen Rumpf sich zu einem Ruder hin verjüngte, das aussah wie die Kufe eines Schlittschuhs. Neben einem rostigen Wellblechschuppen fand ich einen Wasserhahn. Ich hielt meinen Kopf unter den Strahl und trank durstig, bevor ich mich auf den Rückweg machte. Meine Beinmuskeln protestierten, als ich das Tempo erneut beschleunigte. Als ich die Hauptstraße von Floral Beach wieder erreicht hatte, war es kurz vor vier, und die Februarsonne warf lange Schatten am Fuß des Hangs.

Ich duschte, zog Jeans, Turnschuhe und einen Rollkragenpullover an und war bereit, mich der Welt wieder zu stellen.

Das Telefonbuch von Floral Beach hatte ungefähr das Format und den Umfang eines Comic-Hefts, sperrig gesetzt, mit einem Minimum an Werbung. In Floral Beach gab es keine Attraktionen, und die wenigen Geschäfte hier kannte sowieso jeder. Ich suchte Shana Timberlakes Nummer heraus und notierte mir ihre Adresse in der Kelley Street.

Meinem Orientierungsvermögen nach zu urteilen musste die Kelley Street gleich um die Ecke liegen. Bevor ich das Motel verließ, warf ich einen Blick ins Büro, doch es war niemand da.

Ich ließ meinen Käfer auf dem Parkplatz stehen und ging die kurze Strecke zu Fuß. Jeans Mutter lebte in einer Wohnanlage, die wie ein umgebautes Motel aus den fünfziger Jahren aussah: schmale Fachwerkhäuschen in einem umgekehrten U angeordnet, mit je einem Parkplatz vor der Haustür. Nebenan war die Feuerwehr von Floral Beach untergebracht, eine hellblau gestrichene Garage mit dunkelblauer Umrandung für vier Löschfahrzeuge.

Nach dem Nest hier wird mir Santa Teresa diesmal sicher wie New York City vorkommen, dachte ich.

Vor der Hausnummer 1 parkte ein verbeulter grüner Plymouth. Ich sah durch das Fenster auf der Fahrerseite. Der Schlüssel steckte im Zündschloss. Am Schlüsselring baumelte ein großes metallenes T ... T wie Timberlake vermutete ich. Die Leute hier waren reichlich vertrauensselig. Autodiebstahl schien in Floral Beach nicht »in« zu sein. Auf Shana Timberlakes winziger Veranda standen reihenweise Kaffeebüchsen, in die Kräuter gepflanzt und die mit ordentlich beschrifteten Aufklebern versehen waren: Thymian, Majoran, Oregano, Dill und eine Zwei-Liter-Tomatenmarkbüchse voller Petersilie. Die beiden Fenster rechts und links neben der Haustür waren einen Spaltbreit geöffnet, die Vorhänge waren zugezogen. Ich klopfte.

»Ja?«, ertönte ihre Stimme sofort.

»Mrs. Timberlake?«, sagte ich durch die geschlossene Tür und richtete meine Rede an eine der Türangeln. »Ich bin Kinsey Millhone, Privatdetektivin aus Santa Teresa. Ich möchte mich mal gern mit Ihnen unterhalten.«

Schweigen. Dann: »Sind Sie die, die Royce angeheuert hat, um Bailey freizupauken?« Die Aussicht schien sie kaum zu begeistern.

»So kann man das natürlich auch sehen«, erwiderte ich. »Aber eigentlich bin ich in der Stadt, um den Mordfall noch mal aufzurollen. Bailey behauptet ja jetzt, dass er unschuldig ist.«

Schweigen.

Ich versuchte es erneut: »Sie wissen doch, dass man die Ermittlungen praktisch beendet hat, nachdem er ein Geständnis abgelegt hatte.«

»Na und?«

»Angenommen, er sagt die Wahrheit? Angenommen, der Mörder läuft noch frei herum und lacht sich ins Fäustchen.«

Auf der anderen Seite war es lange still. Dann machte sie die Tür auf.

Ihr Haar war zerzaust, die Tränensäcke geschwollen, die Schminke zerflossen und die Nase tropfte. Sie roch wie eine ganze Flasche Bourbon. Sie schnürte den Gürtel ihres Morgenmantels fester und starrte mich aus glasigen Augen an. »Sie sind doch heute in der Verhandlung gewesen.«

»Richtig.«

Sie schwankte leicht und versuchte aufrecht zu bleiben. »Glauben Sie an Gerechtigkeit? Glauben Sie, dass es Gerechtigkeit gibt?«

»Gelegentlich.«

»Also ich nicht. Was gibt's da noch zu quatschen? Tap haben sie über den Haufen geschossen. Jean hat man erwürgt. Glauben Sie, dass irgendwas meine Tochter wieder lebendig machen könnte?«

Ich schwieg, hielt jedoch ihrem Blick stand, und wartete, dass sie sich beruhigte.

Ihre Miene wurde düster und verächtlich. »Sie haben wahrscheinlich nicht mal Kinder. Ich wette, Sie haben nicht mal 'nen Hund. Sie sehen aus wie jemand, der ohne jede Verpflichtung durchs Leben rauscht. Aber ausgerechnet Sie reden hier von ›Unschuld‹! Was verstehen Sie schon davon?«

Ich zügelte mein Temperament, aber meine Stimme klang kalt und schneidend: »Lassen Sie's mich mal so ausdrücken, Mrs. Timberlake. Wenn ich ein Kind hätte und jemand brächte es um, dann würde ich hier nicht am helllichten Tag besoffen herumstehen. Ich würde diese verdammte Stadt auseinander nehmen, bis ich herausgefunden hätte, wer's getan hat. Und dann würde ich die Gerechtigkeit in die eigenen Hände nehmen, wenn's sein muss.«

»Na, jedenfalls kann ich Ihnen nicht weiterhelfen.«

»Das wissen Sie doch gar nicht. Sie haben keine Ahnung, was ich von Ihnen will.«

»Warum sagen Sie's mir dann nicht endlich?«

»Warum bitten Sie mich nicht rein, damit wir uns unterhalten können?«

Sie warf einen Blick zurück über die Schulter. »Bei mir sieht's furchtbar aus.«

»Mich stört das nicht.«

Shana Timberlake fixierte mich erneut. Sie konnte sich kaum aufrecht halten. »Wie viele Kinder haben Sie?«

»Keines.«

»Genau wie ich«, murmelte sie. Damit stieß sie die Tür auf, und ich trat ein.

Die Wohnung bestand aus einem großen, länglichen Zimmer, Herd, Spüle und Kühlschrank standen nebeneinander an der Rückwand. Jede freie Fläche war mit schmutzigem Geschirr vollgestellt. Ein kleiner Holztisch mit zwei Stühlen trennte die Küche vom Wohnraum, wo ein Messingbettgestell in einer Ecke stand. Decke und Leintuch waren halb heruntergezogen. Die Matratze hing in der Mitte durch und sah aus, als würden die Federn ein Quietschkonzert von sich geben, sobald man sich darauf setzte. Rechts hinter einem Vorhang befand sich offenbar das Badezimmer. Gegenüber stand ein Schrank, und daneben war die Hintertür.

Ich folgte Shana zum Küchentisch. Sie ließ sich auf einen Stuhl sinken, stand jedoch sofort wieder auf und ging mit gerunzelter Stirn vorsichtig in Richtung Badezimmer, wo sie sich ausgiebig übergab. Ich hasse es, zuhören zu müssen, wenn andere sich übergeben. Daher ging ich zur Spüle, räumte das schmutzige Geschirr heraus, ließ heißes Wasser ein, um die Geräusche aus dem Badezimmer zu übertönen, gab Spülmittel ins Wasser und beobachtete zufrieden, wie sich Schaumblasen zu bilden begannen. Dann ließ ich die Teller hineingleiten und legte das Besteck an die Seite.

Während ich die Schmutzkrusten einweichen ließ, leerte ich den Mülleimer, in dem sich vor allem Whiskyflaschen und Bierbüchsen befanden. Ich warf einen Blick in den Kühlschrank. Die Innenbeleuchtung war kaputt, es roch schimmelig, und die Metallgitter waren schmutzverkrustet. Ich machte die Tür schnell wieder zu, um nicht Shana im Badezimmer Gesellschaft leisten zu müssen.

Ich horchte auf die Geräusche. Die Toilettenspülung rauschte, und danach wurde die Dusche aufgedreht. Da ich eine unverbesserliche Schnüfflerin bin, schweifte mein Blick zur Post, die auf dem Küchentisch lag. Wenn ich schon mal das Heinzelmännchen spielte, fühlte ich mich auch berechtigt, meine Nase in ihre Angelegenheiten zu stecken. Ich blätterte durch einige ungeöffnete Rechnungen und Werbezuschriften. Auf den ersten Blick war nichts Interessantes dabei. Ich konnte überhaupt nur einen persönlichen Brief entdecken. Es war ein großer, viereckiger Umschlag mit einem Poststempel aus Los Angeles. Eine Glückwunschkarte? Drohungen? Das Kuvert war so fest verschlossen, dass ich mit dem Fingernagel nichts ausrichten konnte. Ich hielt ihn gegen das Licht. Nichts zu sehen. Völlig geruchlos. Shanas Name und Adresse waren handschriftlich mit Tinte geschrieben, doch das Schriftbild wirkte so neutral, dass Rückschlüsse auf die Person des Absenders unmöglich schienen. Widerwillig legte ich den Umschlag auf den Stapel zurück und ging zur Spüle.

Als ich das Geschirr gespült und zu einem gefährlichen Turm auf der Ablage aufgebaut hatte, kam Shana aus dem Badezimmer. Ein Handtuch hatte sie um den Kopf, ein anderes um den Körper gewickelt. Ohne jedes Schamgefühl trocknete sie sich ab und zog sich an. Ihr Körper wirkte älter als ihr Gesicht. In Jeans und T-Shirt und ohne Schuhe und Strümpfe ließ sie sich schließlich am Küchentisch nieder. Sie sah erschöpft aus, doch ihre Haut war sauber und gut durchblutet, und ihre Augen blickten wieder klarer. Sie zündete sich eine Camel ohne Filter an. Die Dame schien das Rauchen verdammt ernst zu nehmen. Ich hatte gar nicht gewusst, dass Zigaretten ohne Filter überhaupt noch im Handel waren.

Ich setzte mich ihr gegenüber. »Wann haben Sie zum letzten Mal was gegessen?«

»Hab ich vergessen. Mit dem Trinken habe ich heute Vormittag nach dem Chaos im Gerichtssaal angefangen. Armer Tap. Ich stand fast daneben.« Ihre Augen füllten sich erneut mit Tränen. »Ich konnt's nicht fassen. Das war einfach zu viel für mich. Ich mochte ihn nicht besonders, aber er war in Ordnung. 'n bisschen dumm. Ein Aufschneider, der blöde Witze machte. Er muss verrückt gewesen sein. Kaum kommt Bailey in diese Stadt zurück, schon fängt alles wieder von vorn an. Die nächste Leiche. Und diesmal sein bester Freund.«

»Daisy meint, dass jemand Tap dazu angestiftet hat.«

»Das war Bailey!«, fuhr sie mich an.

»Augenblick mal«, entgegnete ich. »Tap ist gestern Abend in Pearls Billardsalon von irgendjemandem angerufen worden. Er ist dann sofort gegangen.«

Shana putzte sich die Nase. »Da muss ich schon fort gewesen sein«, sagte sie skeptisch. »Möchten Sie einen Kaffee? Ich habe aber bloß Nescafé.«

»Ich trinke gern 'ne Tasse.«

Sie legte ihre Zigarette auf den Rand des Aschenbechers und stand auf. Über der Spüle füllte sie einen Topf mit Wasser, stellte ihn auf den Herd und zündete die Gasflamme an. Dann nahm sie zwei Kaffeebecher aus dem Geschirrkorb. »Danke fürs Abspülen. Das hätten Sie nicht zu tun brauchen.«

»Ich hatte ja sonst nichts zu tun ...«, murmelte ich und verschwieg, dass ich die Gelegenheit genutzt hatte, ein wenig herumzuschnüffeln.

Shana förderte eine Dose Nescafé und zwei Löffel zu Tage, die sie auf den Tisch stellte, während sie darauf wartete, dass das Wasser kochte. Schließlich zog sie erneut an ihrer Zigarette und blies den Qualm zur Decke. Langsam hüllte mich der Qualm ein. Ich würde mir noch einmal die Haare waschen und mich umziehen müssen.

»Ich glaube immer noch, dass Bailey sie umgebracht hat«, stellte sie unvermittelt fest.

»Aber warum hätte er das tun sollen?«

»Warum hätte es jemand anders tun sollen?«, konterte sie.

»Keine Ahnung. Aber nach allem, was ich gehört habe, war er der einzige wirkliche Freund, den sie hatte.«

Shana schüttelte den Kopf. Ihr Haar war noch feucht, es fiel ihr in Strähnen auf die Schultern und hinterließ dunkle Flecken auf ihrem T-Shirt. »Gott, ich hasse das! Aber manchmal habe ich mich gefragt, was wohl aus ihr geworden wäre. Darüber habe ich oft nachgedacht. Ich bin nie eine Mutter im üblichen Sinn gewesen, aber die Kleine und ich ... wir standen uns sehr nah. Eher wie Schwestern.«

»Ich habe Fotos von ihr im Jahrbuch der Highschool gesehen. Sie war sehr schön.«

»Das hat ihr kein Glück gebracht. Manchmal denke ich, dass genau das die Ursache für alle ihre Probleme war.«

»Wissen Sie, mit wem sie sich eingelassen hatte?«

Shana schüttelte den Kopf. »Dass sie schwanger war, habe ich erst aus dem gerichtsmedizinischen Befund erfahren. Natürlich habe ich gewusst, dass sie sich nachts weggeschlichen hat, aber ich hatte keine Ahnung, wohin sie ging. Was hätte ich denn schon machen sollen? Die Tür vernageln? Junge Leute in dem Alter kann man nicht ständig kontrollieren. Vielleicht sollte ich besser sagen, wir waren uns nahe gewesen, und ich glaubte, das wäre noch immer so. Wenn sie in Schwierigkeiten steckte, hätte sie zu mir kommen können. Für sie hätte ich alles getan.«

»Soviel ich gehört habe, hat sie versucht, herauszufinden, wer ihr Vater war.«

Shana sah mich verblüfft an und überspielte ihre Überraschung dann mit hausfraulicher Aktivität. Sie machte ihre Zigarette aus, ging zum Herd hinüber und schob den Wassertopf sinnlos hin und her. »Wer hat Ihnen denn das gesagt?«

»Bailey. Ich habe gestern im Gefängnis mit ihm gesprochen. Haben Sie ihr nie gesagt, wer ihr Vater war?«

»Nein.«

»Und warum nicht?«

»Ich hatte eine Abmachung getroffen und meinen Teil eingehalten. Vielleicht hätte ich es ihr trotzdem sagen können, aber ich hab' nicht eingesehen, wozu das gut sein sollte.«

»Hat sie Sie danach gefragt?«, wollte ich wissen.

»Sie hat möglicherweise mal davon gesprochen. Allerdings schien sie nicht besonders scharf auf die Antwort zu sein, und ich hab's wieder vergessen.«

»Bailey ist der Meinung, dass sie was über den Mann herausbekommen haben musste. Wäre es möglich gewesen, dass sie ihn ausfindig gemacht hat?«

»Aber warum denn? Sie hatte doch mich.«

»Vielleicht war sie auf der Suche nach Anerkennung. Oder sie brauchte Hilfe«, gab ich zu bedenken.

»Weil sie schwanger war?«

»Möglich wäre es«, erwiderte ich. »Soviel ich weiß, hatte sie's selbst gerade erst erfahren, aber sie muss längst einen Verdacht gehabt haben. Warum hätte sie sonst bis Lomboc fahren sollen, um einen Schwangerschaftstest machen zu lassen?«

»Keine Ahnung.«

»Und wenn sie ihn nun gefunden hat? Wie hätte er reagiert?«

»Sie hat ihn nicht gefunden«, entgegnete Shana emotionslos. »Sonst hätte er's mir erzählt.«

»Es sei denn, er hat es vor Ihnen geheim halten wollen.«

»Worauf wollen Sie raus?«

»Sie ist schließlich ermordet worden.«

»Aber jedenfalls nicht von ihm.« Ihre Stimme war laut geworden. Sie wirkte erregt.

»Vielleicht war's ein Unfall. Vielleicht hat er's im Affekt getan.«

»Sie ist seine Tochter, Herrgott noch mal! Ein siebzehnjähriges Mädchen? So was hätte er nie getan. Er ist ein netter Mann.«

»Warum hat er dann nicht auch offiziell die Verantwortung für sie übernommen, wenn er so nett ist?«, erkundigte ich mich.

»Weil das unmöglich war. Es war einfach unmöglich. Im Übrigen hat er's ja auch getan. Er hat Geld geschickt. Das tut er immer noch. Mehr habe ich nie verlangt.«

»Shana, ich muss wissen, wer er ist.«

»Das geht Sie überhaupt nichts an. Und überhaupt! Das geht nur ihn und mich was an. Sonst niemanden.«

»Warum die Geheimniskrämerei? Was soll das? Er ist also verheiratet. Na und?«

»Das habe ich nicht gesagt. Das haben Sie gesagt. Ich will darüber nicht sprechen. Er hat mit der Sache nichts zu tun. Noch eine Frage in dieser Richtung und Sie fliegen raus!«

»Was ist mit Baileys Geld? Hat sie Ihnen je was davon erzählt?«

»Welches Geld?«

Ich musterte sie aufmerksam. »Tap hat mir gesagt, dass er und Bailey eine Summe beiseite geschafft hatten, von der niemand gewusst hat. Sie hatten Jean gebeten, das Geld für sie zu verwahren, bis sie aus dem Gefängnis kamen. Aber keiner hat es je wieder zu Gesicht bekommen.«

»Ich weiß nichts von Geld.«

»Was ist mit Jean? Schien sie mehr auszugeben, als sie bei ihren Jobs verdient hatte?«

»Das ist mir nicht aufgefallen. Wenn Sie Geld gehabt hätte, hätte sie nicht in diesem Loch gelebt.«

»Haben Sie zum Zeitpunkt des Mordes hier gewohnt?«

»Wir hatten ein Apartment ein paar Blocks weiter, aber viel besser war's dort auch nicht.«

Wir unterhielten uns noch eine Weile, doch mehr war aus Shana nicht herauszubekommen. Gegen sechs Uhr kehrte ich nicht viel klüger in mein Zimmer zurück. Ich tippte einen Bericht und versuchte, durch sprachliche Finessen zu vertuschen, dass ich noch immer nicht weitergekommen war.

12

An jenem Abend aß ich früh mit den Fowlers zusammen. Ori brauchte regelmäßige Mahlzeiten, damit ihr Blutzuckerspiegel auf dem richtigen Niveau blieb. Ann hatte eine Rindfleischkasserolle mit Salat und Weißbrot zubereitet. Es schmeckte hervorragend. Royce hatte Probleme mit dem Essen. Seine Krankheit hatte ihm nicht nur die Kraft, sondern auch den Appetit genommen, und eine tief sitzende innere Unruhe machte ihm menschliche Gesellschaft schwer erträglich. Ich konnte mir kaum vorstellen, wie es gewesen sein mochte, bei einem Mann wie Royce aufzuwachsen. Er war schroff bis an die Grenze der Unhöflichkeit, es sei denn, Baileys Name wurde erwähnt; dann wurde er plötzlich sentimental und versuchte es nicht einmal zu verbergen. Ann reagierte auf die deutliche Bevorzugung ihres Bruders nicht sichtbar. Allerdings hatte sie mittlerweile Zeit genug gehabt, sich daran zu gewöhnen. Ori, die stets darauf bedacht war, dass Royces Krankheit nicht ernster genommen wurde als ihre eigene, stocherte lustlos auf ihrem Teller herum. Sie beklagte sich zwar nicht, stöhnte jedoch hörbar. Es war nicht zu übersehen, dass sie sich »miserabel« fühlte, und Royces Weigerung, sich nach ihrem Befinden zu erkundigen, spornte sie nur dazu an, ihre Bemühungen um Aufmerksamkeit noch zu verdoppeln. Ich verhielt mich so unauffällig wie möglich und versuchte, den Wortlaut der Unterhaltung zu überhören, um mich ganz darauf konzentrieren zu können, wie diese drei miteinander umgingen. Als Kind hatte ich ein normales Familienleben kaum erlebt, und normalerweise stößt es mich, aus der Nähe betrachtet, eher ab. Eine Familienidylle im Fernsehserienstil war das hier bestimmt nicht. Man redet so oft über »gestörte« Familienverhältnisse. Ich kenne keine anderen. Ich fuhr meine Antennen noch weiter aus.

Ori legte die Gabel beiseite und schob den Teller von sich. »Maxine kommt morgen. Ich bereite lieber schon alles vor.«

Ann hatte beobachtet, wie viel Ori gegessen hatte, und ich sah ihr an, dass sie mit sich kämpfte, ob sie etwas sagen sollte. »Ich dachte, sie kommt jetzt montags.«

»Ich habe sie gebeten, einen Tag zusätzlich zu kommen. Zeit für den Frühjahrsputz.«

»Das ist doch nicht nötig, Mutter. Kein Mensch macht mehr Frühjahrsputz.«

»Ich weiß, dass es sein muss. Hier sieht's furchtbar aus. Überall Staub und Schmutz. Das geht mir auf die Nerven. Ich mag gebrechlich sein, aber deshalb weiß ich doch noch, wie man ein Haus führt.«

»Niemand hat das Gegenteil behauptet.«

Ori hackte weiter in die Kerbe. »Ich bin noch immer zu was nütze, auch wenn das keiner anerkennt.«

»Selbstverständlich erkennen wir das an«, murmelte Ann pflichtschuldigst. »Um wie viel Uhr kommt sie?«

»So um neun«, antwortete Ori. »Wir müssen hier mal alles von oben nach unten kehren.«

»Um mein Zimmer kümmere ich mich selbst!«, bat Ann sich aus. »Das letzte Mal hat sie in all meinen Sachen herumgewühlt.«

»Das würde sie bestimmt nie tun. Außerdem habe ich ihr schon gesagt, dass da der Fußboden gemacht und die Vorhänge gewaschen werden müssen. Ich kann doch jetzt nicht wieder alles umwerfen.«

»Mach dir darüber keine Sorgen. Ich sag es ihr selbst«, entgegnete Ann.

»Du wirst sie kränken.«

»Ich werde ihr bloß sagen, dass ich mich selbst um mein Zimmer kümmere.«

»Was hast du gegen die Frau? Sie hat dich immer gemocht.«

Royce wurde unruhig. »Herrgott, Ori. Es gibt doch schließlich noch so etwas wie eine Privatsphäre. Wenn sie Maxine nicht in ihrem Zimmer haben will, dann ist das ihre Sache. Und wenn wir schon mal dabei sind, in meinem Zimmer möchte ich sie auch nicht haben. Mir geht es genauso wie Ann.«

»Verzeihung! Natürlich! Das hätte ich mir denken können«, schnaubte Ori verächtlich.

Ann war über Royces Schützenhilfe offenbar überrascht, wagte jedoch nicht, etwas zu sagen. Ich hatte bereits erlebt, wie wechselhaft er seine Sympathien verteilte und kein System dabei erkennen können. Die Folge war, dass Ann oft schroff unterbrochen wurde oder wie eine Idiotin dastand.

Diesmal war Ori verstimmt und schwieg beleidigt. Ann starrte auf ihren Teller. Ich suchte krampfhaft nach einer Ausrede, um mich zurückziehen zu können.

Royce sah mich an. »Mit wem haben Sie heute gesprochen?«

Ich hasse es, bei Tisch ausgefragt zu werden. Das ist einer der Gründe, weshalb ich am liebsten allein esse. Ich erwähnte mein Gespräch mit Daisy und meinen Besuch beim Zahnarzt. Als ich ausführlicher erzählen wollte, welche Informationen ich über Jean gesammelt hatte, unterbrach er mich.

»Zeitverschwendung.«

Ich hielt inne und hatte den Faden verloren. »Das wird sich erst noch rausstellen.«

»Ich bezahle Sie nicht dafür, dass Sie mit diesem Bubi von einem Zahnarzt herumschwatzen.«

»Dann geht das eben auf Kosten meiner Freizeit«, entgegnete ich.

»Der Mann ist ein kompletter Idiot. Mit Jean hat der nie was gehabt. Dazu war er sich viel zu schade. Hielt sich für was Besseres. Das hat sie mir selbst gesagt.« Royce hustete in die vorgehaltene Hand.

»Er war jedenfalls kurz mit ihr befreundet.«

Ann hob den Kopf. »David Poletti? Wirklich?«

»Tun Sie, was ich Ihnen sage, und lassen Sie den aus dem Spiel.«

»Pop, wenn Kinsey glaubt, dass er wertvolle Informationen für uns hat, warum soll sie dann nicht am Ball bleiben?«

»Wer bezahlt die Frau? Du oder ich?«

Ann verstummte. Ori machte eine ungeduldige Handbewegung und kam mühsam auf die Beine. »Du hast uns den Appetit verdorben!«, fuhr sie Royce an. »Geh gefälligst und leg dich ins Bett, wenn du dich nicht benehmen kannst. Herr im Himmel, Royce, ich kann deine Launen nicht mehr ertragen!«

Jetzt löste Royce Ori im Schmollwinkel ab. Ann stand auf und ging zur Küchenanrichte, vermutlich von derselben inneren Anspannung getrieben, die mir Magenschmerzen bereitete. Mein Schicksal als Waisenkind erschien mir in immer angenehmerem Licht.

Ori griff nach ihrem Stock und humpelte in Richtung Wohnzimmer.

»Entschuldigen Sie die Unterbrechung. Sie ist ziemlich aufbrausend«, wandte Royce sich an mich.

»Bin ich nicht!«, widersprach sie heftig von der Tür her.

Royce beachtete sie nicht weiter und wandte sich wieder mir zu.

»Das sind alle, mit denen Sie gesprochen haben? Daisy und dieser ... dieser Zahnklempner?«

»Ich war bei Shana Timberlake.«

»Wozu denn das?«

Ori blieb auf der Schwelle stehen, um ja nichts zu versäumen. »Maxine sagt, dass sie mit Dwight Shales ein Verhältnis hatte. Unglaublich!«

»O Mutter! Das ist doch lächerlich. Dwight würde sich nie mit ihr einlassen.«

»Es ist die Wahrheit! Maxine hat vergangenen Samstag gesehen, wie sie vor dem Supermarkt aus seinem Wagen gestiegen ist.«

»Na und?«

»Um sechs Uhr morgens?«, konterte Ori.

»Maxine weiß doch gar nicht, was sie redet.«

»Das weiß sie sehr gut. Bei Sarah Brunswick und ihrem Gärtner hatte sie schließlich auch Recht, nicht?«

Royce drehte sich um und musterte sie gereizt. »Würdest du

jetzt bitte den Mund halten, ja?« Ann wurde dunkelrot, als der Streit zwischen den beiden erneut aufflammte. Dann wandte Royce sich wieder mir zu: »Was hat Shana Timberlake mit meinem Sohn zu schaffen?«

»Ich versuche herauszubekommen, wer der Vater von Jeans Baby war. Ich tippe auf einen verheirateten Mann.«

»Hat sie Namen genannt?«, fragte Royce. Ann war mit einem Korb voll frischem Brot an den Tisch zurückgekehrt, den sie dem Vater reichte. Er nahm ein Stück und gab ihn mir weiter. Ich stellte ihn auf den Tisch, denn ich wollte mich durch solche Rituale nicht ablenken lassen.

»Sie behauptet, dass Jean ihr nichts gesagt hat, aber sie muss jemanden in Verdacht haben. Ich werde ein bisschen warten und es dann noch mal versuchen. Bailey hat angedeutet, dass Jean herausbekommen wollte, wer ihr eigener Vater war, und das könnte uns neue Möglichkeiten eröffnen.«

Royce rümpfte die Nase und machte eine wegwerfende Handbewegung. »Vermutlich irgendein Lastwagenfahrer, den sie aufgegabelt hatte. Die Frau war nie wählerisch. Solange einer Geld in der Tasche hatte, war sie zu allem bereit.« Er wurde erneut von einem leichten Hustenanfall geschüttelt, und ich musste mit der Antwort warten, bis der Anfall vorüber war.

»Wenn es irgendein Lastwagenfahrer gewesen wäre, warum hätte sie dann seinen Namen verschweigen sollen? Es muss jemand aus der Stadt sein ... wahrscheinlich jemand, der um sein Ansehen fürchtete.«

»Blödsinn! Kein angesehener Bürger würde sich mit dieser Hure ...«

»Jemand, dem damals viel daran lag, das Verhältnis geheim zu halten« warf ich ein.

»Quatsch! Davon glaube ich kein Wort ...«

»Royce!«, unterbrach ich ihn heftig. »Ich weiß, was ich tue. Würden Sie sich also bitte nicht einmischen und mich meinen Job auf meine Art erledigen lassen?«

Er starrte mich drohend an. Seine Miene hatte sich verfinstert.
»Was?«

»Sie haben mich für einen Job engagiert, und ich tue meine Arbeit. Ich will mich nicht für jeden Schritt rechtfertigen müssen.«

Royce schäumte vor Wut. Mit zitterndem Finger deutete er auf mich. »Frechheiten lasse ich mir von Ihnen nicht gefallen!«

»Großartig. Ich mir von Ihnen auch nicht. Ich mache das entweder, wie's mir passt, oder Sie können sich jemand anderen suchen.«

Royce erhob sich halbwegs von seinem Stuhl und stützte sich auf dem Tisch ab. »Wie kommen Sie dazu, so mit mir zu reden?« Sein Gesicht war rot angelaufen, und seine Arme zitterten unter seinem Gewicht.

Ich blieb ruhig sitzen und beobachtete ihn ungerührt, während ich innerlich vor Wut kochte. Ich war nahe daran, eine Bemerkung zu machen, die jedoch so beleidigend ausgefallen wäre, dass ich noch zögerte, als Royce plötzlich zu husten begann. Er versuchte den Anfall zu unterdrücken und rang nach Luft. Der Husten wurde nur noch schlimmer. Er zog ein Taschentuch heraus und presste es vor den Mund. Ann und ich starrten ihn gebannt an, alarmiert durch die Tatsache, dass er offenbar keine Luft mehr bekam. Sein Brustkorb zuckte krampfartig, sodass sein Körper mitgerissen wurde.

»Pop, alles in Ordnung?«

Er schüttelte den Kopf und brachte kein Wort heraus. Die Zunge hing ihm aus dem Mund, während der Husten seinen Körper beutelte. Er keuchte und hatte die Hand an der Hemdbrust, als wollte er sich daran festhalten. Ich griff unwillkürlich nach ihm, als er rückwärts auf seinen Stuhl taumelte und nach Luft rang. Ihm zuzusehen, war entsetzlich. Der Husten schien ihn in Stücke reißen zu wollen und förderte Schleim und Blut zu Tage. Schweißperlen standen ihm im Gesicht.

»Mein Gott«, entfuhr es Ann. Sie sprang auf und schlug die Hände vor den Mund. Ori stand wie gelähmt auf der Türschwelle. Ich schlug Royce mit der flachen Hand auf den Rücken, während ich seinen Arm in die Höhe hielt, um seinen Lungen Erleichterung zu verschaffen.

»Rufen Sie einen Notarzt!«, schrie ich.

Ann sah mich ausdruckslos an, erwachte dann aus ihrer Starre und lief zum Telefon. Sie starrte noch immer unverwandt auf das Gesicht ihres Vaters, während ich ihm den Kragen öffnete und an seinem Gürtel zerrte. Wie von fern hörte ich Ann am Telefon den Zustand des Vaters beschreiben und Namen und Adresse durchgeben.

Als sie den Hörer wieder aufgelegt hatte, hatte Royce sich wieder einigermaßen in der Gewalt, aber er war in Schweiß gebadet, und sein Atem ging stockend und schwer. Endlich hörte der Husten ganz auf. Royce war bleich, die Augen lagen tief in den Höhlen, das Haar klebte ihm am Kopf. Ich hielt ein Handtuch unter den kalten Wasserhahn, wrang es aus und wusch ihm damit das Gesicht. Er begann zu zittern. Ich sprach beruhigend auf ihn ein und tätschelte ihm die Hand. Ann und ich konnten ihn nicht tragen, aber es gelang uns wenigstens, ihn auf den Fußboden zu legen. Ann holte eine Decke und schob ihm ein Kissen in den Nacken. Ori schluchzte hilflos. Zum ersten Mal schien sie wirklich zu begreifen, wie krank er war, und sie weinte wie ein Kind. Wahrscheinlich war ihr bewusst geworden, dass er vor ihr sterben würde.

In der Ferne hörten wir schon die Sirene des Krankenwagens. Die Sanitäter erfassten die Situation sofort, und ihre ruhigen und fachkundigen Handgriffe nahmen der Angelegenheit die Dramatik. Royce bekam Sauerstoff, wurde mühsam auf eine Bahre gelegt und zum Wagen hinausgetragen. Ann fuhr mit ihm. Dann war ich plötzlich mit Ori allein. Ich setzte mich. Die Küche sah aus wie nach einer Schlacht.

»Ori? Hallo?« Die Stimme kam aus dem Büro.

»Das ist Bert«, murmelte Ori. »Der Nachtportier.«

Bert spähte ins Wohnzimmer. Ich schätzte ihn auf fünfundsechzig. Er war klein und trug einen Anzug, den er vermutlich in der Kinderabteilung eines Kaufhauses erstanden hatte. »Ich hab gesehen, wie der Krankenwagen weggefahren ist. Alles in Ordnung?«

Ori erzählte ihm, was passiert war, und schien dabei ihr inneres Gleichgewicht wieder zu finden. Bert zeigte sich gebührend mitfühlend, und die beiden tauschten langatmig Erinnerungen an ähnliche Notfälle aus. Dann klingelte das Telefon, und Bert war gezwungen, ins Büro zurückzugehen.

Ich half Ori ins Bett. Ich machte mir Sorgen um ihren Insulinspiegel, aber sie wollte nichts davon wissen, sodass ich das Thema fallen lassen musste. Die Angst um Royce hatte zur Folge, dass sie sich verzweifelt an mich klammerte. Sie suchte Körperkontakt und wollte getröstet werden. Ich kochte ihr Kräutertee, schaltete gedämpfte Beleuchtung ein und saß an ihrem Bett, während sie meine Hand hielt. Sie erzählte von Royce und den Kindern, und ich unterbrach sie immer wieder mit Fragen, um die Unterhaltung in Gang zu halten.

Schließlich schlief sie ein. Aber es wurde Mitternacht, bevor Ann zurückkehrte. Royce war ins Krankenhaus eingeliefert worden, und sie war bei ihm geblieben, bis alle Formalitäten erledigt waren und er in seinem Zimmer untergebracht war. Am nächsten Morgen sollten als erstes verschiedene Untersuchungen vorgenommen werden. Der behandelnde Arzt vermutete, dass Metastasen bereits die Lunge befallen hatten. Um Genaues sagen zu können, musste er die Auswertung der Röntgenbilder abwarten, aber es sah nicht gut aus für Royce.

Ori wurde unruhig. Wir hatten im Flüsterton gesprochen, sie aber offensichtlich doch gestört. Wir gingen durch die Küche hinaus und setzten uns auf die Stufen am Hintereingang. Hier draußen war es stockdunkel, wir saßen im Schatten des Hauses, abgeschirmt von dem schmutzig gelben Licht der Straßenlaternen. Ann zog ihre Knie an und legte ihren Kopf erschöpft auf die Arme.

»Gott. Wie soll ich das bloß die nächsten Monate durchstehen?«

»Es wird sicher alles leichter, wenn wir Bailey freibekommen können.«

»Bailey.« Sie lächelte bitter. »Immer nur Bailey. Kann denn niemand von was anderem reden?«

»Sie waren wie alt – fünf? –, als er geboren wurde?«

Sie nickte. »Ich muss Mom und Pop ziemliche Sorgen gemacht haben. Ich war ein kränkliches Kind. Ich habe kaum länger als dreißig Minuten am Stück geschlafen.«

»Weshalb? Hatten Sie Koliken?«

»Das hat man zunächst angenommen. Aber dann stellte sich heraus, dass es eine Art von Weizenallergie war. Mir war oft hundeelend ... Durchfall, Erbrechen, Bauchweh. Und ich war spindeldürr. Eine Weile sah es so aus, als ob es besser würde. Dann kam Bailey, und alles fing wieder von vorne an. Ich war damals im Kindergarten, und der Betreuer dort behauptete, dass ich mich nur wegen Bailey so aufführte.«

»Waren Sie eifersüchtig?«, fragte ich.

»Natürlich. Ganz fürchterlich. Alles drehte sich um ihn. Und er war natürlich auch hinreißend ... schlief wie ein Engel und bla, bla, bla. Ich krepierte inzwischen fast. Ein Arzt fand endlich den Grund heraus. Ich weiß nicht einmal mehr, wer es war, aber er bestand auf einer Darmgewebeuntersuchung, und dabei diagnostizierte man Zöliakie. Nachdem dann Weizen von meinem Speiseplan gestrichen worden war, ging's mir prima. Ich glaube allerdings, dass Pop überzeugt war, ich sei aus Trotz krank geworden. Naja. Tolle Lebensgeschichte, nicht?« Sie schaute auf ihre Uhr. »Ach herrje, schon fast eins. Wir sollten besser schlafen gehen.«

Wir sagten uns Gute Nacht, und ich ging hinauf. Erst als ich ins Bett steigen wollte, merkte ich, dass jemand in meinem Zimmer gewesen war.

13

Was mich stutzig machte, war der Abdruck eines Schuhabsatzes auf dem Teppich direkt hinter der Schiebetür zum Balkon. Ich weiß nicht einmal mehr, was mich veranlasst hatte, dorthin zu sehen. Ich war in der Küche gewesen, um mir ein Glas Wein einzuschenken, hatte die Flasche wieder zugekorkt und in den Kühlschrank zurückgestellt. Dann ging ich zu der gläsernen Schiebetür, zog die Vorhänge zurück, löste die Verriegelung und schob die Tür einen Spaltbreit auf, um frische Seeluft hereinzulassen. Einen Augenblick lang stand ich da und atmete tief ein. Ich liebe diesen Geruch. Ich liebe die Geräusche des Meeres und der Brandung. Nebel war aufgezogen, und ich hörte von fern das klagende Tuten eines Nebelhorns in der kalten Nachtluft.

Plötzlich blieb mein Blick an einer Falte im Vorhangsaum hängen. Neben der Metallschiene der Schiebetür entdeckte ich eine Spur von nassem Sand. Verständnislos starrte ich darauf. Dann stellte ich das Weinglas ab und ging in die Knie, um die Stelle zu untersuchen. Im selben Augenblick, als ich begriff, was ich da sah, stand ich auf, zog mich von der Balkontür zurück und blickte mich aufmerksam im Zimmer um. Es gab nichts, wo sich jemand hätte verstecken können. Als Schrank diente eine Nische ohne Tür. Das Bett war ziemlich weit unten an der Wand befestigt und der Spalt zwischen Matratze und Teppich mit einer Holzblende verschlossen. Im Badezimmer war ich gerade gewesen, aber ganz automatisch sah ich noch einmal nach. Die Duschverkleidung aus Milchglas stand offen, die Duschkabine war leer. Ich wusste, dass ich allein war, doch das Gefühl, dass eine fremde Person in meinem Zimmer gewesen war, war so allgegenwärtig, dass sich mir die Nackenhaare aufstellten. Unwillkürlich wurde ich von Angst überwältigt und schrie unterdrückt auf.

Dann überprüfte ich meine Habseligkeiten. Die Reisetasche sah unberührt aus. Es war allerdings durchaus möglich, dass jemand sie geschickt durchsucht hatte. Ich kehrte zum Küchentisch zurück und beäugte meine Papiere.

Die Reiseschreibmaschine stand noch so offen da, wie ich sie verlassen hatte, meine Aufzeichnungen lagen im Aktenordner links daneben. Soweit ich feststellen konnte, fehlte nichts. Ob die Notizen noch in der richtigen Reihenfolge lagen, konnte ich nicht beurteilen, denn ich hatte die Blätter einfach achtlos in den Ordner geschoben. Und das war vor dem Abendessen, also vor gut sechs Stunden, gewesen.

Ich überprüfte das Schloss an der Balkontür. Nachdem ich wusste, wonach ich suchen musste, waren die Spuren unübersehbar, und ich konnte sehen, wo der Aluminiumrahmen neben dem Schloss herausgestemmt worden war. Das Schloss war sowieso eine mehr als simple Konstruktion und kaum geeignet, brutaler Gewalt standzuhalten. Der Griff ließ sich zwar noch bewegen, doch der Mechanismus war zerstört. Die Falle passte nicht mehr in die dafür vorgesehene Öffnung, sodass die Tür praktisch nicht mehr zu verschließen war.

Der Eindringling hatte das Schloss offenbar so belassen und war durch die Tür zum Korridor wieder hinausgegangen.

Ich nahm die Taschenlampe aus meiner Handtasche und untersuchte sorgfältig den Balkon. In der Nähe des Geländers befanden sich ähnliche Sandspuren wie auf dem Teppich. Ich blickte ein Stockwerk tiefer und versuchte mir vorzustellen, wie jemand hier hatte heraufkommen können – möglicherweise durch ein Zimmer in derselben Etage und dann von Balkon zu Balkon kletternd. Die Zufahrt zum Motel führte direkt unter meinem Zimmer vorbei zu einem überdachten Parkplatz im Innenhof. Es hätte also auch jemand an der Zufahrt parken, aufs Autodach steigen und von dort auf den Balkon klettern können. Die Zufahrt wäre dann vorübergehend blockiert gewesen, aber um diese nächtliche Stunde herrschte nur wenig oder gar kein Verkehr. Die Stadt hatte sich schlafen gelegt, und die Gäste des Motels hatten sich auf ihre Zimmer zurückgezogen.

Ich rief im Empfang unten an und erzählte Bert, was geschehen war. Ich bat ihn, mir ein anderes Zimmer zu geben. Ich konnte hören, wie er sich am Kinn kratzte. Dann kam seine dünne, helle Stimme durchs Telefon.

»Oje, Miss Millhone. Ich weiß nicht, wie ich das um diese Zeit anstellen soll. Aber gleich morgen früh können Sie umziehen.«

»Bert«, begann ich. »Bei mir ist eingebrochen worden! Ich bleibe auf keinen Fall hier.«

»Schon. Aber ich weiß nicht, ob ich so spät noch etwas machen kann.«

»Sagen Sie jetzt bloß nicht, Sie hätten kein anderes Zimmer frei. Ich kann das Schild FREI von hier aus deutlich sehen.«

Am anderen Ende war es kurz still. »Vermutlich kann ich Ihnen schon ein anderes Zimmer geben«, seufzte er unsicher. »Es ist verdammt spät, aber ich sage nicht unbedingt nein. Was glauben Sie denn, wann es passiert ist? Ich meine, der Einbruch?«

»Was macht das für einen Unterschied? Das Schloss an der Balkontür ist kaputt. Die Tür geht nicht mehr richtig zu und lässt sich natürlich erst recht nicht mehr abschließen.«

»Ja, aber trotzdem. Manchmal täuscht man sich doch. Mit den Jahren geht so manches kaputt. Die Türen hier unten ... ein paar jedenfalls ...«

»Verbinden Sie mich bitte mit Ann Fowler, ja?«

»Ich glaube, sie schläft. Soll ich vielleicht mal nachsehen? Ich kann mir nicht vorstellen, dass Sie in Gefahr sind. Natürlich verstehe ich, dass Sie sich Sorgen machen, aber schließlich liegt Ihr Zimmer im zweiten Stock, wie sollte da jemand auf Ihren Balkon kommen?«

»Vermutlich auf demselben Weg wie beim ersten Mal!«, konterte ich spitz.

»Na ja. Also soll ich jetzt mal nachsehen? Für 'ne Minute kann ich hier unten schon mal weg. Vielleicht finden wir ja 'ne Lösung.«

»Bert! Verdammt, ich will ein anderes Zimmer!«

»Also ich verstehe Sie ja. Aber da ist auch noch die Haftungsfrage. Ich weiß nicht, ob Sie daran schon gedacht haben. Wir hatten nämlich all die Jahre, seit ich hier bin, und das sind immerhin jetzt fast achtzehn Jahre, keinen einzigen Einbruch. Drüben im ›Tides‹ ist das ganz anders …!«

»Ich … will … ein anderes … Zimmer!«, erklärte ich langsam und überdeutlich.

»O Mann!« Am anderen Ende war es still. »Warten Sie, ich seh nach, was ich tun kann«, antwortete Bert schließlich. »Bleiben Sie dran. Ich schau mal im Gästebuch nach.«

Ich hatte ein paar Minuten Zeit, um meine Wut zu zügeln und mich etwas zu beruhigen. In gewisser Weise war Wut angenehmer als Angst.

Dann meldete sich Bert wieder. Ich hörte, wie er das Gästebuch durchblätterte. Er räusperte sich. »Sie können's mit dem Zimmer daneben versuchen«, sagte er. »Das ist Nummer 24. Ich bringe Ihnen den Schlüssel rauf. Die Verbindungstür könnte sogar unverschlossen sein. Probieren Sie's einfach mal. Es sei denn, Sie merken, dass da auch jemand am Schloss rummanipuliert hat …«

Ich legte einfach auf, um nicht völlig die Beherrschung zu verlieren.

Bislang hatte ich kaum registriert, dass mein Zimmer durch eine Tür mit dem angrenzenden Raum verbunden war, vielmehr durch eine Doppeltür mit einem schmalen Zwischenraum von der Breite einer Schwelle. Ich schloss auf meiner Seite auf, die zweite Tür stand offen, das Zimmer lag im Dunkeln. Ich leuchtete mit meiner Taschenlampe hinein. Der Raum war leer, sauber und aufgeräumt, und in der Luft hing der dumpfe Geruch eines Teppichbodens, über den schon viele feuchte Füße getrampelt waren. Ich fand den Lichtschalter, knipste das Licht an und prüfte das Schloss der Schiebetür zum Balkon.

Nachdem ich mich überzeugt hatte, dass der Raum abschließbar war, packte ich meine wenigen persönlichen Habseligkeiten, meine Schreibmaschine, die Weinflasche, die Akten, und war innerhalb von wenigen Minuten umgezogen. Dann zog ich mich an und ging zum Auto hinunter. Meine Waffe lag noch im Aktenkoffer auf dem Rücksitz des Käfers. Auf dem Rückweg holte ich mir den neuen Zimmerschlüssel an der Rezeption ab und wich kurzangebunden einem weiteren sinnlosen Zwiegespräch mit Bert aus. Er gab sich nachsichtig. Manche Frauen seien eben besonders ängstlich, meinte er.

Ich nahm den Aktenkoffer in das neue Zimmer mit, verschloss die Tür und legte die Kette vor. Dann setzte ich mich an den Küchentisch, lud sieben Patronen in das Magazin und schob es zurück in die Pistole, eine Davis, Kaliber 7,65 Millimeter, verchromt, mit Walnussgriff und einem zwölf Zentimeter langen Lauf. Meine alte Waffe war zusammen mit meinem Apartment in die Luft geflogen. Die neue wog handliche sechshundert Gramm und fühlte sich schon wie eine alte Bekannte an. Sie hatte außerdem den Vorzug, dass das Visier exakt justierbar war. Inzwischen war es ein Uhr morgens. Mit der kalten Wut, die mich mittlerweile erfüllte, hatte ich kaum Hoffnung, noch ein Auge zutun zu können. Ich machte das Licht aus und zog die Stores vor die verriegelte Balkontür. Vorsichtig spähte ich auf die menschenleere Straße hinunter. Die Brandung rauschte monoton, durch die Scheibe klang ihr rhythmisches Geräusch wie ein gedämpftes Grummeln. Das Nebelhorn schickte seine hohle Warnung an alle Schiffe auf See. Der Himmel war wolkenverhangen. Ohne die frische Luft von draußen wirkte das Zimmer wie eine feuchte, muffige Gefängniszelle auf mich. Ich setzte mich angezogen ins Bett, den Blick unverwandt auf die Glastür gerichtet, als erwartete ich jeden Moment, einen Schatten über das Geländer klettern zu sehen. Die Straßenbeleuchtung tauchte den Balkon in ihr gelbliches Licht, das durch die Vorhänge gefiltert wurde. Das Neonschild »ZIMMER FREI« leuchtete nun rhythmisch auf, und der rote Widerschein pulsierte im Raum. Irgendjemand wusste genau, wo ich war. Ich hatte zwar vielen erzählt, dass ich im Ocean Street logierte, aber meine Zimmernummer nicht erwähnt. Ich stand auf, tastete mich vor zum Tisch und packte meine Notizen in den Aktenkoffer. Von nun an wollte ich sie ständig bei mir tragen. Und von nun an wollte ich auch auf meine Pistole nicht mehr verzichten. Ich ging zurück ins Bett.

Um zwei Uhr siebenundvierzig klingelte das Telefon, und ich fuhr hoch. Ich hatte gar nicht gemerkt, dass ich schließlich doch eingeschlafen war. Der Adrenalinstoß hatte zur Folge, dass mein Herz wie ein Dampfhammer schlug. Angst und das Schrillen des Telefons vereinigten sich zu einer einzigen Empfindung. Ich riss den Hörer von der Gabel. »Ja?«

»Ich bin's«, sagte er am anderen Ende mit leiser Stimme.

Trotz der Dunkelheit blinzelte ich. »Bailey?«

»Sind Sie allein?«

»Natürlich. Und *wo* sind Sie?«

»Machen Sie sich deswegen keine Sorgen. Ich habe nicht viel Zeit. Bert weiß, dass ich anrufe, und ich will nicht riskieren, dass er die Bullen verständigen kann.«

»So schnell können die keinen Anruf zurückverfolgen«, sagte ich. »Sind Sie so weit in Ordnung?«

»Mir geht's gut. Wie sieht es aus? Ziemlich schlecht, was?«

Ich erzählte ihm kurz, was geschehen war. Royces Zusammenbruch erwähnte ich nur flüchtig, weil ich ihn nicht erschrecken wollte, aber ich erwähnte, dass jemand in mein Zimmer eingebrochen war. »Sind Sie das zufällig gewesen?«

»Ich? Wie denn? Das ist das erste Mal, dass ich mein Versteck verlassen habe«, antwortete er. »Ich hab das mit Tap gehört. Armer Kerl!«

»Tja, ich weiß«, seufzte ich. »Er hat sich wie ein Idiot benommen. Sieht so aus, als sei das Gewehr nicht mal richtig geladen gewesen. Er hat mit grobem Steinsalz geschossen.«

»Mit Salz?«

»Ganz richtig. Der Fußboden im Gericht lag voll davon. Ich

habe keine Ahnung, ob er überhaupt gewusst hat, was er da im Magazin hatte.«

»Großer Gott!«, stieß Bailey atemlos hervor. »Er hatte überhaupt keine Chance!«

»Warum sind Sie getürmt? Was Dümmeres hätten Sie kaum machen können. Jeder Polizist in diesem Staat ist Ihnen jetzt auf den Fersen. Haben *Sie* das alles arrangiert?«

»Natürlich nicht! Ich habe zuerst nicht mal gewusst, dass es Tap war. Und dann hatte ich nur noch den Gedanken, wegzukommen!«

»Wer könnte ihn dazu angestiftet haben?«

»Keine Ahnung. Aber irgendjemand muss dahinterstecken.«

»Möglicherweise weiß Joleen Bescheid. Ich will morgen versuchen, mit ihr zu reden. Aber jetzt zu Ihnen … es ist Selbstmord, frei rumzulaufen. In den Fahndungsmeldungen werden Sie als gefährlich und bewaffnet bezeichnet.«

»Das dachte ich mir. Aber was soll ich tun? Wenn ich mich stelle, schießen sie mich wie einen Hund über den Haufen, genau wie Tap.«

»Rufen Sie Jack Clemson an. Gehen Sie zu ihm.«

»Woher wissen wir, dass er es nicht war, der mich reingelegt hat?«

»Ihr Anwalt?«

»Wenn ich tot bin, ist alles vorbei. Dann können alle wieder ruhig schlafen. Aber ich muss jetzt raus, bevor …« Ich hörte, wie er scharf die Luft einzog. »Bleiben Sie dran.« Am anderen Ende war es plötzlich still. Jetzt hörte ich das Quietschen einer Metalltür. »So, hier bin ich wieder. Ich dachte, da draußen ist jemand, aber ich muss mich getäuscht haben.«

»Hören Sie, Bailey! Ich tu, was ich kann, aber ich bräuchte Hilfe.«

»Hilfe?«

»Was ist aus dem Geld geworden, das ihr bei dem Banküberfall erbeutet hattet?«

Schweigen. »Wer hat Ihnen davon erzählt?«, fragte er schließlich.

»Tap ... gestern Abend im Billardsalon. Er hat behauptet, Sie hätten es Jean anvertraut, aber danach habe er von den zweiundvierzigtausend Dollar nie wieder was gesehen. Könnte sie das Geld für sich behalten haben?«

»Jean? Niemals. Das hätte sie uns nicht angetan.«

»Was hat sie Ihnen denn erzählt? Sie muss doch eine Erklärung gehabt haben.«

»Ich weiß nur, dass sie es abholen wollte, und da war's verschwunden.«

»Behauptete sie«, ergänzte ich skeptisch.

»Was hätte ich denn tun können? Sie anzeigen?«

»Hat sie Ihnen denn gesagt, wo sie's versteckt hatte?«

»Nein. Aber ich hatte den Eindruck, dass es irgendwo bei den heißen Quellen gewesen sein muss, wo sie gejobbt hat.«

»Na, großartig. Da oben kann man lange suchen. Wer wusste sonst noch von dem Geld?«

»Das ist alles«, flüsterte er ins Telefon.

Ich spürte, wie mein Herz einen Schlag aussetzte. »Was ist los?«

Schweigen.

»Bailey?«

Am anderen Ende wurde eingehängt.

Sekunden später klingelte mein Telefon erneut. Die Polizei wies mich an, mein Hotel nicht zu verlassen und zu warten, bis ein Streifenwagen mich abholte. Guter alter Bert. Den Rest der Nacht verbrachte ich im Büro des County Sheriffs, wo man mich pausenlos vernahm, beschuldigte, beschimpfte und bedrohte – selbstverständlich unter Berücksichtigung der üblichen Höflichkeitsformen. Mein Kontrahent war ein Beamter vom Morddezernat namens Sal Quintana, dessen Laune auch nicht besser war als meine. Ein zweiter Kripomann stand als stiller Beobachter an der Wand und puhlte mit einem abgebrochenen Streichholz zwischen seinen Zähnen herum. Sein Zahnarzt wird's ihm gedankt haben.

Quintana war Mitte vierzig, er hatte kurzes, schwarzes Haar, große, dunkle Augen und ein Gesicht, das durch stoische Unbeweglichkeit auffiel. Es erinnerte mich an Dwight Shales mit seiner emotionslosen, aufreizend ausdruckslosen Miene. Außerdem hatte der Mann mindestens zwanzig Pfund Übergewicht, was beim Kauf seines Hemdes noch nicht berücksichtigt worden war. Durch den Fettansatz im Rücken waren die Ärmel zu kurz geworden, und an den Handgelenken lugten graue und schwarze Härchen hervor. Er hatte gute Zähne, und vielleicht hätte ich ihn sogar als gut aussehend empfunden, wenn er gelächelt hätte. Aber in dieser Beziehung hatte ich kein Glück. Er schien davon auszugehen, dass ich mit Bailey Fowler unter einer Decke steckte.

»Sie sind ja verrückt!«, sagte ich. »Ich habe den Mann erst einmal in meinem Leben gesehen.«

»Und wann war das?«

»Das wissen Sie doch ganz genau. Gestern. Ich habe mich ordnungsgemäß in die Besucherliste im Gefängnis eingetragen. Die haben Sie ja vor sich liegen.«

Sein Blick streifte flüchtig die Papiere auf seinem Schreibtisch.

»Dann erzählen Sie uns doch mal, worüber Sie mit ihm gesprochen haben.«

»Er war deprimiert. Ich habe versucht, ihn aufzuheitern.«

»Mögen Sie Mr. Fowler?«

»Das geht Sie überhaupt nichts an. Ich bin weder verhaftet, noch liegt was gegen mich vor, ja?«

»Richtig«, erwiderte er geduldig. »Wir versuchen hier lediglich, die Sachlage zu verstehen. Unter den Umständen müssten Sie das eigentlich begreifen.« Er hielt einen Augenblick inne, als sein Kollege sich zu ihm herabbeugte und ihm etwas zuflüsterte. Dann blickte er mich wieder an. »So viel ich weiß, sind Sie im Gerichtssaal gewesen, als Fowler getürmt ist. Hatten Sie zu diesem Zeitpunkt Kontakt mit ihm?«

»Nein. Basta und Ende!«

Quintana reagierte auf meine Schnodderigkeit überhaupt nicht. »Als Sie mit Fowler am Telefon sprachen, hat er da irgendeine Andeutung gemacht, von wo er anrief?«

»Nein.«

»Hatten Sie den Eindruck, dass er noch hier in der Nähe war?«

»Keine Ahnung. Vielleicht. Er könnte von überallher angerufen haben.«

»Was hat er über die Flucht gesagt?«

»Nichts. Darüber haben wir nicht gesprochen.«

»Wissen Sie, wer ihm geholfen haben könnte?«

»Ich weiß nicht mal, in welche Richtung er verschwunden ist. Als die Schüsse fielen, war ich noch im Gerichtssaal.«

»Was ist mit Tap Granger?«

»Über Tap weiß ich nichts.«

»Sie haben sich immerhin am Vorabend eine ganze Zeit lang mit ihm unterhalten«, hielt Quintana mir entgegen.

»Ja, richtig. Aber er war nicht sehr gesprächig.«

»Wissen Sie, wer ihn bezahlt haben könnte?«

»Jemand hat Tap dafür bezahlt?«, fragte ich.

Quintana ging darauf gar nicht ein, sondern wartete stoisch auf eine Antwort.

»Er hat die Gerichtsverhandlung mit keinem Wort erwähnt. Ich war völlig perplex, als er sich umdrehte und ich erkannte, dass er's war.«

»Kommen wir noch mal auf Baileys Anruf zurück«, sagte Quintana.

»Das Wesentliche habe ich doch schon erzählt.«

»Worüber wurde sonst noch gesprochen?«

»Ich habe ihm geraten, sich mit Jack Clemson in Verbindung zu setzen und sich dann zu stellen.«

»Und? Wollte er das tun?«

»Nein. Er war von der Idee kaum begeistert. Aber vielleicht ändert er seine Meinung.«

»Es fällt uns verdammt schwer, zu glauben, dass er einfach spurlos verschwunden sein soll. Er muss Hilfe gehabt haben.«

»Von mir jedenfalls nicht.«

»Glauben Sie, jemand hält ihn versteckt?«

»Woher soll ich das wissen?«

»Warum hat er Sie angerufen?«

»Keinen Schimmer! Unser Gespräch wurde unterbrochen, bevor er darüber was sagen konnte.«

So drehten wir uns monoton im Kreis, bis ich vor Müdigkeit fast vom Stuhl fiel. Quintana blieb ausgesucht höflich, ernst, beharrlich – nein, erbarmungslos – und erklärte sich schließlich bereit, mich ins Motel zurückfahren zu lassen, nachdem er sämtliche Informationen aus mir herausgepresst hatte. »Miss Millhone, eines möchte ich noch ganz klarstellen«, erklärte er und rutschte auf seinem Stuhl hin und her. »Das ist eine Angelegenheit der Polizei. Wir wollen Bailey Fowler wiederhaben. Ich möchte nicht feststellen müssen, dass Sie ihm in irgendeiner Form behilflich waren. Haben Sie das verstanden?«

»Absolut«, erwiderte ich.

Er warf mir einen Blick zu, der deutlich sagte, dass er meine Aufrichtigkeit bezweifelte.

Gegen halb sieben Uhr morgens wankte ich ins Bett und schlief bis neun Uhr, als Ann an meine Tür klopfte und mich aufweckte.

14

Ann wollte ihren Vater im Krankenhaus besuchen. Maxine, die Putzfrau, hatte sich verspätet, jedoch felsenfest versprochen, gegen zehn Uhr da zu sein. So lange mochte Ann Ori in ihrem gegenwärtigen Zustand nicht allein lassen. »Ich habe Mrs. Maude angerufen. Sie und Mrs. Emma wollen Mutter Gesellschaft leisten, aber beide können erst heute Nachmittag kommen. Es ist mir sehr unangenehm, Sie zu fragen, aber könnten Sie …?«

»Schon gut. Ich bin gleich unten.«

»Danke.«

Da ich mich gar nicht erst ausgezogen hatte, putzte ich nur die Zähne und spritzte mir kaltes Wasser ins Gesicht. In meiner Jugend hatte es Zeiten gegeben, da war es mir wie ein Abenteuer erschienen, die ganze Nacht durchzumachen. Ich erinnerte mich an das herrlich prickelnde Gefühl, wenn der Morgen graute und meine physische Energie mir unerschöpflich erschien. Jetzt hatte versäumter Schlaf nur noch eine seltsame Hochstimmung zur Folge, in der sich die nahende Erschöpfung bereits ankündigte. Vorerst allerdings ging es mir noch gut, und ich reckte mich, um in Schwung zu kommen. Kaffee würde helfen, wenn auch der unvermeidliche Zusammenbruch dadurch nur hinausgezögert wurde.

Ori saß aufrecht im Bett und spielte mit den Bändern an ihrem Nachthemd. Die Unordnung auf ihrem Nachttisch und der Geruch von Alkohol deuteten darauf hin, dass Ann den täglichen Blutzuckertest schon durchgeführt und ihrer Mutter die morgendliche Dosis Insulin gespritzt hatte. Auf dem Medizintablett lag Pflaster, zusammengeknüllt wie ein Klumpen Kaugummi, daran klebte noch ein blutbefleckter Mulltupfer. Die Blutspur auf dem Teststreifen war zu einem rostbraunen Strich eingetrocknet. Und das alles vor dem Frühstück! Ich spürte, wie meine Augen wegzurutschen drohten, und zwang mich dazu, wie eine gute Krankenschwester herumzuhantieren und mich nützlich zu machen. An den Anblick von Toten war ich auf Grund langjähriger Erfahrung gewöhnt, aber angesichts dieser Abfälle drehte sich mir fast der Magen um. Resolut warf ich alles in einen Plastikkorb, den ich außer Sichtweite stellte und ordnete Tablettenröhrchen, Wasserglas, Karaffe und Bandagen auf dem Nachttisch neu an. Normalerweise wurden Oris Beine bandagiert, doch heute wollte sie sie offenbar lüften. Ich versuchte, nicht hinzusehen auf ihre unförmigen, wabbeligen Waden und die eiskalten, schlecht durchbluteten Füße mit den blaugrauen, trockenen, schuppigen Zehen. An der Innenseite des rechten Fußgelenks hatte sie ein talergroßes Ekzem.

»Ich muss mich einen Augenblick setzen«, murmelte ich.

»Kleines, Sie sind ja leichenblass! Gehen Sie in die Küche und trinken Sie ein Glas Saft.«

Der Orangensaft half tatsächlich, und ich aß ein Stück Toastbrot dazu. Anschließend räumte ich auch die Küche noch auf, um vorerst nicht zu der Frau im Nebenzimmer zurückzumüssen. Dreitausend Arbeitsstunden als Privatdetektivin hatten nicht ausgereicht, mich auf die Nebenbeschäftigung als Hausklavin vorzubereiten. Es kam mir fast so vor, als ob ich die Hälfte meiner Arbeitszeit an diesem Fall mit Geschirrspülen verbrachte. Wie kam es bloß, dass Magnum solche Tätigkeiten nie hatte verrichten müssen?

Gegen halb elf endlich erschien Maxine mit ihrem Putzwerkzeug in einem Plastikeimer am Arm. Sie gehörte zu den Frauen, die gut hundert Pfund Übergewicht wie eine wabbelnde Gummihülle mit sich herumtrugen. Sie hatte einen Schneidezahn in Form und Farbe eines rostigen Nagels. Übergangslos nahm sie einen Staublappen aus dem Eimer und begann, sich wischend durchs Zimmer fortzubewegen. »Tut mir Leid, dass ich so spät komme, aber mein alter Wagen is ums Verrecken nich angesprungen. Ich hab John Robert gebeten, mit dem Überbrückungskabel zu kommen. Aber ich musste 'ne halbe Stunde warten, bis er endlich da war. Das mit Royce hab ich schon gehört. Der Himmel beschütze ihn.«

»Ann soll mich heute Abend zu ihm fahren«, sagte Ori. »Vorausgesetzt, ich fühle mich gut genug.«

Maxine schnalzte nur mit der Zunge und schüttelte den Kopf. »Möchte wetten, dass Sie noch nichts von Bailey gehört haben. Wer weiß, wo der steckt!«

»Ich bin ganz krank vor Sorge. Ich hab ihn noch nicht einmal gesehen nach all den Jahren. Und jetzt ist er wieder weg.«

Maxine zog ein Gesicht, das Mitgefühl und Bedauern ausdrücken sollte. Dann schwenkte sie aufmunternd ihr Staubtuch. »Mary Burney macht sich zum Gespött der ganzen Stadt! Sie hat sämtliche Fenster verrammelt und ein Vorhängeschloss an der Tür. Sie ist fest überzeugt, dass Bailey bei ihr auftauchen und sie entführen wird.«

»Aber weshalb das denn?«, fragte Ori völlig verdutzt.

»Also, dass Mary besonders helle ist, habe ich noch nie behauptet, aber die halbe Stadt hat sich bis an die Zähne bewaffnet. Im Radio haben sie gesagt, er würde vielleicht Unterschlupf bei alten Bekannten suchen. So was Dämliches! Ich habe gleich zu John Robert gesagt, dass Bailey nicht so blöd ist. Und Mary Burney kennt der doch überhaupt nicht mehr. Davon abgesehen würde er bei ihr nie auftauchen! Ihr Grundstück grenzt nämlich ans Munitionslager der Nationalgarde mit elektrischem Zaun, Flutlicht und so weiter. Herr im Himmel, habe ich zu John Robert gesagt, Bailey is vielleicht 'n Krimineller, aber beschränkt ist er nicht!«

Sobald ich dezent in die Unterhaltung eingreifen konnte, sagte ich Ori, dass ich jetzt gehen würde. Maxine wurde verdächtig still. Zweifellos hoffte sie eine Information aufzuschnappen, die sie bei nächster Gelegenheit an John Robert und Mary Burney weitergeben konnte. Ich vermied daher tunlichst jeden Hinweis darauf, was ich vorhatte. Beim Hinausgehen sah ich noch, wie Maxine Ori einen Stapel ungeöffneter Post reichte und anfing, das Bücherregal, auf dem die Briefe gelegen hatten, mit Möbelpolitur zu bearbeiten.

Tap Grangers Witwe bewohnte ein blaugrünes Holzhaus mit Veranda in der Kay Street. Tür und Fensterrahmen waren gelb, die Stufen zur Veranda morsch und löchrig. Sie stand in der Tür, bleich und mager bis auf ihren Kugelbauch, mit vom Weinen geröteter Nase und verquollenen Augen. Sie war ungeschminkt, ihr Haar sah spröde aus, von vielen Dauerwellen strapaziert. Sie hatte schmale Hüften und trug verwaschene Jeans und ein ärmelloses T-Shirt, das ihre knochigen Arme sehen ließ, die in der kühlen Morgenluft eine Gänsehaut hatten. Auf ihrer Hüfte saß ein dickes Baby, es hatte seine Schenkel wie ein Reiter vor dem Absprung um ihren runden Bauch geklemmt. Der Schnuller in seinem Mund sah aus wie ein Stöpsel, den man herausziehen konnte, um die Luft entweichen zu lassen. Darüber ernste Augen und eine tropfende Nase.

»Entschuldigen Sie, dass ich Sie störe, Mrs. Granger. Ich bin Kinsey Millhone, Privatdetektivin. Kann ich mal mit Ihnen sprechen?«

»Warum nicht?« Sie war kaum älter als sechsundzwanzig und hatte den verhärmten Ausdruck einer Frau, die um ihre Jugend betrogen worden war. Es würde schwer für sie sein, mit fünf Kindern wieder jemanden zu finden.

Das Haus war klein und einfach gebaut, aber die Möbel wirkten neu. Vermutlich Kreditkäufe, die noch längst nicht abbezahlt waren. Eine Couch und zwei Sessel in grünen Kunstlederbezügen, ein hellfurnierter Couchtisch und zwei Beistelltische, noch ganz ohne Spuren von Kinderfüßen, die Faltschirme der Tischlampen steckten in Zellophanschutzhüllen. Die Raten liefen vermutlich, bis die jüngsten Kinder in die Highschool kamen. Sie setzte sich auf ein Couchpolster, das sich seitlich hochwölbte und zischend die Luft entließ. Ich nahm auf der Kante eines Sessels Platz, darauf bedacht, das angebissene Nutellabrot auf dem Sitz nicht zu berühren.

»Linetta, hör sofort auf!«, rief sie plötzlich aus, obwohl außer uns niemand im Zimmer zu sein schien. Mit Verspätung registrierte ich, dass das Quietschen eines Bettes, in dem ein Kind auf- und abgesprungen war, abrupt endete. Sie stellte das Baby auf die Füße, es schwankte, klammerte sich an ihre Jeans, und der Schnuller in seinem Mund begann sich zu drehen, als es mit leisem Schmatzen darauf herumkaute.

»Was wollen Sie?«, fragte sie. »Die Polizei war schon zweimal hier, und ich habe denen schon alles gesagt, was ich weiß.«

»Ich will mich kurz fassen. Sie machen zur Zeit viel durch.«

»Egal.« Sie zuckte mit den Schultern. Ihr Gesicht war ganz fleckig vor Aufregung und Trauer.

»Haben Sie gewusst, was Tap gestern vorhatte?«

»Ich wusste, dass er plötzlich Geld hatte, aber er hat gesagt, dass er eine Wette gewonnen hat.«

»Eine Wette?«

»Vielleicht stimmte es ja gar nicht«, entgegnete sie trotzig. »Aber wir haben es weiß Gott brauchen können, und ich hab nicht so genau nachgefragt.«

»Haben Sie gesehen, wie er aus dem Haus gegangen ist?«

»Eigentlich nicht. Ich war gerade vom Dienst gekommen, und als er und die Kinder aus den Haus waren, bin ich sofort ins Bett gegangen. Ich schätze, er hat Ronnie und die Mädchen abgesetzt und Mac dann zur Tagesmutter gebracht. Danach erst muss er nach San Luis Obispo gefahren sein.«

»Aber er hat kein Wort über den Fluchtplan gesagt oder wer ihn dazu angestiftet hat?«

»Wenn ich was gewusst hätte, hätte ich das nie zugelassen.«

»Haben Sie eine Ahnung, wie viel man ihm bezahlt hat?«

Sie war plötzlich sichtlich auf der Hut, doch ihre Miene verriet nichts. »Nö«, murmelte sie und kratzte sich am Kinn.

»Niemand wird das Geld zurückverlangen. Mich interessiert nur die Höhe der Summe.«

»Zweitausend«, flüsterte sie. Großer Gott, dachte ich. Eine naive Frau und ein Mann ohne einen Funken Verstand! Für zweitausend Dollar sein Leben aufs Spiel zu setzen!

»Ist Ihnen eigentlich klar, dass die Schrotpatronen mit grobem Steinsalz gefüllt waren?«

Erneut musterte sie mich vorsichtig. »Tap hat gesagt, dass auf diese Weise niemandem was passieren würde.«

»Außer ihm selbst.«

Der etwas unterbelichteten Dame schien allmählich was zu dämmern. »Oh!«

»War es sein Schrotgewehr?«

»Nö. Tap hat nie eine Waffe gehabt. In einem Haus voller Kinder hätte ich das nie zugelassen.«

»Haben Sie denn irgendeine Ahnung, mit wem er dieses Geschäft abgeschlossen haben könnte?«

»Mit irgend 'ner Frau, habe ich gehört.«

»Wirklich?«, sagte ich überrascht.

»Jemand hat die beiden zusammen im Billardsalon gesehen. Am Abend davor.«

Es dauerte den Bruchteil einer Sekunde, bis ich begriffen hatte. »Mist, das bin ich gewesen. Ich habe versucht, an Informationen über diesen Bailey Fowler ranzukommen, und wusste, dass die beiden befreundet gewesen waren.«

»Oh! Ich dachte, er und eine andere Frau ...«

»Ausgeschlossen«, wehrte ich ab. »Er hat den halben Abend von seiner Familie erzählt und mir Fotos gezeigt.«

Sie wurde rot, und Tränen traten in ihre Augen. »Schade, dass ich Ihnen nicht helfen kann. Sie sind so nett.«

Ich zog eine Visitenkarte aus der Tasche und schrieb die Telefonnummer des Motels auf die Rückseite. »Unter der Nummer können Sie mich die nächsten Tage erreichen. Rufen Sie mich an, wenn Ihnen etwas einfällt.«

»Kommen Sie zur Beerdigung? Morgen Nachmittag in der Baptistenkirche. Es wird voll werden. Tap mochten nämlich alle.«

Ich hatte da zwar meine Zweifel, aber offensichtlich war der Gedanke tröstlich für sie. »Ich werde zusehen, dass ich kommen kann, aber möglicherweise habe ich zu tun.« Der Gedanke an Reverend Haws ließ mir meine Teilnahme als sehr unwahrscheinlich erscheinen, aber ausschließen mochte ich nichts. In den letzten Monaten war ich auf zahlreichen Beerdigungen gewesen, und ich glaubte nicht, eine weitere überstehen zu können. Seit meinem fünften Lebensjahr machte ich aus meiner Abneigung gegen organisierte Religionsausübung, damals für mich personifiziert in der Sonntagsschullehrerin mit Mundgeruch und schwarzen Haarbüscheln in den Nasenlöchern, keinen Hehl. Die Presbyterianer hatten für mich die Bibelstunde der Congregational Church am Ende der Straße empfohlen. Da man mich schon bei den Methodisten rausgeworfen hatte, hatte meine Tante jegliche Hoffnung aufgegeben. Ich persönlich freute mich lediglich auf eine neue Version jener Hafttafeln, an denen man das Jesuskind, mit Papierflügelchen versehen, von dem Himmel aus Filztuch lösen konnte, um es dann im Sturzflug in die Krippe niedersausen zu lassen.

Joleen ließ ihren Jüngsten, an der Couch balancierend, zurück, während sie mich zur Tür brachte. Im selben Augenblick, als sie öffnete, klingelte es. Auf der Schwelle stand Dwight Shales und machte ein ebenso überraschtes Gesicht wie wir. Er blickte von Joleen zu mir und wieder zurück. Dann nickte er Joleen zu. »Ich wollte nur mal nach dir sehen.«

»Danke, Mr. Shales. Das ist nett von Ihnen. Das ist ...«

Ich streckte die Hand aus. »Kinsey Millhone. Wir kennen uns bereits.«

»Ja, ich erinnere mich«, sagte er, und wir schüttelten uns die Hand. »Ich bin gerade im Motel gewesen. Wenn Sie einen Augenblick warten, könnten wir uns noch ein bisschen unterhalten.«

»Gern«, erwiderte ich und wartete auf der Veranda, während er kurz mit Joleen sprach. Ich schloss aus ihrem Gespräch, dass sie vor nicht allzu langer Zeit seine Schülerin in der Highschool gewesen war.

»Ich habe gerade meine Frau verloren und weiß, wie dir zu Mute sein muss«, begann er. Von der herablassenden Art, die er mir gegenüber an den Tag gelegt hatte, war nichts mehr zu merken. Sein eigener Schmerz war ihm so deutlich anzusehen, dass Joleen unwillkürlich erneut die Tränen kamen.

»Vielen Dank, Mr. Shales. Wirklich. Mrs. Shales ist eine so nette Frau gewesen, ich weiß, dass sie schwer krank war. Möchten Sie reinkommen? Ich könnte uns Tee machen.«

Er sah auf die Uhr. »Im Augenblick nicht, danke. Ich bin schon spät dran. Aber ich komme wieder. Ich wollte dir nur sagen, dass wir an der Highschool an dich denken. Kann ich irgendwie helfen? Hast du genug Geld?«

Joleen war überwältigt. Ihre Nase wurde rosarot, und ihre Stimme klang heiser, als sie sagte: »Danke, ich komme zurecht. Heute Abend kommen meine Eltern aus Los Angeles. Wenn sie hier sind, geht's mir gleich besser.«

»Na, sag Bescheid, wenn wir irgendetwas für dich tun können. Morgen Nachmittag könnte jemand aus der Oberstufe auf die Kinder aufpassen. Bob Haws sagt, dass die Trauerfeier um zwei Uhr beginnt.«

»Das Angebot nehme ich gern an. Ich hab noch gar nicht daran gedacht, wer auf die Kinder aufpasst. Kommen Sie zur Beerdigung? Tap hätte das schrecklich gefreut.«

»Natürlich komme ich. Er war ein guter Mensch, und wir waren alle stolz auf ihn.«

Ich folgte Shales auf die Straße, wo er den Wagen geparkt hatte. »Ich habe die Schulakte von Jean Timberlake besorgt«, sagte er. »Wenn Sie mit in mein Büro kommen, können Sie sie einsehen. Sind Sie mit dem Wagen da? Sonst nehme ich Sie gern mit.«

»Ich nehme lieber meinen Wagen. Er steht vor dem Motel.«

»Dann steigen Sie ein. Ich setze Sie dort ab. Ich fahre sowieso in die Richtung.«

Er hielt die Tür für mich auf, und wir unterhielten uns während der kurzen Fahrt über Belanglosigkeiten. Lieber wäre ich zu Fuß gegangen, doch ich wollte sein Angebot nicht zurückweisen; immerhin hoffte ich, dass er den Daten in Jeans Akte möglicherweise persönliche Erinnerungen hinzufügen konnte.

Ann war aus dem Krankenhaus zurück, und ich sah, wie sie aus dem Bürofenster schaute, als wir vorfuhren. Sie und Shales lächelten sich zu, winkten, und dann war sie verschwunden.

Ich stieg aus und beugte mich durchs geöffnete Fenster. »Ich muss noch kurz was erledigen, dann komme ich zu Ihnen.«

»Gut. Bis dahin versuche ich herauszukriegen, ob irgendeiner der Lehrer noch eine nützliche Information beisteuern kann.«

»Danke«, murmelte ich.

Als er davonfuhr und ich mich umdrehte, stand ich plötzlich Ann gegenüber.

»Wollte er nicht reinkommen?«

»Ich glaube, er musste in die Schule zurück. Ich habe ihn gerade bei Joleen Granger getroffen. Wie geht's Ihrem Vater?«

»Den Umständen entsprechend. Der Krebs hat mittlerweile Lunge, Leber und Milz befallen. Sie geben ihm nicht mal mehr einen Monat.«

»Und wie hat er das aufgenommen?«

»Schlecht. Ich dachte, er habe sich bereits damit abgefunden, aber er war ziemlich aufgebracht. Er möchte mit Ihnen sprechen.«

Ich erschrak. Das war das Letzte, was ich brauchte. Ein Gespräch am Sterbebett. »Gut, vielleicht kann ich heute Nachmittag bei ihm vorbeifahren.«

15

Ich saß in Dwight Shales' Vorzimmer und sah Jean Timberlakes Schulakte durch. Unfreiwillig bekam ich dabei das Telefongespräch einer empörten Oberstufenschülerin mit, die sich in der Pause auf der Toilette die Haare gewaschen hatte. Offenbar verlangte es die Schuldisziplin, dass Missetäter ihre Eltern von solchen Verstößen gegen die Hausordnung über das öffentliche Münztelefon im Sekretariat informierten.

»Oh, Mammi ... Woher hätte ich das denn wissen sollen? Ich meine ... verdammte Scheiße, weil ich einfach keine Zeit hatte ... Himmel! Das hat mir hier niemand gesagt ... Wir leben in einem freien Land, verdammt. Ich hab mir nur die Haare gewaschen! ... Habe ich nicht ... Nein, ich krieche nicht zu Kreuze ... Ja, du redest auch schlau daher.« Tonartwechsel, jetzt spielte sie die Märtyrerin. »In Ordnung! ... Ja, ich habe gesagt, in Ordnung ... Sicher, Mammi. Großer Gott ... Warum lässt du mich nicht in Ruhe? ... Ganz recht ... Wirklich? ... Na, klar. Du kannst mich mal, ja? Du bist ein solches Arschloch. Ich hasse dich.« Damit warf sie den Hörer auf die Gabel, dass es krachte, und brach in Tränen aus.

Ich widerstand der Versuchung, um die Ecke zu spähen, und hörte das leise Gemurmel einer Komplizin: »Herrje, Jennifer, das ist wirklich unfair.«

Jennifer schluchzte verzweifelt. »Sie ist eine Hexe. Ich hasse sie ...«

Ich versuchte mir vorzustellen, was passiert wäre, wenn ich in ihrem Alter damals mit meiner Tante so gesprochen hätte. Wahrscheinlich hätte ich einen Kredit aufnehmen müssen für die fällige Zahnarztbehandlung.

Ich blätterte weiter in Jeans Akte, las die Eignungstests, die Zeugnisse, die Anmerkungen ihrer Lehrer. Mit dem Schluchzen im Hintergrund war mir fast, als sähe Jean Timberlakes Geist mir über die Schulter. Sie schien ziemlich viel Ärger gehabt zu haben in der Schule. Rügen wegen Zuspätkommens und sonstigen Fehlverhaltens, Nachsitzen und Gesprächstermine mit der Mutter waren verzeichnet und oft wieder gestrichen worden, weil Mrs. Timberlake zum vereinbarten Termin meistens nicht erschienen war. Es gab Gesprächsnotizen der Schulpsychologen, zu denen auch Ann Fowler gehörte. Jean musste einen Großteil ihrer Schulzeit auf der Bank in Mr. Shales' Vorzimmer verbracht haben, vielleicht schmollend, aber vielleicht auch so selbstbewusst, wie die meisten Fotos im Jahrbuch sie zeigten. Vielleicht hatte sie dagesessen und in aller Ruhe an ihre sexuellen Erkundungen mit Jungen in parkenden Autos gedacht, oder vielleicht hatte sie mit einem der älteren Schüler geflirtet, die sich hier an dem großen Tisch auf ihre Prüfungen vorbereiteten. Vom Beginn der Pubertät an waren ihre Durchschnittsnoten kontinuierlich gesunken im Widerspruch zu ihrem Intelligenzquotienten und früheren Prüfungsergebnissen. Man konnte die Heftigkeit der Hormonschübe beinahe zwischen den Zeilen herauslesen, die dramatischen Szenen, die Verwirrung, schließlich die Heimlichkeiten. Ihr Vertrauen in die Schulärztin endete abrupt. Hatte Mrs. Berringer zunächst Unterleibskrämpfe und andere heftige Periodenbeschwerden verzeichnet und eine Konsultation des Hausarztes empfohlen, so gab sie später ihrer Sorge über das wiederholte Nichterscheinen des Mädchens Ausdruck. Jeans Schwierigkeiten waren weder unbemerkt noch unkommentiert geblieben, und es spricht für die Schule, dass man sich Sorgen um sie machte. Aus den Akten ging hervor, dass man alles Erdenkliche unternommen hatte, um sie vor einem Abgleiten zu bewahren. Am 5. November dann hatte jemand mit dunkelblauer Tinte den Tod des Mädchens vermerkt. Die Eintragung war unterstrichen, die folgende Seite leer.

»Bringt Sie das weiter?«

Ich fuhr zusammen. Dwight Shales stand in der Tür zu seinem Büro. Das weinende Mädchen war weg, und man hörte das Getrampel von Schülern, die die Klassenräume wechselten. »Sie haben mich erschreckt«, sagte ich.

»Tut mir Leid. Kommen Sie rein. Ich habe um zwei Uhr eine Konferenz, aber bis dahin können wir uns noch unterhalten. Bringen Sie die Akte mit.«

Ich nahm Jeans Unterlagen und folgte ihm.

»Nehmen Sie Platz«, forderte er mich auf.

Sein Verhalten hatte sich erneut geändert. Der Mann, den ich eben noch bei Joleen Granger als umgänglich erlebt hatte, war wieder reserviert geworden, überlegte sorgsam jedes Wort, kühl und distanziert, als habe ihn der zwanzigjährige Umgang mit unerzogenen Teenagern auch allen anderen gegenüber vorsichtig werden lassen. Ich hegte den Verdacht, dass er sowieso von Natur aus eher autoritär und leicht reizbar war. Er war es gewohnt,

Anweisungen zu geben. Im Grunde war er ein gut aussehender Mann, aber gewisse Anzeichen mahnten zur Vorsicht ihm gegenüber. Er hatte eine sportliche, muskulöse Figur und die Haltung eines kampferprobten Offiziers. Falls er einen Sport ausübte, tippte ich auf Tontaubenschießen, Handball, Poker oder Schach. Als Jogger würde er zu jenem Typ gehören, der seinen Ehrgeiz darein setzt, seine Zeit jedes Mal um einige Sekunden zu unterbieten. Vielleicht war er früher einmal offen und verwundbar gewesen, aber mittlerweile hatte er alle Jalousien heruntergelassen, und das einzige Mal, dass ich ihn bei einer Gefühlsregung ertappt hatte, war in Gegenwart von Joleen gewesen. Der Tod seiner Frau hatte seine eiserne Selbstbeherrschung offenbar brüchig werden lassen. Tod und Trauer machten ihn noch immer verwundbar.

Ich setzte mich und legte den dicken Aktenordner mit den Eselsohren auf den Schreibtisch vor mir. Etwas Überraschendes hatte ich nicht gefunden, aber ich hatte mir einige Notizen gemacht. Jeans frühere Adresse, Geburtsdatum, Versicherungsnummer, all jene Daten, die mit ihrem Tod sinnlos geworden waren. »Was hielten Sie von Jean Timberlake?«, fragte ich.

»Sie war eine harte Nuss. Glauben Sie mir.«

»Das habe ich mir fast gedacht. Sie scheint die meiste Zeit mit Nachsitzen verbracht zu haben.«

»Das auch. Was die Sache für mich – und sicher auch für die anderen Lehrer, mit denen Sie sich übrigens gern unterhalten dürfen – so frustrierend gemacht hat, war, dass sie eigentlich ein sympathisches junges Mädchen war. Intelligent, umgänglich, freundlich … zumindest gegenüber Erwachsenen. Bei ihren Klassenkameraden war sie nicht besonders beliebt, aber den Lehrkräften gegenüber war sie ausgesprochen nett. Wenn man ihr ins Gewissen redete, hatte man durchaus das Gefühl, auf Verständnis zu stoßen. Dann nickte sie, stimmte einem zu, machte die richtigen Bemerkungen, und kaum hatte sie sich umgedreht, tat sie genau das, wofür sie gerügt worden war.«

»Können Sie mir ein Beispiel nennen?«

»Da gibt's Tausende. Sie hat die Schule geschwänzt, ist zu spät zum Unterricht gekommen, hat ihre Hausaufgaben nicht gemacht, Tests nicht mitgeschrieben und so weiter. Sie hat in der Schule verbotenermaßen geraucht und Alkohol in ihrem Schrankfach aufbewahrt. Jeden hat sie auf die Palme gebracht. Sie war absolut gewissenlos und hatte nicht die geringste Absicht, sich zu bessern. Was soll man mit einer solchen Schülerin anfangen? Sie hat alle Register gezogen, um sich herauszureden. Und Jean war eine perfekte Schauspielerin. Sie konnte einem jede Lüge verkaufen, aber der positive Eindruck war sofort verflogen, sobald sie das Zimmer verlassen hatte.«

»Hatte sie Freundinnen?«

»Nicht, dass ich wüsste.«

»Hatte sie zu irgendeinem Lehrer eine besondere Beziehung?«

»Das möchte ich bezweifeln. Aber wenn Sie wollen, fragen Sie doch die Kollegen.«

»Was wissen Sie über ihre sexuellen Kontakte?«

Er rutschte verlegen auf dem Stuhl hin und her. »Davon habe ich gerüchtehalber gehört, aber keine konkreten Informationen. Würde mich jedoch nicht überraschen, wenn die Gerüchte zutreffend gewesen wären. Sie hatte nicht viel Selbstvertrauen.«

»Ich habe mit einem Klassenkameraden gesprochen, der angedeutet hat, dass sie ziemlich entgegenkommend gewesen sein soll.«

Shales schüttelte widerwillig den Kopf. »Wir konnten da nichts tun. Wir haben sie mehrmals zu einem Psychotherapeuten geschickt, aber natürlich ist sie dort nie aufgekreuzt.«

»Ich nehme an, dass die Schulpsychologen bei ihr auch kaum Erfolg hatten?«

»Leider nicht. Ich glaube nicht, dass man uns in diesem Punkt vorwerfen kann, dass wir uns nicht gekümmert hätten, aber wir konnten sie schließlich nicht zwingen. Und ihre Mutter war uns keine Hilfe. Ich wünschte, ich hätte für jeden Brief, den wir nach Hause geschickt haben, fünf Cents bekommen. Wir mochten Jean und dachten eigentlich, dass sie trotz allem eine Chance hatte. Aber Mrs. Timberlake hat schließlich aufgegeben. Und wir vielleicht auch. Ich weiß es nicht. Rückblickend habe ich kein gutes Gefühl, aber ich habe keine Ahnung, was wir hätten besser machen können. Sie war einfach eines jener Kinder, die durchs Raster gefallen sind. Es ist jammerschade, aber nicht zu ändern.«

»Wie gut kennen Sie Mrs. Timberlake heute?«

»Weshalb fragen Sie?«

»Fürs Fragen werde ich bezahlt.«

»Sie ist eine gute Bekannte«, antwortete er nach kaum merklichem Zögern.

Ich wartete, doch es kam nichts weiter. »Was wissen Sie über den Mann, mit dem Jean sich angeblich eingelassen hatte?«

»Da muss ich passen. Nach ihrem Tod kursierten eine Menge Geschichten, aber ein Name ist nie gefallen.«

»Könnte mir vielleicht sonst noch jemand helfen? Jemand, dem sie sich möglicherweise anvertraut hat?«

»Nicht, dass ich wüsste.« Plötzlich schien ihm etwas einzufallen. »Hm, eines ist mir allerdings immer merkwürdig vorgekommen. Ich habe sie in jenem Herbst mehrmals in der Kirche gesehen, was überhaupt nicht zu ihr passte.«

»In der Kirche?«

»Ja, in Bob Haws' Gemeinde. Ich habe vergessen, wer's mir erzählt hat, aber offenbar war sie ganz scharf auf den Jungen, der dort die Jugendgruppe geleitet hat. Wie heißt er doch gleich? Warten Sie!« Er stand auf und ging ins Sekretariat hinüber. »Kathy, wie hieß doch der Junge, der Klassensprecher der Abschlussklasse in dem Jahr war, in dem Jean Timberlake ermordet worden ist? Erinnern Sie sich noch an ihn?«

Es folgte eine Pause, dann murmelte jemand eine Erwiderung, die ich nicht verstand.

»Ja, natürlich. Danke.« Dwight Shales wandte sich wieder mir zu. »John Clemson. Sein Vater ist doch der Verteidiger von Fowler, oder?«

Ich parkte meinen Käfer auf dem kleinen Parkplatz hinter Jack Clemsons Kanzlei und ging den Plattenweg entlang zum Vordereingang. Die Sonne schien, doch vom Meer her wehte ein kühler Wind. Ein Mann in Gärtnerkleidung schnitt die Hecke. Die elektrische Heckenschere in seinen Händen summte wie ein Bienenschwarm, während er das Gerät über die Hecke gleiten und Blätter regnen ließ.

Ich ging zur Veranda hinauf und blieb einen Augenblick auf der Schwelle stehen, bevor ich eintrat. Die ganze Zeit über hatte ich mir überlegt, was ich sagen würde. Ich war ziemlich verärgert, dass Clemson mir eine Information vorenthalten hatte. Möglicherweise entpuppte sie sich als völlig unbedeutend, aber das zu entscheiden war meine Sache. Die Tür stand offen, und ich ging in die Diele. Die Frau, die von ihrem Schreibtisch aufsah, musste Clemsons Sekretärin sein. Sie war über vierzig, klein und zierlich, mit hennagefärbtem, kastanienrotem Haar, grauen, durchdringenden Augen und einem Silberarmband, das sich in Form einer Schlange um ihr Handgelenk wand.

»Ist Mr. Clemson da?«, fragte ich.

»Sind Sie angemeldet?«

»Ich bin nur schnell vorbeigekommen, um mit ihm über einige neue Informationen zu einem Fall zu sprechen. Mein Name ist Kinsey Millhone.«

Sie musterte mich prüfend von Kopf bis Fuß, wobei ihr Blick, der von meinem Rollkragenpulli über die Jeans zu den Stiefeln glitt, dezent Missbilligung ausdrückte. Vermutlich sah ich für sie aus wie jemand, den ihr Chef in einem Fall von Sozialhilfebetrug vertrat. »Augenblick bitte. Ich frage mal nach.« Und ihre Miene sagte deutlich, dass Mr. Clemson für mich sehr wahrscheinlich nicht zu sprechen sei.

Statt die Sprechanlage zu benutzen, stand sie auf und trippelte auf hohen Absätzen durch das Vorzimmer zu Mr. Clemsons Büro, wobei ihr weiter Rock bei jeder Bewegung ihrer schmalen Hüften hin und her schwang. Sie hatte die Figur einer Zehnjährigen. Ich konzentrierte mich während ihrer Abwesenheit unauffällig auf ihren Schreibtisch und starrte auf die Urkunde, an der sie offenbar gerade arbeitete. Auf dem Kopf stehende Texte zu lesen, war eine jener obskuren Fähigkeiten, die ich bei meiner Arbeit als Privatdetektivin erworben habe. »... untersagt das Gericht ausdrücklich, die Antragstellerin zu belästigen, zu bedrohen oder physische Gewalt anzuwenden ...« Angesichts der Zustände in heutigen Durchschnittsehen klang das fast nach Flitterwochenstimmung.

»Kinsey? Schön, Sie zu sehen. Kommen Sie rein.«

Clemson stand in der Tür. Er hatte das Jackett ausgezogen, den Kragen aufgeknöpft, die Hemdsärmel aufgerollt und die Krawatte gelockert. Offenbar trug er noch immer die Gabardinehose, die er schon vor zwei Tagen angehabt hatte, die hinten ausgebeult und vorn knittrig war. In einer Wolke von Zigarettenqualm folgte ich ihm in sein Büro. Seine Sekretärin trippelte ins Vorzimmer zurück. Alles an ihr drückte Missbilligung aus.

Auf den beiden verfügbaren Besucherstühlen türmten sich Gesetzestexte, aus denen Papierstreifen als Lesezeichen heraushingen. Ich wartete, bis Clemson Platz geschaffen hatte, damit ich mich setzen konnte. Dann ging er, sichtlich außer Atem von der Anstrengung, hinter seinen Schreibtisch. Kopfschüttelnd drückte er seine Zigarette aus.

»Ich bin ganz außer Form«, murmelte er und lehnte sich in seinem Drehstuhl zurück. »Was machen wir nur mit diesem Bailey, eh? Der Kerl ist vollkommen verrückt! Einfach zu türmen!«

Ich berichtete ihm von Baileys nächtlichem Anruf und wiederholte Baileys Version der Flucht, während Jack Clemson sich den Nasenrücken massierte und bekümmert den Kopf schüttelte. »So ein Idiot. Für so was gibt's keine Entschuldigung.«

Dann griff er nach einem Brief und warf ihn verächtlich über den Schreibtisch. »Hier, sehen Sie sich das an. Wissen Sie, was das ist? Ein Schmähbrief. Von einem Kerl, der vor zwanzig Jahren verurteilt worden ist, als ich noch Pflichtverteidiger war. Er schreibt mir jedes Jahr aus dem Gefängnis, als sei ich an allem schuld. Die Kerle machen immer nur die Anwälte für ihr Schicksal verantwortlich, nie sich selbst. Oder die Zeugen und die Richter. Der Staatsanwalt steht erst ganz unten auf der Liste. Die wenigsten erinnern sich überhaupt an seinen Namen. Ich habe mir den falschen Beruf ausgesucht«, schnaubte er, beugte sich auf die Ellbogen gestützt über den Schreibtisch und schob ziellos Akten hin und her. »Aber lassen wir das. Wie läuft's bei Ihnen? Haben Sie was rausbekommen?«

»Das weiß ich noch nicht«, erwiderte ich vorsichtig. »Ich hatte gerade ein Gespräch mit dem Direktor der Central-Coast-Highschool. Er hat mir erzählt, dass er Jean in den Monaten vor ihrem Tod ein paar Mal in der Baptistenkirche gesehen hat. Es hieß damals, sie sei in *Ihren* Sohn verknallt gewesen.«

Im Raum war es plötzlich totenstill. »In meinen Sohn?«, wiederholte er schließlich.

Ich zuckte lässig mit den Schultern. »Der Junge hieß John Clemson. Ich nehme doch an, dass das Ihr Sohn ist. Ist er nicht Leiter der Jugendgruppe gewesen?«

»Richtig, das hat John eine Zeit lang gemacht. Aber die Sache mit Jean ist mir neu.«

»Hat er Ihnen gegenüber nie so etwas erwähnt?«

»Nein, aber ich werde ihn fragen.«

»Warum überlassen Sie das nicht mir?«

Erneut entstand eine Pause. Jack Clemson war viel zu sehr Profi, um zu widersprechen. »Ja, warum nicht?« Er schrieb eine Adresse und Telefonnummer auf einen Zettel. »Das ist seine Geschäftsadresse.«

Er riss den Zettel vom Block, gab ihn mir und sah mir direkt in die Augen. »Er hat mit dem Mord nichts zu tun.«

Ich stand auf. »Hoffentlich nicht.«

16

Die Geschäftsadresse, die Clemson mir aufgeschrieben hatte, führte mich zu einer riesigen Apotheke in einem Ärztehaus, etwa einen halben Block von der Higuera Street entfernt. Der Gebäudekomplex erinnerte mich an die Zellentrakte einer kalifornischen Mönchsmission, die ich einmal besichtigt hatte: dicke Mauern aus luftgetrockneten Ziegeln, mit künstlich eingebauten Rissen im Mauerwerk, eine Arkade mit einundzwanzig Rundbögen und einer roten Ziegelüberdachung und ein aquäduktartiges Gebilde in der Parkanlage. Auf dem Dachgesims vollführten Tauben ihre Liebesspiele.

Überraschenderweise lagen in der Apotheke weder Wasserbälle noch Gartenmöbel, Kinderkleidung oder Motoröl zum Verkauf aus. Links vom Eingang waren Ständer aufgebaut mit Utensilien für die Zahnpflege, Hygieneprodukten für die Frau, Wärmflaschen und Heizkissen, Hühneraugenpflaster und Stützkorsagen. Ich betrachtete die Cremetuben und Pillengläser, während die Apothekenhelferin mit einer Kundin über die Wirksamkeit von Vitamin-E-Präparaten bei fliegender Hitze diskutierte. Es roch leicht nach Chemieprodukten, ein Geruch, der mich an die klebrige Beschichtung von frischen Polaroidfotos erinnerte. Der Mann, den ich für John Clemson hielt, stand in weißem Mantel über eine Arbeit gebeugt hinter einer schulterhohen Trennscheibe. Er blickte nicht zu mir herüber, doch sobald die Kundin gegangen war, sagte er flüsternd etwas zu der Helferin, die sich mir zuwandte.

»Miss Millhone?«, erkundigte sie sich. Sie hatte Hosen und eine gelbe Nylonkittelschürze mit aufgesetzten Taschen an, eines jener praktischen Kleidungsstücke, in denen auch Kellnerinnen und Au-pair-Mädchen herumliefen.

»Ja.«

»Bitte kommen Sie hier entlang. Wir haben heute Morgen

zwar schrecklich viel zu tun, aber John ist gern bereit, mit Ihnen zu sprechen, wenn er dabei weiterarbeiten kann. Einverstanden?«

»Selbstverständlich. Danke.«

Sie ließ mich unter einer Klappe in der Ladentheke hindurch. Auf dieser Seite standen mehrere Geräte, zwei Bildschirme, eine Schreibmaschine, ein Drucker, ein Mikrofilmlesegerät, ein Handgerät zum Aufkleben von Preisschildern. In den Fächern unter der Ladentheke waren leere Pillenröhrchen aus Plastik zu sehen, Rollen mit Blankoetiketten und beschrifteten Aufklebern. Rechts an der Wand in Regalen vom Boden bis zur Decke das Medikamentenlager mit Antibiotika, Tropfen, Salben und Pillen, alles in alphabetischer Reihenfolge. In meiner Reichweite die gebräuchlichsten Heilmittel gegen so alltägliche Leiden wie Depressionen, Schmerzen aller Art, Schwächeanfälle, Lustlosigkeit, Schlaflosigkeit, Erregbarkeit und Anfälle von Gewissensbissen. Nach der schlaflosen Nacht, die ich hinter mir hatte, hätte ich ein Aufputschmittel brauchen können, doch Betteln lag mir nicht.

Eigentlich hatte ich erwartet, dass John Clemson wie sein Vater aussehen würde, doch eine Ähnlichkeit war kaum festzustellen. John Clemson war groß und schlank und hatte dichtes, schwarzes Haar. Ich sah sein Gesicht im Profil, es war schmal und scharf geschnitten, mit eingefallenen Wangen unter hohen Backenknochen. Obwohl er ungefähr mein Alter haben musste, wirkte er ausgemergelt und verbraucht, so als sei er krank oder habe Kummer. Er vermied es, mich anzusehen, und konzentrierte sich stur auf die Arbeit. Mit Hilfe eines Spachtels füllte er auf einem Zählbrett Pillen in Röhrchen, die er mit einem Deckel mit Kindersicherung verschloss. Dann wurde das Medikament etikettiert und beiseite gestellt, und die Prozedur begann von neuem, wobei Clemson dieselbe routinierte Geschicklichkeit an den Tag legte wie ein Croupier in Las Vegas. Schmale Handgelenke, lange, schlanke Finger. Ich fragte mich, ob seine Hände wohl nach Desinfektionsmittel rochen.

»Entschuldigen Sie, dass ich weitermachen muss«, begann er ruhig. »Wie kann ich Ihnen helfen?« Sein Ton klang unterschwellig spöttisch, so als amüsiere ihn etwas, das mir mitzuteilen er noch nicht entschlossen war.

»Ich nehme an, dass Ihr Vater Sie angerufen hat. Was hat er Ihnen gesagt?«

»Dass Sie auf seine Veranlassung hin im Mordfall Jean Timberlake ermitteln. Ich weiß natürlich, dass er Bailey Fowlers Anwalt ist. Aber ich weiß offen gestanden nicht, weshalb Sie zu *mir* kommen.«

»Erinnern Sie sich an Jean?«

»Ja.«

Eigentlich hatte ich auf eine informativere Antwort gehofft. »Erzählen Sie mir von Ihrer Beziehung zu Jean.«

Seine Mundwinkel zuckten. »Über meine Beziehung?«

»Man hat mir erzählt, dass sie häufig in der Baptistenkirche aufgetaucht ist. So viel ich weiß, waren Sie mit ihr zusammen in einer Klasse, und Sie haben damals die kirchliche Jugendgruppe geleitet. Ich dachte, dass Sie beide sich möglicherweise angefreundet hätten.«

»Jean hatte keine Freunde. Sie machte Eroberungen.«

»Sind Sie eine Ihrer Eroberungen gewesen?«

Er lächelte gedankenverloren. »Nein.«

Was war daran so witzig, verdammt noch mal? »Aber Sie erinnern sich, dass sie häufig in die Kirche gekommen ist?«

»O ja, aber sie hat sich nicht für mich interessiert. Ich wünschte, es wäre so gewesen. Sie war sehr wählerisch.«

»Und was bitte soll das heißen?«

»Das soll heißen, dass sie sich mit jemandem wie mir nie abgegeben hätte.«

»Wirklich nicht? Und weshalb nicht?«

Clemson wandte mir sein Gesicht zu. Die gesamte rechte Gesichtshälfte war schrecklich entstellt. Ein Auge fehlte, die Höhle war durch silbrig glänzendes, rosarotes Narbengewebe verschlossen, das vom Kinn bis unter den Haaransatz reichte. Das gesunde Auge war groß und dunkel und blickte mich durchaus selbstbewusst an. Durch das fehlende Auge entstand der Eindruck, als blinzele er ständig. Und dann sah ich, dass auch sein rechter Arm tiefe Narben aufwies.

»Wie ist das passiert?«, fragte ich.

»Ein Autounfall. Ich war damals zehn. Der Tank ist explodiert. Meine Mutter ist dabei ums Leben gekommen, und ich sehe seither so aus. Mittlerweile ist es schon besser. Ich bin zweimal operiert worden. Damals allerdings ist die Kirche im wahrsten Sinne des Wortes meine Rettung gewesen. Mit zwölf bin ich getauft worden und habe mein Leben Jesus verschrieben. Wer sonst hätte mich schon haben wollen? Jean Timberlake sicher nicht.«

»Und haben Sie sich für sie interessiert?«

»Selbstverständlich. Ich war siebzehn und dazu verdammt, ein Leben lang allein zu bleiben. Mein Pech. Wer gut aussah hatte Chancen bei ihr, weil sie selbst so schön war. Als nächste Kriterien rangierten Geld, Einfluss … und natürlich Sex. Ich habe ständig an sie gedacht. Sie war so verdammt käuflich.«

»Aber nicht für Sie?«

Er wandte sich erneut seiner Arbeit zu und zählte Pillen ab. »Leider nein.«

»Für wen denn?«

Seine Mundwinkel verzogen sich zu einem fast schwärmerischen Lächeln. »Tja, da gilt es zu überlegen. Wie viel Schmutz soll ich aufwirbeln?«

Ich zuckte die Achseln und beobachtete ihn aufmerksam. »Sagen Sie mir doch einfach die Wahrheit. Was könnten Sie sonst schon tun?«

»Ich könnte den Mund halten. Und das habe ich bis heute getan.«

»Vielleicht ist es Zeit, endlich reinen Tisch zu machen«, gab ich zu bedenken.

Er schwieg einen Moment.

»Mit wem hat Jean was gehabt?«

Schließlich verschwand sein Lächeln. »Mit dem ehrwürdigen Reverend Haws höchstpersönlich. Ein feiner Freund war das! Er wusste, dass ich ganz verrückt nach ihr war, und hat mir Vorträge über Enthaltsamkeit und Selbstbeherrschung gehalten. Was er mit ihr getrieben hat, hat er mit keinem Wort erwähnt.«

Ich starrte ihn an. »Sind Sie sicher?«

»Sie hat für die Kirche gearbeitet, in den Räumen der Sonntagsschule geputzt. Mittwochnachmittags um vier Uhr vor der Kirchenchorprobe hat er sich dann die Hosen bis zu den Knien runtergelassen, sich rücklings auf seinen Schreibtisch gelegt und sich von ihr bearbeiten lassen. Ich habe von der Sakristei aus zugesehen ... Mrs. Haws, unsere liebe June, leidet ungefähr seit dieser Zeit unter einem besonderen Hautausschlag, gegen den die Mediziner machtlos sind. Ich weiß das, denn sämtliche Rezepte gehen durch meine Hand, eines nach dem anderen. Amüsante Geschichte, finden Sie nicht?«

Ein kalter Schauer lief mir über den Rücken. Das Bild, das er beschrieb, war einprägsam, sein Ton kühl und geschäftsmäßig.

»Wer außer Ihnen weiß sonst noch davon?«

»Soviel mir bekannt ist, niemand.«

»Sie haben damals mit niemandem darüber gesprochen?«

»Es hat mich niemand danach gefragt. Außerdem bin ich dann aus der Kirche ausgetreten. Ich hatte begriffen, dass ich den Trost, den ich suchte, dort nicht finden würde.«

Die Bezirksverwaltung von San Luis Obispo war in einem Anbau des Justizgebäudes in der Monterey Street untergebracht. Kaum zu glauben, dass wir uns erst gestern dort zu der Anklageerhebung versammelt hatten. Ich fand einen Parkplatz auf der gegenüberliegenden Straßenseite, warf eine Münze in die Parkuhr und ging dann an dem großen Mammutbaum vorbei zum Eingang des Nebengebäudes. Der Korridor war mit grauem, dunkelgeädertem Marmor ausgekleidet. Die Registratur lag im ersten

Stock. Mit Hilfe von Jean Timberlakes vollem Namen und ihrem Geburtsdatum, das ich mir aus ihrer Schulakte herausgeschrieben hatte, fand ich die Nummer, unter der ihre Geburtsurkunde verzeichnet war. Der Standesbeamte suchte mir das Original heraus und stellte mir für elf Dollar eine beglaubigte Kopie aus. Auf die Beglaubigung legte ich keinen Wert. Viel interessanter waren die Informationen in dem Dokument. Etta Jean Timberlake war um 2 Uhr 26 am 3. Juni 1949 geboren worden, sie wog 3100 Gramm und war 57 cm lang. Die Mutter war als fünfzehnjährige, erstgebärende, gesunde Frau ohne Beschäftigung verzeichnet, der Vater als »unbekannt«. Der Geburtshelfer war Joseph Dunne.

Ich fand eine Telefonzelle und suchte die Nummer seiner Praxis heraus. Das Rufzeichen ertönte viermal, bevor sich der telefonische Auftragsdienst einschaltete. Eine Frauenstimme erklärte, dass Dr. Dunne donnerstags keine Sprechstunde habe und erst am Montag ab zehn Uhr wieder in seiner Praxis sei. »Wissen Sie, wo ich ihn jetzt erreichen kann?«

»Dr. Corsell vertritt ihn. Hinterlassen Sie Namen und Telefonnummer, dann werde ich ihn bitten, zurückzurufen.«

»Ist Dr. Dunne vielleicht im Hot Springs Hotel zu erreichen?«

»Sind Sie eine Patientin?«

Ich legte den Hörer auf und verließ die Telefonzelle. Da ich nun schon einmal in San Luis war, überlegte ich, ob ich Royce im Krankenhaus besuchen sollte. Ann hatte mir gesagt, dass er mich sprechen wolle, doch im Augenblick hatte ich keine Lust dazu. Auf einer Nebenstraße, die sich in vielen Kurven an Villengrundstücken hinter hohen Mauern und Neubausiedlungen vorbeiwand, fuhr ich zurück nach Floral Beach.

Auf dem Parkplatz des Badehotels standen nur wenige Autos. Anscheinend gingen die Geschäfte nicht besonders gut. Ich stellte meinen Käfer in der Nähe des Eingangs ab. Auch diesmal fiel mir wieder auf, wie feucht und gruftig es hier war. Der Schwefelgestank erzeugte Vorstellungen von Fäulnis und Verwesung.

Eine breite Treppe führte zum Haupteingang und einer umlaufenden Veranda hinauf. Die Veranda mit einer Reihe von Liegestühlen wirkte wie ein Schiffsdeck. Das Parkgelände fiel hinter einer Gruppe von Eichen sanft bergab, lief nach hundert Metern eben aus und endete an der Straße. Links in einem Wiesengelände entdeckte ich im Sonnenlicht einen verlassenen Swimmingpool. In dem einzigen anderen sonnenbeschienenen Teil des Geländes lagen zwei Tennisplätze. Der Zaun war von hohen Büschen verdeckt, doch das hohe rhythmische Ballgeräusch ließ darauf schließen, dass zumindest ein Platz belegt war.

Ich stieß die Mahagonieingangstür auf. Die Hotelhalle mit umlaufenden Holzbalustraden und zwei Deckenfenstern war hell und großzügig geschnitten. Der untere Teil wurde gerade renoviert. Die Teppiche waren mit langen Bahnen von grauem, farbbekleckstem Segeltuch abgedeckt. An den Wänden standen Gerüste, vermutlich sollte die Holztäfelung abgeschliffen und frisch lasiert werden. Zumindest übertönte hier der Lackgeruch den beißenden Schwefelgestank der Mineralquellen, die wie ein Hexenkessel unter dem Anwesen brodelten.

Die Rezeptionstheke nahm die gesamte Breite der Halle ein, doch es war niemand zu sehen, weder ein Empfangschef noch ein Handwerker. Die Stille war so unheimlich, dass ich unwillkürlich zur Galerie in den zweiten Stock hinaufsah, aber auch da war niemand. An beiden Seiten der Halle führten breite, teppichbelegte Korridore ins dunkle Innere des Hotels. Ich drehte mich langsam um hundertachtzig Grad und ließ meine Blicke schweifen. Zeit herumzuschnüffeln, dachte ich.

Ich schlenderte nach rechts auf den Korridor zu. Der dicke Teppich verschluckte das Geräusch meiner Schritte. Ungefähr auf halbem Weg führte eine Glastür in einen halbrunden Speisesaal mit Eichentischen und lederbezogenen Stühlen. Ich ging zu den hohen Erkerfenstern am Ende des Speisesaals. Durch das geriffelte Glas sah ich unscharf, wie die Tennisspieler den Platz verließen und auf mich zukamen.

Links von mir befand sich eine Flügeltür aus massivem Holz.

Ich schlich auf Zehenspitzen darauf zu und blickte in die Hotelküche. Das milchige Licht von den Küchenfenstern warf seinen grauen Schein über endlose Nirostaflächen. Überall Stahl, Chrom, altes Linoleum. In offenen Regalen war schweres, weißes Steingut gestapelt. Der Raum hätte ins Museum gepasst; Titel: »Die wiederaufgelegte Moderne oder Die Küche der Zukunft. Um 1966.« Ich machte kehrt und ging durch den Korridor zurück. Plötzlich Stimmengemurmel.

Blitzschnell huschte ich hinter die offene Speisesaaltür und presste mich mit dem Rücken flach gegen die Mauer. Durch den Spalt zwischen Tür und Türpfosten entdeckte ich Mrs. Dunne im Tennisdress mit dem Schläger unter dem Arm. Sie hatte Beine, so wohlgeformt wie dorische Säulen, in die der Rand des Slips, der unvorteilhafterweise unter ihrem kurzen Tennisröckchen hervorschaute, einschnitt. An einer Wade wand sich eine Krampfader wie eine Weinranke. Nicht eine Strähne ihres platinblonden Haares hatte sich gelöst. Ich vermutete, dass ihr Begleiter Dr. Dunne war. Im nächsten Augenblick waren die beiden verschwunden. Ihre Stimmen entfernten sich. Von Dr. Dunne hatte ich nur lockiges, weißes Haar, rosarote Haut und die korpulente Statur gesehen.

Ich trat aus meinem Versteck hervor und kehrte in die Hotelhalle zurück. Am Empfang saß jetzt eine Dame im orangeroten Hotelblazer. Sie blickte mir flüchtig entgegen, als sie mich kommen sah, doch sie war offenbar zu gut geschult und in den Tugenden einer Empfangsdame bewandert, als dass sie sich die Frage erlaubt hätte, wo ich denn gewesen war.

»Ich habe mich ein bisschen umgesehen«, sagte ich. »Ich möchte hier vielleicht ein Zimmer mieten.«

»Das Hotel ist für drei Monate wegen Renovierung geschlossen. Wir machen erst am ersten April wieder auf.«

»Haben Sie einen Prospekt?«

»Sicher.« Sie griff automatisch unter die Theke und zog einen Faltprospekt hervor. Sie war über dreißig, vermutlich Absolventin einer Hotelfachschule, und fragte sich bestimmt, weshalb sie alles, was sie gelernt hatte, an ein Hotel verschwendete, in dem es wie auf der Müllkippe stank. Ich warf einen Blick auf die Broschüre, die sie mir gegeben hatte. Es war dieselbe, die in meinem Motel auslag.

»Ist Dr. Dunne hier? Ich würde gern mal mit ihm sprechen.«

»Er ist gerade vom Tennisplatz gekommen. Sie müssen ihm im Korridor begegnet sein.«

Ich schüttelte verdutzt den Kopf. »Nein, ich habe niemanden gesehen.«

»Augenblick bitte. Ich rufe ihn an.«

Sie hob den Hörer eines Haustelefons und wandte mir den Rücken zu, sodass ich ihre Lippenbewegungen nicht deuten konnte, während sie mit leiser Stimme mit der Person am anderen Ende sprach. Dann legte sie wieder auf. »Mrs. Dunne wird jeden Moment hier sein.«

»Großartig. Ist hier vielleicht irgendwo eine Toilette?«

Sie deutete auf den Gang links vom Empfang. »Die zweite Tür rechts.«

»Ich bin gleich wieder da.«

Ich hatte natürlich geflunkert. Sobald ich außer Sichtweite war, lief ich den Korridor entlang bis zum anderen Ende, wo er auf einen Quergang traf, der zu den Büros der Hotelverwaltung führte. Alle Büros rechts und links des Korridors waren leer. Bis auf eines. Ein hübsches Messingschild besagte, dass es sich um Dr. Dunnes Arbeitszimmer handelte. Ich ging hinein. Auf dem Stuhl lag ein Häufchen durchgeschwitzte Tenniskleidung, und ich hörte hinter einer Tür mit der Aufschrift »Privat« Duschwasser rauschen. Ich nahm mir die Freiheit, einmal um seinen Schreibtisch herumzugehen, während ich auf ihn wartete, und ließ meine Finger durch seine Papiere gleiten, fand aber nichts, das mich interessiert hätte. Ein Pharma-Vertreter war offenbar da gewesen und hatte Gratisproben eines Medikaments gegen Magen- und Darmgeschwüre und entsprechende Merkblätter dagelassen. Ein glänzendes Farbfoto auf der Broschüre zeigte ein Zwölffingerdarmgeschwür von der Größe des Planeten Jupiter.

Die Aktenschränke waren verschlossen. Ich hatte gehofft, seine Schreibtischschubladen ein wenig durchforschen zu können, doch ich wollte mein Glück nicht überziehen. Manche Leute flippen völlig aus, wenn jemand bei ihnen herumschnüffelt. Ich horchte. Das Wasser rauschte nicht mehr. Gut. Der Doktor und ich würden jetzt ein Schwätzchen halten.

17

Dr. Dunne kam angezogen aus dem Badezimmer heraus, in einer lindgrünen Hose mit weißem Gürtel, einem rosa-grün gestreiften Sporthemd, weißen Sportschuhen und rosaroten Socken. Es fehlte nur noch das weiße Sportjackett, und er hätte jenem Idealbild des Lebemannes mittleren Alters entsprochen, das vor allem im Mittleren Westen der USA als so nachahmenswert gilt. Sein volles weißes Haar war noch feucht vom Duschen und glatt aus der Stirn zurückgekämmt. Über den Ohren kräuselten sich schon wieder einige Löckchen. Sein rundes Gesicht war rosig durchblutet wie bei einem frisch gebadeten Baby, und seine Augen unter den buschigen weißen Brauen waren sehr blau. Ich schätzte ihn auf einsachtzig. Durch gutes Essen und Alkohol brachte er gut fünfzig Pfund in Form eines Kugelbauchs zu viel auf die Waage. Es sah aus, als wäre er im sechsten Monat schwanger. Wie kam es nur, dass alle Männer dieser Stadt so aus dem Leim gingen?

Als er mich erblickte, blieb er wie vom Donner gerührt stehen. »Ja, Madam?«, begann er in Beantwortung einer Frage, die ich nie gestellt hatte.

Ich gab mir Mühe, besonders viel Freundlichkeit in meine Stimme zu legen: »Hallo, Mr. Dunne. Ich bin Kinsey Millhone«, sagte ich und streckte die Hand aus. Sein Händedruck war lasch.

»Das Personalbüro ist am Ende des Korridors. Aber im Moment stellen wir niemanden ein. Das Hotel wird erst am ersten April wieder geöffnet.«

»Ich bin nicht auf der Suche nach Arbeit. Ich möchte Informationen über eine Ihrer ehemaligen Patientinnen.«

In seine Augen trat der herablassende Ausdruck des typischen »Halbgotts in Weiß«. »Und wer soll das sein?«

»Jean Timberlake.«

Was in diesem Moment in ihm vorging, vermochte ich nicht zu deuten. »Sind Sie von der Polizei?«

Ich schüttelte den Kopf. »Ich bin Privatdetektivin und arbeite für ...«

»Dann kann ich Ihnen nicht helfen.«

»Darf ich mich setzen?«

Er starrte mich ausdruckslos an; er war es wohl gewohnt, dass man seine Äußerungen unwidersprochen hinnahm. Normalerweise wurde er von einer Empfangsdame, seinem Labortechniker, der Sprechstundenhilfe, der Sekretärin, der Telefonistin, seiner Frau ... von einer ganzen Armee von Damen abgeschirmt, die darauf achteten, dass der gute Doktor nicht belästigt wurde. »Ich scheine mich nicht klar genug ausgedrückt zu haben, Miss Millhone. Es gibt nichts, worüber wir beide uns zu unterhalten hätten.«

»Oh, tut mir Leid, das zu hören«, erwiderte ich gelassen. »Ich versuche nämlich herauszufinden, wer Jeans Vater ist.«

»Wer hat Sie überhaupt reingelassen?«

»Die Empfangsdame hat gerade mit Ihrer Frau telefoniert«, sagte ich, was zwar stimmte, aber in diesem Augenblick ganz irrelevant war.

»Junge Dame, ich muss Sie bitten, zu gehen. Um nichts in dieser Welt erfahren Sie von mir was über die Timberlakes. Ich bin seit vielen Jahren der Hausarzt der Familie.«

»Das habe ich gehört«, erwiderte ich. »Ich verlange ja auch nicht, dass Sie Ihre ärztliche Schweigepflicht brechen ...«

»Genau das tun Sie doch.«

»Dr. Dunne, ich versuche eine Spur in einem Mordfall zu finden. Ich weiß, dass Jean ein uneheliches Kind war. Ich besitze eine Kopie ihrer Geburtsurkunde. Und darauf steht, dass der Vater nicht bekannt ist. Ich sehe keinen Grund, den Mann zu schonen, wenn Sie wissen, wer er ist. Wenn nicht, dann sagen Sie es und sparen uns damit viel Zeit.«

»Es ist eine Unverschämtheit, hier so reinzuplatzen! Sie haben kein Recht, in der Vergangenheit des armen Mädchens herumzuschnüffeln. Entschuldigen Sie mich!« Damit ging er mit düsterer Miene zur Tür. »Elva!«, brüllte er. »El!«

Ich hörte, wie jemand zielstrebig den Gang entlanggepoltert kam, und legte meine Visitenkarte auf seinen Schreibtisch. »Sie erreichen mich im Ocean Street Motel, falls Sie sich doch noch entschließen sollten, mir zu helfen.«

Ich war schon fast aus der Tür, als Mrs. Dunne auftauchte, noch immer im Tennisröckchen, mit roten Wangen. Es war offensichtlich, dass sie mich sofort wieder erkannte. Aber mein zweiter Besuch wurde keineswegs so freudig aufgenommen, wie ich gehofft hatte. Mrs. Dunne hielt ihren Tennisschläger mit beiden Händen wie ein Kriegsbeil, wobei der Holzrahmen auf mich gerichtet war. Langsam trat ich den Rückzug an, ohne sie aus den Augen zu lassen. Normalerweise fühle ich mich von plumpen Frauen mit großen Füßen nicht unbedingt bedroht, aber die hatte eine Art psychischer Schallgrenze bei mir überschritten. Mrs. Dunne stand jetzt so dicht vor mir, dass ich ihren Atem roch, und das war wahrlich keine Freude.

»Ich hatte gehofft, hier Informationen über einen Fall zu bekommen, an dem ich arbeite. Aber das war wohl ein Irrtum.«

»Ruf die Polizei an!«, befahl Dr. Dunne tonlos.

Ohne Vorwarnung hob sie den Tennisschläger wie ein Samurai-Schwert.

Ich sprang zurück, als der Schläger niedersauste. Ich glaubte zu träumen. »Madam. Das tun Sie lieber nicht noch mal!«

Sie schlug erneut zu und verfehlte mich.

Ich war dem Schlag geradezu wie in Trance ausgewichen. »He! Aufhören!«

Sie ging schon wieder auf mich los. Diesmal spürte ich den scharfen Luftzug des peitschenden Tennisschlägers in meinem Gesicht. Es war absurd. Ich hätte gern laut gelacht, aber der Schläger zischte mit einer Heftigkeit durch die Luft, die mir Übelkeit verursachte. Ich wich zurück, als sie wiederum ihr Kriegsbeil schwang. Sie verfehlte mich wieder. Ihr Gesicht wirkte völlig konzentriert, die Augen blitzten, die Lippen waren leicht geöffnet. Hinter ihr stand Dr. Dunne, und ich nahm flüchtig wahr, dass seine Miene allmählich besorgter wurde.

»Elva, das genügt«, erklärte er.

Offenbar hörte sie ihn gar nicht oder wollte ihn nicht hören. Jedenfalls schwenkte sie diesmal den Tennisschläger seitwärts wie ein Breitbeil, verlagerte ihr Gewicht und setzte zu einem diagonalen Schlag an und verfehlte mich nur um Haaresbreite, weil ich schnell genug reagierte. Sie war wie besessen, und ich hatte Angst, sie könnte mich am Hinterkopf treffen, falls ich mich umdrehte und zu fliehen versuchte, und einen solchen Schlag steckt so leicht keiner weg.

Wieder fuhr der Schläger nach oben. Der Holzrahmen sauste wie eine Messerschneide auf mich nieder, und diesmal war sie schneller gewesen. Ich hatte keine Zeit mehr, auszuweichen, und fing den Schlag mit dem linken Unterarm ab, den ich instinktiv hob, um mein Gesicht zu schützen. Der Schläger traf mit einem scheußlichen Knacken. Im ersten Augenblick spürte ich nur so etwas wie eine Hitzewelle in meinem Arm, keinen Schmerz. Es war eher wie ein Schlag gegen meine Psyche, der endlich meine Aggressivität freisetzte.

Ich traf sie mit der Oberseite meiner Hand am Mund und schleuderte sie gegen Mr. Dunne. Die beiden gingen mit einem überraschten Aufschrei gemeinsam zu Boden. Die Luft um mich herum fühlte sich plötzlich leer, wattig und sauber an. Ich packte sie brutal bei der Bluse und riss sie auf die Beine. Ohne nachzudenken, versetzte ich ihr einen gezielten Faustschlag und registrierte das Knacken, mit dem meine Knöchel in ihrem Gesicht landeten, erst einen Augenblick später.

Plötzlich packte jemand von hinten meinen Arm. Die Empfangsdame klammerte sich an mich und schrie wie am Spieß. Mit der Linken hielt ich noch immer Elvas Bluse. Sie versuchte, wild um sich schlagend, sich von mir zu befreien, und hatte die Augen dabei vor Angst weit aufgerissen.

Allmählich kam ich wieder zur Vernunft und ließ die Faust sinken. Elva jubelte beinahe vor Erleichterung und starrte mich erstaunt an. Ich weiß nicht, was sie in meiner Miene gelesen hatte, aber ich wusste, was ich in ihren Augen gesehen hatte. Die Siegesgewissheit machte mich fast schwindlig, ein Glücksgefühl durchflutete mich wie bei einer Sauerstoffkur. Der physische Kampf hat eine stärkende, befreiende Wirkung, indem er uralte chemische Prozesse im Körper auslöst – ein wohlfeiles Hochgefühl mit manchmal tödlicher Wirkung. Ein Schlag ins Gesicht ist das Demütigendste, was es gibt, und man kann nie vorhersagen, was man sich damit einhandelt. Ich habe erlebt, dass harmlose Auseinandersetzungen an einer Bartheke nach einer Ohrfeige ein tödliches Ende nahmen.

Mrs. Dunnes Lippen waren geschwollen, ihre Zähne blutig. Bei diesem Anblick verflog mein Hochgefühl ziemlich schnell. Erst jetzt spürte ich den pulsierenden Schmerz in meinem Arm, der mir unwillkürlich die Luft nahm, und ich krampfte mich zusammen. Der Schläger hatte einen hässlichen blutunterlaufenen Streifen hinterlassen. Ein Glück, dass ich sie nicht nach einer Runde Golf angetroffen hatte.

Elva begann herzzerreißend zu schluchzen, als ob sie das Opfer wäre – eine Dreistigkeit, schließlich hatte sie mich angegriffen. In mir rührte sich erneut die Wut, und ich erlag beinahe der Versuchung, wieder auf sie loszugehen. Aber ich war verletzt, und der Wunsch, meine Wunde zu verbinden, war stärker. Dr. Dunne schob seine Frau ins Büro. Die Empfangsdame im orangeroten Blazer hastete hinterher, während ich mich gegen die Wand lehnte und nach Luft rang. Es war möglich, dass Dunne in diesem Augenblick die Polizei anrief, aber das kümmerte mich wenig.

Kurz darauf kam Dunne aus seinem Büro und überschüttete mich mit besänftigenden Entschuldigungen und gut gemeinten Ratschlägen. Ich wollte einfach nur raus hier, so schnell wie möglich, doch er bestand darauf, meinen Arm zu untersuchen, und er versicherte mir, dass er nicht gebrochen sei. Herrgott, wofür hielt der Mann mich? Für eine komplette Idiotin? Selbstverständlich war er nicht gebrochen. Dunne bugsierte mich ins Krankenzimmer des Hotels und säuberte die Wunden an meiner rechten Hand. Er schien ehrlich besorgt um mich, und das fand ich bedeutsamer als alles, was er bis dahin geäußert hatte.

»Tut mir Leid, dass Sie und Elva aneinander geraten sind.« Er tupfte die Schürfwunden mit Watte und einem Desinfektionsmittel ab. Dabei musterte er mich, um meine Reaktion zu testen.

Ich gestattete mir nicht einmal, zusammenzuzucken. »Sie wissen ja, wie Frauen sind«, sagte ich stattdessen. »Wir haben so unsere kleinen Meinungsverschiedenheiten.« Die Ironie dieser Bemerkung entging ihm offensichtlich.

»Elva hat einen Beschützerkomplex. Ich bin sicher, sie wollte Sie nicht wirklich verletzen. Sie war hochgradig erregt. Ich musste ihr ein Beruhigungsmittel geben.«

»Ich kann nur hoffen, dass Sie sämtliche Werkzeuge unter Verschluss halten. Ich möchte der Dame nur ungern mit einem Schraubenschlüssel in der Hand begegnen.«

Dunne begann seinen Erste-Hilfe-Koffer wieder einzupacken. »Ich finde, wir sollten versuchen, den Vorfall zu vergessen.«

Ich bewegte die Finger meiner rechten Hand und bewunderte das elastische Pflaster, mit dem Dunne die tiefe Wunde über den Knöcheln verarztet hatte, die ich Elvas Schneidezähnen verdankte. »Ich nehme an, dass Sie noch immer nicht bereit sind, mit mir über Jean Timberlake zu sprechen.«

Er war an das Waschbecken getreten, wo er sich die Hände wusch, und hatte mir den Rücken zugewandt. »Ich habe sie an jenem Tag gesehen«, begann er. »Das habe ich damals schon der Polizei gesagt.«

»Am Tag, an dem sie ermordet wurde?«

»Ganz recht. Sie kam in meine Praxis, nachdem sie das Ergebnis ihres Schwangerschaftstests erfahren hatte.«

»Weshalb hat sie den Test eigentlich nicht gleich bei Ihnen machen lassen?«, wollte ich wissen.

»Das kann ich Ihnen nicht sagen. Vielleicht hat sie sich geschämt. Sie hat behauptet, sie habe den Arzt in Lompoc gebeten, eine Abtreibung vorzunehmen, aber er habe das abgelehnt. Deshalb war ich der Nächste auf der Liste.«

Er trocknete gründlich die Hände ab und hängte das Handtuch auf den Ständer.

»Und Sie haben sich geweigert?«

»Selbstverständlich.«

»Warum ›selbstverständlich‹?«

»Ganz abgesehen von der Tatsache, dass Abtreibung damals illegal gewesen ist, ist das ein Eingriff, den ich nie vornehmen würde. Ihre Mutter hat eine Schwangerschaft durchgestanden, obwohl sie nicht verheiratet war. Kein Grund also, warum das Mädchen es nicht auch hätte schaffen sollen. Wegen so was geht die Welt nicht unter. Sie schien das damals allerdings anders zu sehen. Sie sprach davon, dass ihr Leben ruiniert wäre, aber das stimmte ganz einfach nicht.«

Während wir uns unterhielten, schloss er einen Schrank auf und nahm eine große Tablettenpackung heraus und füllte fünf Tabletten in ein Kuvert, das er mir gab.

»Was ist das?«

»Ein Schmerzmittel.«

Ich konnte mir nicht vorstellen, dass ich etwas gegen Schmerzen brauchte, aber ich steckte den Umschlag in meine Handtasche. Bei meinem Job trägt man des Öfteren Blessuren davon.

»Haben Sie Jeans Mutter erzählt, was mit ihrer Tochter los war?«

»Leider nein. Jean war minderjährig, und ich hätte ihre Mutter informieren müssen, aber ich hatte versprochen, ihren Besuch vertraulich zu behandeln. Später wär's mir lieber gewesen, ich hätte mit ihr geredet. Vielleicht wäre dann alles anders gekommen.«

»Und Sie haben keine Ahnung, wer Jeans Vater ist?«

»Ich würde den Arm mit Eis behandeln«, lenkte er ab. »Falls die Schwellung nicht zurückgeht, kommen Sie zu mir. Und zwar in die Praxis, wenn's geht. Die Behandlung ist kostenlos.«

»Hat Jean Ihnen gegenüber angedeutet, mit wem sie sich eingelassen hatte?«

Dr. Dunne verließ wortlos das Zimmer.

Ich nahm ein langärmeliges Sweatshirt vom Rücksitz meines Wagens und zog es über mein T-Shirt, um den lädierten Arm, der sich bereits schillernd zu verfärben begann, zu verdecken. Ich blieb einen Augenblick sitzen, lehnte den Kopf gegen die Polster des Fahrersitzes und versuchte mich zu sammeln. Ich war erledigt. Es war erst vier Uhr, und ich fühlte mich, als habe der Tag eine halbe Ewigkeit gedauert. So vieles beunruhigte mich: zum Beispiel Tap mit seiner Schrotladung aus Salzkristallen und die verschwundenen zweiundvierzigtausend Dollar. Irgendjemand zog im Hintergrund die Fäden wie ein Schatten im Nebel. Ich hatte flüchtig ein paar Blicke erhascht, jedoch bisher keine Möglichkeit gefunden, das Gesicht zu erkennen. Ich gab mir einen Ruck, ließ den Motor an und fuhr erneut in Richtung San Luis davon, um endlich mit Royce zu sprechen.

Ich fand die Klinik ganz in der Nähe der Highschool in der Johnson Street in einem klotzigen Allerweltsgebäude. Ein Architekturpreis war damit nicht zu gewinnen.

Royce lag in der Chirurgie. Die Gummisohlen meiner Schuhe quietschten auf dem hochpolierten Linoleumfußboden. Ich ging am Stationszimmer vorbei und zählte die Zimmernummern ab. Niemand beachtete mich. Wenn ich an einer geöffneten Zimmertür vorbeikam, blickte ich weg. Die Kranken, Verletzten und Sterbenden haben hier sowieso keine Privatsphäre. Aus den Augenwinkeln bekam ich mit, dass die meisten von einer Blumenflut umgeben in ihren Betten lagen und auf einen laufenden Fernsehapparat starrten. Ich roch grüne Bohnen. Krankenhäuser riechen für mich immer wie Gemüse aus der Büchse. Vor der Tür zu Royces Zimmer blieb ich stehen, um mich einen Moment zu sammeln. Dann trat ich ein. Royce schlief. Er sah aus wie ein Gefangener in dem Bett mit den hochgeklappten Seitengittern und Infusionsschläuchen. Man hatte ihm eine Sauerstoffmaske angelegt. Das einzige Geräusch im Raum war sein pfeifender Atem im Schnarchrhythmus. Das Gebiss hatte man ihm vorsichtshalber herausgenommen. Ich stand neben seinem Bett und sah auf ihn herab.

Er schwitzte. Das weiße Haar hing ihm feucht und strähnig in die Stirn. Seine großen Hände lagen, mit den Innenflächen nach oben, auf der Decke, die Finger zuckten gelegentlich. Träumte er, wie ein Hund von der Jagd, von besseren Tagen? In einem Monat würde er tot sein; er, diese widerspenstige Masse Protoplasma, die von so vielen Irritationen, Träumen und unerfüllten Sehnsüchten getrieben wurde. Ich fragte mich, ob er noch erleben würde, was er sich am dringendsten wünschte: seinen Sohn Bailey wieder zu bekommen, dessen Schicksal er in meine Hände gelegt hatte.

18

Abends um halb sechs klopfte ich an Shana Timberlakes Tür, obwohl ich nicht glaubte, dass jemand zu Hause war. Shanas verbeulter grüner Plymouth stand nicht mehr in der Auffahrt. Die

Fenster des Häuschens waren dunkel, und die zugezogenen Vorhänge zeugten von Verlassenheit. Ich drehte glücklos am Türknauf in der Hoffnung, das Haus unbeobachtet untersuchen zu können – eine meiner Spezialitäten. Ich ging ums Haus herum und überprüfte die Hintertür. Shana hatte noch einen zweiten vollen Müllbeutel rausgestellt; durchs unverhängte Küchenfenster konnte ich jedoch sehen, dass sich das schmutzige Geschirr schon wieder stapelte und das Bett nicht gemacht war.

Ich ging zurück ins Motel. Am liebsten hätte ich meinen müden Kopf auf ein Kissen gebettet und geschlafen, doch daran war jetzt noch nicht zu denken. Es gab zu tun, zu viele Fragen waren unbeantwortet geblieben. Ich betrat die Rezeption; sie war wie üblich unbesetzt, doch ich hörte Ori im Wohnzimmer telefonieren. Ich duckte mich unter der Empfangstheke durch und klopfte höflich an den Türrahmen. Ori sah auf und winkte mir, einzutreten.

Sie nahm gerade die Zimmerreservierung einer fünfköpfigen Familie entgegen und verhandelte über die unterschiedlichen Preise von Schlafsofa, Wiege und Etagenbett. Maxine, die Putzfrau, hatte kaum Spuren ihres Wirkens hinterlassen. Soweit zu erkennen war, hatte sie offenbar vor allem einige Möbelflächen mit öliger Politur behandelt, auf der sich schon wieder Staub festzusetzen begann. Auf Oris Bettdecke herrschte ein Durcheinander von Briefen, Zeitungsausschnitten, alten Illustrierten und einer mysteriösen Sammlung von Gratiscoupons und Werbebeilagen, wie sie auch auf sämtlichen Tischen herumlagen. Der Papierkorb neben dem Bett drohte überzuquellen. Ori sortierte lässig aus, während sie telefonierte. Schließlich beendete sie das Gespräch, stellte das Telefon beiseite und fächelte sich mit einem Umschlag Kühlung zu.

»Ach, Kinsey. Das war ein Tag! Ich glaube, ich brüte was aus. Der Himmel weiß, was ich jetzt schon wieder erwischt habe. Mit wem ich auch spreche, jeder hat Grippe. Ich habe Gliederschmerzen und entsetzliches Kopfweh.«

»Das tut mir Leid«, sagte ich. »Ist Ann zu Hause?«

»Sie inspiziert gerade ein paar Zimmer. Jedes Mal wenn wir ein neues Zimmermädchen kriegen, müssen wir den Leuten erst mal auf die Finger sehen. Und wenn wir sie dann eingearbeitet haben, dann kündigen sie meist wieder, und man kann von vorn anfangen. Aber was ist mit Ihnen? Was haben Sie mit Ihrer Hand gemacht? In eine Glasscheibe gelangt?«

Ich sah auf meine Knöchel herab und suchte nach einer überzeugenden Ausrede. Royce hatte mich kaum engagiert, um die Frau eines stadtbekannten Arztes k.o. zu schlagen. Das war schlechtes Benehmen, und ich war mittlerweile selbst peinlich berührt, dass ich mich so weit hatte gehen lassen. Zum Glück erregten meine Blessuren nur flüchtiges Interesse, und bevor ich noch antworten konnte, war sie wieder mit sich beschäftigt.

Sie kratzte sich am Arm. »Ich habe diesen komischen Ausschlag«, fuhr sie stirnrunzelnd fort. »Sehen Sie die kleinen Pusteln? Das Jucken macht mich verrückt. Von so 'ner Grippe habe ich noch nie was gehört. Aber was sollte es sonst sein?«

Sie hielt mir ihren Arm entgegen. Ich starrte pflichtschuldig darauf, doch alles, was ich sehen konnte, waren Kratzspuren. Ori gehörte zu den Frauen, die jederzeit lange Monologe über ihre Verdauung halten konnten und offenbar annahmen, damit eine unwiderstehliche Faszination auf den Zuhörer auszuüben. Wie Ann Fowler es hier aushielt, war mir schleierhaft.

Ich warf einen Blick auf die Uhr. »O je! Ich muss rauf!«

»Das lasse ich nicht zu! Sie setzen sich jetzt erst mal zu mir«, erklärte Ori. »Ich weiß auch nicht, was aus meinen Manieren geworden ist ... Aber Royce im Krankenhaus, und ich mit meinem neuen Arthritisanfall ... Wir hatten noch nicht mal Gelegenheit, uns richtig kennen zu lernen.« Sie klopfte mit der flachen Hand auf eine Stelle an ihrem Bettrand, als sei ich ein Schoßhündchen, dem die Gunst widerfuhr, auf die Couch zu dürfen.

»Das würde ich gern, Ori, aber ich muss ...«

»Nein, nein ... müssen Sie nicht. Es ist nach fünf und noch nicht Zeit zum Essen. Um diese Zeit muss niemand mehr fort.«

Dazu fiel mir gar nichts mehr ein. Ich starrte sie nur stumm an. Ich habe einen Freund namens Leo, der eine Phobie gegen alte Damen entwickelte, nachdem eine dieser »Ladys« ihm in Papier eingewickelte Hundescheiße in einen Sack gesteckt hatte, mit dem er an Halloween sammeln gegangen war. Leo war damals zwölf gewesen, und davon abgesehen, dass Halloween damit für ihn gelaufen war, hatte das Zeug all seine Süßigkeiten ungenießbar gemacht. Danach misstraute er allen alten Leuten. Ich hatte die Alten stets gemocht, doch allmählich fing ich an, ähnliche Antipathien zu entwickeln.

Plötzlich tauchte Ann im Türrahmen auf. Sie hatte einen Schreibblock in der Hand und warf mir einen geistesabwesenden Blick zu. »Oh, hallo Kinsey. Wie geht's?«

Ori fiel ihr sofort ins Wort sie konnte es offensichtlich nicht ertragen, dass man sich über ihren Kopf hinweg unterhielt, und streckte demonstrativ ihren Arm vor. »Ann, Liebes, guck dir das an. Kinsey sagt, so etwas hat sie noch nie gesehen.«

Ann blickte ihre Mutter an. »Würdest du bitte eine Minute warten.«

Ori schien die Schärfe in Anns Stimme nicht wahrzunehmen. »Du musst morgen früh als erstes zur Bank gehen. Ich habe Maxine aus der Kasse bezahlt, und es ist kaum mehr etwas übrig.«

»Wo sind die fünfzig geblieben, die ich dir gestern gegeben habe?«

»Davon rede ich doch gerade. Ich habe Maxine bezahlt.«

»Du hast ihr fünfzig Dollar bezahlt? Wie lange war sie denn hier?«

»Bitte nicht in diesem Ton. Sie ist um zehn gekommen und nicht vor vier gegangen, und sie hat nur eine einzige Pause gemacht, um Mittag zu essen.«

»Wahrscheinlich hat sie wieder alles weggegessen.«

Ori wirkte beleidigt. »Ich hoffe, du missgönnst der Frau nicht ihr bisschen Mittagessen.«

»Mutter, sie hat sechs Stunden gearbeitet. Was zahlst du ihr?«

Ori zupfte unsicher an ihrer Bettdecke herum. »Du weißt, dass ihr Sohn krank ist, und sie sagt, sie weiß nicht, wie sie mit sechs Dollar die Stunde rumkommen sollen. Ich habe ihr gesagt, dass wir auf sieben erhöhen könnten.«

»Du hast ihr einen Vorschuss gegeben?«

»Na ja, ich konnte schlecht Nein sagen.«

»Wieso nicht? Das ist doch lächerlich. Sie arbeitet langsam und schlecht.«

»Entschuldige bitte! Was ist eigentlich los mit dir?«

»Nichts ist los! Ich habe nur so schon genug Probleme. In den Zimmern oben herrscht Chaos, zwei habe ich noch einmal putzen müssen ...«

»Das ist kein Grund, mich so anzufahren. Ich war dagegen, das Mädchen einzustellen. Sieht aus wie eine Ausländerin mit ihrem schwarzen langen Zopf.«

»Warum machst du das nur? Sobald ich zur Tür hereinkomme, überfällst du mich mit deinen Wünschen. Ich habe dich immer wieder gebeten, mir erst einmal Zeit zum Luftholen zu lassen. Aber nein – deine Wünsche sind immer das Allerwichtigste auf der Welt.«

Ori warf mir einen Blick zu. Das war die Behandlung, die hier einer armen alten Kranken widerfuhr. »Ich wollte ja nur helfen«, sagte sie mit bebender Stimme.

»Ach hör doch auf mit der Nummer!« Damit ging Ann resigniert aus dem Zimmer. Kurz darauf hörten wir sie in der Küche Schubladen und Schranktüren knallen. Ori fuhr sich theatralisch über die Augen.

»Ich muss mal telefonieren«, murmelte ich und lief hastig hinaus, bevor sie mich erneut zurückhalten konnte. Ich ging hoch. Nie zuvor hatte ich für so unangenehme Leute gearbeitet. Ich schloss mich in mein Zimmer ein und legte mich aufs Bett, erschöpft und doch zu aufgebracht, um schlafen zu können. Die Aufregungen des Tages zeigten Wirkung, und es war kein Wunder, bei meinem Schlafdefizit, dass mein Kopf schmerzte. Dann fiel mir ein, dass ich mittags nichts gegessen hatte. Ich hatte einen Bärenhunger.

»Großer Gott!«, entfuhr es mir unwillkürlich.

Ich stand auf, zog mich aus und stellte mich unter die Dusche. Eine Viertelstunde später war ich frisch angezogen und ging hinaus. Vielleicht würde mir ein anständiges Abendessen wieder auf die Beine helfen. Es war zwar geradezu absurd früh, aber ich aß sowieso selten zu den üblichen Zeiten, und sich in dieser Stadt an die Etikette zu halten, war reine Zeitverschwendung.

Floral Beach bietet durchaus eine gewisse Auswahl an Restaurants. Da sind zum Beispiel die Pizzerias in der Palm und in der Ocean Street, das Breakwater, das Galleon und das Ocean Street Café, das nur zur Frühstückszeit geöffnet ist. Vor dem Galleon stand bereits eine Schlange von Wartenden. Ein Schild im Fenster versprach ein familienfreundliches Restaurant, was bedeutete, dass kein Alkohol ausgeschenkt wurde und an jedem Tisch kreischende Kinder auf Babystühlen Terror machten.

Ich entschied mich schließlich für das Breakwater, wohin mich die Hoffnung auf eine gut ausgestattete Bar lockte. Das Innere des Restaurants präsentierte sich als Mischung aus Seemanns- und amerikanischer Siedlerzeitkneipe: Stühle im Kolonialstil aus Ahornholz, blau-weißkarierte Tischdecken, Kerzen in dicken roten Gläsern in Plastiknetzen. Über der Bar waren Fischernetze über die Holzspeichen eines Schiffssteuerrads drapiert. Die Kellnerin trug eine schlechte Imitation der Tracht der ersten amerikanischen Siedlerfrauen, einen langen Rock und ein enges Mieder mit tiefem Ausschnitt. Offenbar nannte die Trägerin auch einen früh-amerikanischen BH ihr Eigen, denn ihre spitzen, kleinen Brüste wurden so hochgepresst, dass man befürchten musste, sie würden herauskullern, sobald sie sich vornüberbeugte. Zwei Typen an der Bar ließen sie nicht aus den Augen und hofften wider besseres Wissen.

Abgesehen von den beiden war das Lokal leer. Die Kellnerin war offenbar froh, endlich etwas zu tun zu bekommen, und gab mir einen Tisch in der Nichtraucher-Ecke, was bedeutete, dass ich zwischen Küche und Telefonautomat landete. Die überdimensionale Speisekarte wurde von einer dicken Kordel zusammengehalten. »Steak« und »Beef« gab es als Frischgerichte, alles andere kam aus der Tiefkühltruhe. Ich schwankte zwischen »frittierten Shrimps in Sauce à la Chef« und »zarten Muscheln sautiert mit süß-saurer Soße«, als urplötzlich Dwight Shales an meinem Tisch auftauchte. Er sah aus, als habe auch er sich geduscht, umgezogen und bereitgemacht für eine lange, heiße Nacht in der Stadt.

»Dachte mir doch, dass Sie's sind«, begann er. »Darf ich mich setzen?«

»Bitte.« Ich deutete auf den freien Stuhl. »Was ist das hier für ein Laden? Hätte ich lieber ins Galleon gehen sollen?«

Shales zog einen Stuhl zu sich und nahm Platz. »Der Wirt ist sowieso derselbe.«

»Weshalb herrscht dann drüben so ein Andrang, während es hier ganz leer ist?«

»Heute ist Donnerstag, und im Galleon gibt's gegrillte Rippen und einen Aperitif zur ›Blauen Stunde‹ gratis. Der Service ist lausig. Sie versäumen also nichts.«

Ich begann erneut die Speisekarte zu studieren. »Was ist hier empfehlenswert?«

»Nicht viel. Die Meeresfrüchte sind tiefgefroren, und die Fischsuppe kommt aus der Büchse. Das Steak ist passabel. Ich bestelle hier immer das gleiche: Filet Mignon mit Röstkartoffeln, Salat mit Roquefort-Dressing und zum Dessert Apfeltorte. Wenn man vorher zwei Martinis trinkt, glaubt man, man habe noch nie so gut gegessen.«

Ich lächelte. Dwight Shales flirtete. Das war ein neuer Zug an ihm. »Sie leisten mir doch hoffentlich Gesellschaft?«

»Danke, gern. Ich esse ungern allein.«

»Ich auch.«

Die Kellnerin kam, und wir bestellten die Getränke. Ich muss gestehen, dass ich gegen meine Erschöpfung mit einem Martini on the Rocks ankämpfte, die Wirkung war schnell und durchgreifend. Und er schmeckte ausgezeichnet. Während wir uns unterhielten, sah ich mir Dwight Shales genau an. Es ist immer wieder erstaunlich, wie sich Menschen verändern, sobald man sie näher kennen lernt. Der erste Eindruck ist vermutlich der beste, doch es gibt Fälle, da verändert sich ein Gesicht auf nahezu wundersame Weise. Dwight Shales, der äußerlich wie ein Fünfundfünfzigjähriger aussah, wirkte im Gespräch viel jugendlicher.

Ich hörte ihm mit halbem Ohr und wachsamen Augen zu und versuchte auszumachen, was ihn wirklich bewegte. Wir unterhielten uns darüber, wie wir unsere Freizeit verbrachten. Er bevorzugte Rucksacktouren, während ich mich mit der gekürzten Ausgabe des kalifornischen Strafgesetzbuches und einem Handbuch über Autodiebstahl zu entspannen pflegte. Während er von einer Wandertour und Zecken erzählte, sagten seine Augen etwas ganz anderes. Ich schaltete mein kritisches Denkvermögen aus und stellte alle Antennen auf Empfang, um seine Wellenlänge zu treffen. Dieser Mann war zu haben. Das war der Kern der Botschaft, die rüberkam.

Ein Salatblatt fiel mir von der Gabel, und meine Zähne bissen ins Metall. Ich bewahrte Contenance und versuchte den Anschein zu erwecken, als schmeckte der Salat mir so am besten.

Schließlich wechselte ich das Thema, denn ich war neugierig darauf, was passieren würde, wenn wir uns über persönliche Dinge unterhielten. »Was fehlte Ihrer Frau? Ich habe gehört, sie ist gestorben.«

»Multiple Sklerose. Es gab oft Phasen, in denen es ihr scheinbar besser ging, aber letzten Endes hat die Krankheit sie immer wieder eingeholt. Zwanzig Jahre ging das so. Zum Schluss war sie völlig auf fremde Hilfe angewiesen. Dabei hatte sie noch Glück im Unglück. Es gibt Patienten, bei denen dieses Stadium verhältnismäßig rasch eintritt. Karin hat erst die letzten sechzehn Monate im Rollstuhl verbracht.«

»Das klingt schrecklich.«

Er zuckte mit den Schultern. »War es auch. Manchmal meinte man, sie habe die Krankheit besiegt. Monatelang waren die Symptome verschwunden. Das Schlimmste war, dass anfänglich eine falsche Diagnose gestellt wurde. Ihr Arzt hier hat sie auf Gicht behandelt und damit verhindert, dass ihr rechtzeitig richtig geholfen werden konnte. Ich hätte den Kerl vor den Kadi zerren sollen, aber was hätte es schon genützt?«

»Sie ist nicht zufällig Patientin von Dr. Dunne gewesen?«, warf ich ein.

Er schüttelte den Kopf. »Ich habe sie schließlich gezwungen, einen Internisten zu konsultieren. Der hat sie dann zur Untersuchung in die Uniklinik nach Los Angeles geschickt. Aber das war nicht mehr ausschlaggebend. Es wäre wahrscheinlich so und so nicht viel anders gekommen. Sie hat das alles viel besser verkraftet als ich.«

Mir fehlten die Worte. Er sprach noch eine Weile über seine Frau, bevor er das Thema wechselte.

»Darf ich Sie nach Ihrer Beziehung zu Shana Timberlake fragen?«, warf ich schließlich ein.

Er schien kurz zu zögern. »Natürlich, warum nicht? Sie ist eine gute Freundin geworden. Seit dem Tod meiner Frau bin ich häufig mit ihr zusammen gewesen. Ich habe zwar keine Affäre mit ihr, aber ich fühle mich in ihrer Gesellschaft wohl. Klar, dass man sich in der Stadt die Mäuler zerreißt, aber das kümmert mich nicht. Ich bin zu alt, als dass mich das noch treffen könnte.«

»Haben Sie Shana heute gesehen? Ich habe versucht, sie zu erreichen.«

»Nein, ich glaube nicht.«

Ich hob den Kopf und sah, wie Ann Fowler das Lokal betrat.

»Da ist ja Ann«, sagte ich.

Dwight drehte sich um, fing ihren Blick auf und winkte ihr erfreut zu. Als sie näher kam, stand er auf, holte einen Stuhl vom Nebentisch und stellte ihn zwischen uns. Ann war noch immer schlecht gelaunt. Sie wirkte verkrampft, ihr Mund war ein schmaler Strich. Falls Dwight das bemerkte, ließ er sich nichts anmerken.

Er rückte den Stuhl für sie zurecht. »Möchten Sie was zu trinken?«

»Ja, einen Brandy.« Sie machte der Bedienung ein Zeichen, bevor Dwight Shales etwas unternehmen konnte. Er setzte sich wieder. Mir fiel auf, dass Ann es vermied, mich anzusehen.

»Haben Sie schon was gegessen?«, erkundigte ich mich.

»Sie hätten mir ruhig sagen können, dass Sie heute Abend nicht mit uns essen.«

Ich fühlte, wie ich bei diesem Ton rot wurde. »Tut mir Leid. Daran habe ich überhaupt nicht gedacht. Ich wollte eigentlich kurz schlafen, als mir eingefallen ist, dass ich den ganzen Tag noch nichts gegessen hatte. Ich habe nur geduscht und bin sofort hierher gegangen. Hoffentlich war's nicht so schlimm.«

Ann machte sich nicht einmal die Mühe, darauf zu antworten. Ich merkte deutlich, dass sie ganz unbewusst die Strategie ihrer Mutter verfolgte und die Märtyrerin spielte. Für diese Spielform zwischenmenschlicher Beziehungen habe ich überhaupt nichts übrig.

Die Kellnerin kam und fragte Ann nach ihren Wünschen. Bevor sie wieder verschwinden konnte, hielt Dwight sie zurück. »Dorothy, ist Shana Timberlake heute schon hier gewesen?«

»Nicht, dass ich wüsste. Normalerweise isst sie mittags hier. Aber vielleicht ist sie nach San Luis gefahren. Donnerstags geht sie immer einkaufen.«

»Wenn du sie siehst, sag ihr bitte, dass sie mich doch anrufen möchte.«

»Wird gemacht.« Dorothy wandte sich wieder ab.

»Wie geht es Ihnen, Dwight?«, fragte Ann gezwungen höflich. Es war klar, dass sie mich aus der Unterhaltung ausklammern wollte.

Aber ich war für Spielchen dieser Art zu müde. Ich trank meinen Kaffee aus, warf einen Zwanzigdollarschein auf den Tisch und verabschiedete mich.

»Sie wollen schon gehen?«, sagte Dwight mit einem hastigen Blick auf die Uhr. »Es ist nicht mal halb zehn.«

»Es war ein langer Tag, und ich bin geschafft.«

Es folgte das Abschiedszeremoniell, wobei Ann nur geringfügig freundlicher war als zuvor. Ihr Brandy kam, als ich ging. Ich hatte den Eindruck, dass Dwight über mein Weggehen etwas enttäuscht war, aber vielleicht machte ich mir was vor. Martinis wecken immer die Romantikerin in mir. Und verursachen Kopfschmerzen, falls das jemanden interessieren sollte.

19

Es war eine klare Nacht. Der Mond stand fahl-golden am Himmel, und die grauen Flecken in seinem Gesicht wirkten wie Druckstellen auf einem Pfirsich. Die Tür zu Pearls Billardsalon stand offen, als ich vorbeiging. Doch an den Spieltischen war niemand zu sehen. Aus der Musikbox dudelte ein Country-&-Western-Song. Auf der Tanzfläche tummelte sich nur ein Pärchen. Die Frau starrte mit steinernem Gesichtsausdruck über die Schulter des Mannes, der mit schwingenden Hüften einen Two-Stepp tanzte. Er führte seine Partnerin im Kreis, während sie sich auf der Stelle drehte. Ich ging langsamer, als ich die beiden erkannte. Sie waren bei der Gerichtsverhandlung gewesen: Pearls Sohn und Schwiegertochter. Einem plötzlichen Impuls folgend, ging ich hinein.

Ich kletterte auf einen Barhocker und drehte mich so weit um, dass ich die beiden beobachten konnte. Er schien völlig mit sich beschäftigt zu sein. Sie wirkte gelangweilt. Sie erinnerten mich an eines jener Paare mittleren Alters, die mir häufig in Restaurants auffallen, deren Interesse füreinander längst erloschen war. Er trug ein hautenges weißes T-Shirt, das über den Speckringen um seine Taille spannte. Die Jeans saßen tief auf den Hüften und endeten doch viel zu hoch über den Cowboystiefeln. Er hatte lockiges blondes Haar, das vor Pomade glänzte und vermutlich nach Moschus duftete. Sein rundes, pausbackiges Gesicht mit Boxernase und Schmollmund trug einen Ausdruck zur Schau, der deutlich sagte, dass er sich großartig fand. Ich schätzte, dass der Junge viel Zeit vor Spiegeln verbrachte und sich das Haar kämmte, während eine Zigarette in seinem Mundwinkel hing. Daisy folgte meinem Blick.

»Sind das Pearls Sohn und Schwiegertochter?«

»Jawohl. Rick und Cherie.«

»Scheint ja ein glückliches Paar zu sein. Was macht er beruflich?«

»Schweißer bei einer Tankfirma. Er ist ein alter Freund von Tap. Sie arbeitet bei einer Telefongesellschaft ... das heißt, arbeitete. Vor ein paar Wochen hat sie gekündigt, seither streiten sie. Möchten Sie 'n Bier?«

»Klar. Warum nicht?«

Pearl unterhielt sich am anderen Ende des Schankraumes mit ein paar Männern in Bowlinghemden. Als er mich sah, nickte er mir zu, und ich hob winkend die Hand. Daisy brachte mein Bier in einem Steinkrug mit Schaumkrone.

Die Tanznummer war zu Ende. Cherie verließ die Tanzfläche. Rick folgte dichtauf. Ich warf ein paar Münzen auf die Theke und ging zu ihrem Tisch hinüber. Sie hatte sich gerade gesetzt. Aus der Nähe betrachtet, hatte sie zarte Gesichtszüge, dichte, dunkle Wimpern und Brauen über stahlblauen Augen. Sie wäre ausgesprochen hübsch gewesen, hätte sie etwas mehr Figur gehabt. Stattdessen war sie mager, und alles an ihr deutete auf schlechte Ernährung hin: knochige Schultern, unreiner Teint, mattes und glanzloses Haar, das sie mit ein paar Plastikkämmen aus dem Gesicht gesteckt hatte. Die Fingernägel waren bis zum Fleisch abgebissen. Ihr zerknautschter Pullover ließ vermuten, dass sie ihn im Vorübergehen vom Schlafzimmerboden aufgelesen hatte. Sowohl Rick als auch Cherie rauchten.

Ich stellte mich vor. »Ich würde mich gern einmal mit Ihnen unterhalten.«

Rick hing in seinem Stuhl, den Arm über die Lehne gelegt, und musterte mich von Kopf bis Fuß. Die Beine hatte er mir dreist in den Weg gestreckt. Die Pose sollte vermutlich besonders männlich wirken, doch ich hatte den Verdacht, dass er sich auf diese Weise Erleichterung verschaffte, denn der Bund seiner Jeans schnitt in Bauchhöhe bedenklich ins Fett. »Ich hab schon von Ihnen gehört. Sie sind die Privatdetektivin, die der alte Fowler engagiert hat.« Sein Ton verriet, dass man ihm so leicht nichts vormachen konnte.

»Darf ich mich setzen?«

Rick zog mit dem Fuß einen Stuhl für mich heran. Er hatte eine sehr eigene Art von Höflichkeit. Ich nahm Platz.

»Also, was gibt's?«, erkundigte er sich.

»Was soll's geben?«

»Was wollen Sie von mir?«

»Informationen über den Mord. Soviel ich weiß, haben Sie Bailey und Jean in der Nacht, als sie ermordet wurde, zusammen gesehen.«

»Na und wenn schon?«

»Erzählen Sie mir, was passiert ist.«

Ich sah, wie Pearl vom anderen Ende des Raumes her zu unserem Tisch herblickte. Schließlich riss er sich von seinen Gesprächspartnern los und schlenderte auf uns zu. Er war ein groß gewachsener korpulenter Mann, der selbst nach der kurzen Strecke schwer atmend bei uns ankam. »Wie ich sehe, haben Sie meinen Sohn und meine Schwiegertochter schon kennen gelernt.«

Ich erhob mich halb von meinem Stuhl und schüttelte ihm die Hand. »Wie geht's, Pearl? Setzen Sie sich zu uns?«

»Klar.« Er zog sich einen Stuhl heran und machte Daisy ein

Zeichen, ihm ein Bier zu bringen. »Was ist mit euch? Wollt ihr was?«

Cherie schüttelte den Kopf. Rick bestellte noch ein Bier.

»Und Sie?«, wandte Pearl sich an mich.

»Danke, nein.«

Er hielt zwei Finger hoch, und Daisy begann zwei Krüge Fassbier abzufüllen. Pearl wandte sich erneut mir zu. »Hat man Bailey schon gefasst?«

»Soviel ich weiß, nicht.«

»Royce soll einen Herzanfall gehabt haben.«

»Er hatte einen Anfall. Aber was es war, weiß ich nicht genau. Er liegt in der Klinik. Allerdings habe ich ihn noch nicht gesprochen.«

»Der macht's nicht mehr lange.«

»Das ist genau der Grund, weshalb ich diesen Job so schnell wie möglich erledigen möchte«, erklärte ich. »Ich habe Rick gerade nach der Nacht gefragt, in der er Jean Timberlake gesehen hat.«

»Tut mir Leid, dass ich euch unterbrochen habe. Macht ruhig weiter.«

»Da gibt's nicht viel zu erzählen«, begann Rick unsicher. »Ich habe die beiden im Vorbeifahren gesehen, wie sie aus Baileys Lieferwagen ausgestiegen sind. Sie schienen betrunken zu sein.«

»Sind sie getaumelt?«

»Nein. Aber sie haben sich gegenseitig gestützt.«

»Und das war gegen Mitternacht?«

Rick warf seinem Vater einen Blick zu, der sich umgedreht hatte, als Daisy mit dem Bier kam. »So ungefähr. Könnte auch ein bisschen später gewesen sein.« Daisy stellte die beiden Krüge Bier auf den Tisch und kehrte an die Bar zurück.

»Haben Sie andere Autos vorbeifahren sehen? Oder war sonst noch jemand auf der Straße?«

»Ne.«

»Bailey behauptet, das sei um zehn Uhr gewesen. Die Diskrepanz verwundert mich offen gestanden.«

»Der Amtsrichter hat die Todeszeit auf Mitternacht festgestellt«, mischte Pearl sich ein. »Natürlich wollte Bailey jeden glauben machen, er habe zu diesem Zeitpunkt längst im Bett gelegen.«

Ich sah Rick an. Er hätte jedenfalls zu Hause im Bett gewesen sein sollen. »Wie alt sind Sie damals gewesen? Siebzehn?«

»Wer? Ich? Ich war in der Unterstufe der Highschool.«

»Und kamen von einer Verabredung mit einem Mädchen nach Hause?«

»Nein, von meiner Großmutter. Sie hatte einen Schlaganfall gehabt, Dad hatte mich zu ihr geschickt, damit ich bei ihr bleibe, bis die Gemeindeschwester kam.« Rick zündete sich die nächste Zigarette an.

Cheries Gesicht war die ganze Zeit über ausdruckslos geblieben. Nur gelegentlich hatten ihre Mundwinkel gezuckt. Was hatte das zu bedeuten? Sie betrachtete interessiert ihre Fingernägel und setzte dann die Maniküre mit Hilfe ihrer Zähne fort.

»Und wann sind Sie nach Hause gekommen?«

»Um zehn nach zwölf. So um den Dreh rum jedenfalls.«

»Die Krankenschwester von der ersten Schicht war krank, deshalb hatte ich Rick gebeten, zu bleiben, bis die von der zweiten Schicht gekommen war«, meldete sich Pearl erneut zu Wort.

»Ich nehme an, dass Ihre Großmutter gleich in der Nachbarschaft gewohnt hat?«

»Was sollen diese Fragen?«, konterte Rick.

»Sie sind der einzige Zeuge, der Bailey am Tatort gesehen haben will.«

»Aber er war dort! Das gibt er doch selbst zu. Ich hab gesehen, wie die beiden aus seinem Lieferwagen gestiegen sind.«

»Und ein anderer konnte es nicht gewesen sein?«

»Ich kenne Bailey. Hab ihn mein ganzes Leben gekannt. Und er war nicht weiter weg als von hier bis dort. Die beiden sind zum Strand runtergefahren, er hat den Wagen geparkt, und dann sind sie ausgestiegen und die Treppe hinuntergegangen.« Ricks Blick schweifte erneut zu seinem Vater. Er log wie gedruckt.

»Entschuldigt mich«, sagte Cherie. »Ich hoffe, es stört niemanden, wenn ich mich jetzt verdrücke. Ich hab Kopfschmerzen.«

»Geh ruhig nach Hause, Baby«, erwiderte Pearl. »Wir kommen bald nach.«

»Hat mich gefreut, Sie kennen zu lernen«, wandte sie sich knapp an mich und stand auf. Zu Rick sagte sie kein Wort. Pearl sah ihr nach. Es war ihm anzumerken, dass er sie gern hatte.

Ich fing Ricks Blick auf. »Haben Sie vielleicht gesehen, ob jemand ins Motel gegangen oder von dort herausgekommen ist?« Ich wusste, dass ich insistierend wirkte, aber vielleicht war dies meine einzige Gelegenheit, ihm ein paar Fragen zu stellen. Die Gegenwart des Vaters war vermutlich eher hinderlich, aber ich hatte keine andere Wahl.

»Nein.«

»Nichts Ungewöhnliches?«

»Das habe ich doch schon gesagt. Es war alles wie immer. Völlig normal.«

»Ich finde, Sie haben das Thema jetzt genügend breitgetreten, oder?«, mischte Pearl sich erneut ein.

»Ja, scheint so«, murmelte ich. »Ich hoffe eben noch immer, irgendeinen Anhaltspunkt zu finden.«

»Da müssten Sie nach all den Jahren schon verdammt viel Glück haben.«

»Manchmal bin ich ein richtiger Glückspilz«, entgegnete ich.

Pearl beugte sich über den Tisch. Sein Doppelkinn bebte. »Ich will Ihnen mal was sagen. Damit kommen Sie nie auf einen grünen Zweig. Es ist sinnlos. Bailey hat gestanden, und das bleibt eben an ihm hängen. Royce will nicht glauben, dass er schuldig ist, und das kann ich irgendwie verstehen. Er stirbt und will nicht mit einem Fleck auf der Weste abtreten. Der Alte tut mir Leid, aber das ändert nichts an den Tatsachen.«

»Woher wollen wir heute eigentlich die Tatsachen kennen?«, hielt ich entgegen. »Jean ist vor siebzehn Jahren gestorben. Und ein Jahr danach ist Bailey untergetaucht.«

»Genau, was ich immer sage«, bemerkte Pearl. »Das ist doch Schnee von gestern. Da geht nichts mehr. Bailey hat sich schuldig bekannt. Mittlerweile hätte er längst wieder draußen sein können. Der wird auch nicht schlauer. Jetzt ist er schon wieder getürmt. Und wer weiß wohin. Jeder von uns kann in Gefahr sein. Wir wissen schließlich nicht, was in seinem Kopf vorgeht.«

»Pearl, ich will zwar nicht mit Ihnen streiten, aber ich gebe so schnell nicht auf.«

»Dann sind Sie noch dümmer als er.«

Von streitbaren älteren Herren hatte ich allmählich genug. Wer hatte ihn überhaupt nach seiner Meinung gefragt? »Ich schätze Ihr Urteil, und werd's mir merken.« Ich sah auf die Uhr. »Zeit zu gehen.«

Weder Rick noch Pearl schienen darüber traurig zu sein. Ich fühlte ihren Blick in meinem Rücken, als ich den Billardsalon verließ, und hatte das Bedürfnis schneller zu gehen.

Es war kurz nach zehn, und auf der gegenüberliegenden Straßenseite parkten zwei Streifenwagen. Zwei junge Polizisten lehnten an den Kotflügeln, Kaffeebecher in der Hand, während ihr Funkgerät unaufhörlich quakte. Rick ging mir nicht aus dem Kopf. Ich wusste, dass er log, hatte jedoch keine Ahnung, weshalb. Es sei denn, er hatte Jean selbst umgebracht. Vielleicht hatte er sie angemacht und sich einen Korb eingehandelt. Möglicherweise hatte er sich damals auch nur wichtig machen wollen ... als der Letzte, der Jean gesehen hatte. So was war dazu angetan, ihm in einer Gemeinde von der Größe von Floral Beach einen gewissen Status zu verleihen.

Ich nahm meine Schlüssel aus der Tasche, als ich die Außentreppe hinaufstieg. Auf dem Absatz im ersten Stock war es dunkel. Zigarettenrauch stieg mir in die Nase. Ich blieb abrupt stehen.

Im Schatten des Automaten gegenüber meiner Zimmertür stand jemand. Ich holte die Taschenlampe aus der Handtasche und knipste sie an.

Es war Cherie.

»Was machen Sie denn hier?«

Sie trat aus dem Dunkeln. Im Schein der Taschenlampe war ihr Gesicht sehr blass. »Ich habe Rick satt.«

Ich schloss meine Zimmertür auf. »Möchten Sie reinkommen und reden?«

»Lieber nicht. Wenn er nach Hause kommt und ich bin nicht da, will er wissen, wo ich gewesen bin.«

»Er hat gelogen, stimmt's?«

»Es war nicht Mitternacht, als er die beiden gesehen hat. Es war eher zehn. Er war auf dem Weg zu mir. Er wusste, wenn sein Dad herausbekam, dass er seine Großmutter allein gelassen hatte, würde er ihn halb tot schlagen.«

»Was also ist passiert? Er hat seine Großmutter allein gelassen und ist später zurückgekommen?«

»Ja, rechtzeitig bevor die Nachtschwester aufgetaucht ist. Als bekannt wurde, dass Jean Timberlake ermordet worden war, hat er gesagt, dass er sie mit Bailey beobachtet hatte. Er ist damit rausgeplatzt, bevor ihm klar wurde, dass er damit auch in der Tinte saß. Deshalb hat er eine falsche Zeit angegeben, um keine Prügel zu beziehen.«

»Und Pearl hat noch immer keine Ahnung?«

»Da bin ich nicht sicher. Für Rick würde er alles tun. Vielleicht hat er einen Verdacht. Aber es schien ja auch nicht mehr wichtig zu sein, nachdem Bailey ein Geständnis abgelegt hatte. Er hat gesagt, dass er sie umgebracht hat, und um die Tatzeit hat sich niemand mehr gekümmert.«

»Hat Rick Ihnen erzählt, wie's wirklich gewesen ist?«

»Also, er hat gesehen, wie sie ausgestiegen und zum Strand runtergegangen sind. Das hat er mir damals erzählt, aber Bailey konnte tatsächlich nach Hause gelaufen und dort ohnmächtig geworden sein, wie er's behauptet hat.«

»Warum kommen Sie damit zu mir?«

»Das geht mich nichts mehr an. Ich verlasse ihn sowieso ... bei der erstbesten Gelegenheit.«

»Und das haben Sie sonst noch nie jemandem erzählt?«

»Wo Bailey all die Jahre verschwunden war? Wem hätte ich was sagen sollen? Rick hat mich schwören lassen, den Mund zu halten, und daran habe ich mich gehalten. Aber ich kann das blöde Geschwätz nicht mehr hören. Ich will ein reines Gewissen haben, wenn ich verdufte.«

»Wohin wollen Sie?«

Sie zuckte mit den Schultern. »Los Angeles. San Francisco. Ich habe hundert Piepen für den Bus. Mal sehen, wie weit ich damit komme.«

»Wäre es möglich, dass Rick was mit Jean hatte?«, fragte ich.

»Ich glaube nicht, dass er sie umgebracht hat, wenn Sie das meinen. Sonst wäre ich nicht bei ihm geblieben. Und die Polizei weiß sowieso Bescheid, dass Rick bei der Zeitangabe gelogen hat. Aber das scheint sie nicht weiter gekümmert zu haben.«

»Die Polizei weiß Bescheid?«

»Das nehme ich stark an. Vermutlich haben sie die beiden selbst auch gesehen. Um zehn sind immer Polizisten unten am Strand. Dann machen sie Kaffeepause.«

»Mein Gott, die Leute hier scheinen ja mit Bailey als Sündenbock hochzufrieden zu sein.«

Cherie wurde unruhig. »Ich muss nach Hause.«

»Melden Sie sich, wenn Ihnen noch was einfällt?«

»Vorausgesetzt, ich bin überhaupt noch hier. Aber darauf würde ich mich an Ihrer Stelle nicht verlassen.«

»Ich bin Ihnen trotzdem dankbar. Passen Sie gut auf sich auf.«

Doch Cherie war bereits gegangen.

20

Es war elf Uhr, als ich endlich ins Bett kam. Ich war so erschöpft, dass jeder Muskel meines Körpers wehtat. Ausgestreckt lag ich auf der Matratze und hörte auf meinen Herzschlag und fühlte das Blut in den Armen pulsieren. So hatte es keinen Sinn. Das war klar. Ich schleppte mich ins Badezimmer und schluckte eine der Schmerztabletten, die Dr. Dunne mir gegeben hatte. Ich wollte nicht mehr an die Ereignisse des Tages denken. Es war mir völlig gleichgültig, was vor siebzehn Jahren geschehen war oder was in siebzehn Jahren geschehen würde. Alles, was ich mir wünschte, war ein langer heilsamer Schlaf, und schließlich gab ich mich ungestört von Träumen dem Vergessen hin.

Um zwei Uhr morgens schreckte mich das Telefon aus einem todähnlichen Schlaf. Automatisch griff ich nach dem Hörer und hielt ihn ans Ohr. »Was ist?«, sagte ich.

Eine tiefe, raue Stimme, die schwerfällig und langsam artikulierte. »Du Miststück, ich schneide dich in Stücke. Ich sorge dafür, dass du wünschst, nie deinen Fuß nach Floral Beach gesetzt zu haben ...«

Ich warf den Hörer auf die Gabel, bevor der Kerl noch ein weiteres Wort sagen konnte. Ich saß aufrecht im Bett, mein Herz klopfte zum Zerspringen. Ich hatte so tief und fest geschlafen, dass ich im ersten Augenblick gar nicht wusste, wo ich mich befand. Mein Blick schweifte suchend durch die Dunkelheit. Nur allmählich registrierte ich das rhythmische Donnern der Brandung in nur fünfzig Metern Entfernung und erkannte mit Hilfe des gelblichen Widerscheins der Straßenbeleuchtung, dass ich mich in einem Motelzimmer befand. Ach ja, Floral Beach, fiel es mir ein. Und schon wünschte ich, nie hierher gekommen zu sein. Ich schlug die Decke zurück, tappte in Slip und Unterhemd durchs Zimmer und spähte durch die Stores.

Der Mond war verschwunden. Draußen herrschte finsterste

Nacht, und die Brandung warf bleigraue Tropfen auf den Sand. Die Straße unter dem Balkon war menschenleer und verlassen. Ein tröstlicher Lichtschein, der irgendwo zu meiner Linken von schräg oben in die Dunkelheit fiel, zeigte an, dass außer mir noch jemand wach war ... vielleicht las oder einen Spätfilm im Fernsehen ansah. Noch während ich hinausstarrte, wurde das Licht ausgeknipst, und der Balkon lag wieder im Dunkeln.

Dann schrillte das Telefon wieder. Ich zuckte zusammen. Vorsichtig hob ich den Hörer ab und hielt ihn ans Ohr. Wieder diese merkwürdig artikulierende Stimme. Wohl dieselbe Stimme, die Daisy damals in Pearls Billardsalon gehört hatte, als nach Tap verlangt worden war. Ich hielt das andere Ohr zu und versuchte Hintergrundgeräusche auszumachen. Die Drohung war ziemlich einfallslos. Ich ließ die Stimme ohne Unterbrechung ausreden. Wer dachte sich solche Scherze aus? Das eigentlich Gemeine dabei war, jemanden mitten aus dem Tiefschlaf zu reißen; eine absolut teuflische Folter.

Der zweite Anruf war ein taktischer Fehler. Beim ersten Mal war ich viel zu schlaftrunken gewesen, um zu begreifen, aber jetzt war ich hellwach. Ich blinzelte in die Dunkelheit, hörte nicht mehr auf den Inhalt der Worte, sondern konzentrierte mich ausschließlich auf die Tonqualität. Rauschen, dann ein Klicken. Doch die Leitung war nicht tot. »Hör zu, du Arschloch«, begann ich. »Ich weiß, was du vorhast. Und ich kriege bald raus, wer du bist. Also genieß deine miese Tour, solange du's noch kannst!« Am anderen Ende wurde eingehängt. Ich ließ den Hörer neben dem Apparat liegen.

Ohne Licht anzumachen, zog ich mich hastig an und putzte mir die Zähne. Den Trick kannte ich. In meiner Handtasche befindet sich stets ein kleines betriebsbereites Tonbandgerät mit variabel einstellbarer Geschwindigkeit. Nimmt man eine Stimme mit normaler Geschwindigkeit auf und spielt das Band dann langsamer ab, erzielt man exakt diesen Effekt: einen schleppenden, rauen und unbeholfenen Klang, der an einen sprechenden

Gorilla erinnert. Allerdings ließ sich daraus nicht ableiten, wie die Stimme bei korrekter Geschwindigkeit klang. Sie mochte männlich oder weiblich, alt oder jung sein. Aber es war mit fast tödlicher Sicherheit eine Stimme, die ich kannte. Weshalb sonst all die Umstände?

Ich schloss meinen Aktenkoffer auf, holte meine Davis, Kaliber 7,65 Millimeter, heraus und wog die kühle, glatte Waffe in meiner Hand. Bisher hatte ich mit der Davis nur auf dem Schießplatz geübt, doch ich konnte damit beinah alles treffen. Ich steckte den Zimmerschlüssel in die Tasche meiner Jeans und öffnete die Tür lautlos einen Spaltbreit. Der Korridor war finster, aber ich fühlte, dass er leer war. Ich erwartete auch nicht, dass jemand mir hier auflauerte. Leute, die dich umbringen wollen, schicken dir nicht zuvor eine höfliche Einladungskarte. Mörder sind notorisch unfair und halten sich nicht an die Spielregeln, die das Leben der restlichen Bevölkerung bestimmen. Der Anruf war reine Taktik gewesen, um Panik zu erzeugen. Ich nahm die Todes- und Verstümmelungsdrohung nicht weiter ernst. Wo konnte man sich schon um diese Nachtzeit eine Kettensäge ausleihen? Ich zog die Tür hinter mir ins Schloss und schlich die Treppe hinunter.

In der Rezeption brannte Licht, die Tür zum Wohntrakt der Fowlers war geschlossen. Bert schlief. Er saß auf seinem Stuhl hinter dem Tresen, das Kinn auf der Brust, und schnarchte. Sein Jackett hing ordentlich auf einem Drahtbügel an der Wand. Er trug eine Strickjacke und Papiermanschetten, die durch Gummibänder gehalten wurden und das Hemd schonen sollten. Wovor allerdings, war mir rätselhaft. Außer den Aufgaben als Nachtportier schien Bert keine weiteren Arbeiten verrichten zu müssen.

»Bert«, begann ich. Keine Antwort. »Bert?«

Er richtete sich auf und fuhr sich mit der Hand übers Gesicht. Dann starrte er mich schlaftrunken an und blinzelte.

»Offenbar sind die Anrufe, die ich gerade gekriegt habe, nicht über die Vermittlung reingekommen«, sagte ich. Ich sah zu, wie seine kleinen grauen Zellen allmählich zu arbeiten begannen.

»Wie bitte?«

»Ich habe gerade zwei Anrufe bekommen. Und ich muss wissen, woher.«

»Die Telefonvermittlung ist geschlossen«, erklärte er. »Nach zehn Uhr werden keine Anrufe mehr durchgestellt.« Seine Stimme war heiser vor Schlaf, er räusperte sich.

»Das ist ja was ganz Neues«, entgegnete ich. »Bailey hat mich gestern Nacht um zwei Uhr morgens angerufen. Wie hat er das denn geschafft?«

»Ich hab ihn durchgestellt. Er hat darauf bestanden. Sonst hätte ich's nicht getan. Hoffentlich verstehen Sie, dass ich den Sheriff benachrichtigen musste. Er ist ein entsprungener ...«

»Ich weiß, was er ist, Bert. Könnten wir jetzt über die beiden Anrufe reden, die gerade reingekommen sind?«

»Da muss ich passen. Davon weiß ich nichts.«

»Könnte jemand in meinem Zimmer anrufen, ohne über die Vermittlung durchgestellt zu werden?«

Er kratzte sich am Kinn. »Nicht, dass ich wüsste. Sie können direkt nach draußen telefonieren ... aber wenn Sie angerufen werden, läuft das nur über die Vermittlung. Das ganze System ist sowieso Krampf. Drüben im ›Tides‹ haben sie noch nicht mal Telefon auf dem Zimmer. Das kostet alles mehr, als es bringt. Wir haben die Anlage erst vor ein paar Jahren installieren lassen, und die Hälfte der Zeit funktioniert sie nicht. Was soll das also?«

»Kann ich mir die Anlage mal ansehen?«

»Bitte, jederzeit. Aber ich kann Ihnen jetzt schon sagen, dass kein Anruf reingekommen ist. Ich bin seit neun Uhr im Dienst, und da war kein einziger Anruf. Ich habe nur Rechnungen fertig gemacht. Das Telefon hat keinen Pieps von sich gegeben.«

Mein Blick fiel auf den Stapel Briefkuverts, die im Postkorb lagen. Ich duckte mich unter dem Empfangstresen durch. Die Telefonvermittlungsanlage befand sich auf der anderen Seite. Auf dem Tastenfeld war jedem Zimmer eine nummerierte Taste zugeordnet. Nur über der Taste 24, meiner Zimmernummer, brannte ein Lämpchen, weil ich den Hörer nicht aufgelegt hatte.«»Das Licht zeigt also an, wann ein Teilnehmer spricht?«

»Ja, das Licht«, sagte Bert. »Ganz richtig.«

»Was ist, wenn von Zimmer zu Zimmer telefoniert wird? Kann ein Gast die Vermittlung umgehen und einen anderen Teilnehmer im Haus direkt anwählen?«

»Wenn er Ihre Zimmernummer weiß.«

Ich dachte an all die Leute, denen ich in den vergangenen Tagen meine Visitenkarte gegeben hatte. Auf die Rückseite hatte ich fein säuberlich die Telefonnummer des Ocean Street Motels – und in einigen Fällen auch meine Zimmernummer – notiert.

»Wenn auf einem Apparat gesprochen wird, können Sie anhand der Lämpchen nicht erkennen, ob der Anruf von außen gekommen ist, ob von Zimmer zu Zimmer gesprochen wird oder ob einfach der Hörer nicht aufgelegt worden ist?«

»Nein. Ich könnte aber den Schalter hier bedienen und einfach mithören, das wäre natürlich gegen die Vorschrift.«

Ich studierte das Tastenfeld. »Wie viele Zimmer sind belegt?«

»Darüber darf ich keine Auskunft geben.«

»Wie bitte? Steht vielleicht die nationale Sicherheit auf dem Spiel, oder was?«

Er starrte mich einen Moment wortlos an, dann bedeutete er mir indigniert, dass ich ja in der Zimmerkartei selbst nachsehen könne. Während ich die Kartei durchblätterte, drückte er sich in meiner Nähe herum, um sicherzugehen, dass ich nichts einsteckte. Von vierzig verfügbaren Zimmern waren fünfzehn belegt, aber die Namen sagten mir gar nichts. Ich wusste selbst nicht mehr, was ich mir davon versprochen hatte.

»Hoffentlich wollen Sie nicht schon wieder ein anderes Zimmer«, bemerkte er schließlich. »In diesem Fall müssten wir Ihnen das nämlich berechnen.«

»Ach wirklich? Und weshalb?«

»Anweisung der Hotelleitung«, antwortete er und rückte seine Hose zackig zurecht.

Womit reizte ich ihn so? Er sah aus, als würde er jeden Augenblick wieder von den vorbildlichen Managementmethoden anfangen im »Tides«. Ich wünschte ihm eine gute Nacht und kehrte in mein Zimmer zurück.

An Schlaf war nicht mehr zu denken. Das Telefon begann leise, klagende Geräusche von sich zu geben, als sei es krank, sodass ich den Hörer auflegte und dafür den Stecker aus der Buchse zog. Genau wie in der vorhergegangenen Nacht kroch ich angezogen ins Bett. Dort lag ich wach, starrte zur Decke und hörte auf die gedämpften Geräusche hinter der Wand: ein Husten, das Rauschen einer Toilettenspülung. Die Leitungsrohre dröhnten metallen und ächzten wie ein ganzer Clan von Gespenstern in Ritterrüstung. Allmählich löste Sonnenschein die Straßenbeleuchtung ab, und ich merkte, dass ich hin und wieder eindöste. Gegen sieben Uhr stand ich auf, schleppte mich ins Badezimmer und unter die Dusche, wo ich mein Kontingent an heißem Wasser restlos ausschöpfte.

Fürs Frühstück testete ich das Ocean Street Café, wo ich eine Tasse schwarzen Kaffees nach der anderen in mich hineinschüttete, während ich mich hinter einer Zeitung verschanzte, um die Gespräche der Stammgäste ungestört belauschen zu können. Allmählich waren mir einige Gesichter bekannt. Die Frau, die den Waschsalon betrieb, saß an der Theke neben Ace, der wieder seine Exfrau Betty fertig machte. Und es waren noch zwei Männer anwesend, die ich schon in Pearls Kneipe gesehen hatte.

Mein Tisch stand in einer Nische vor dem großen Panzerglasfenster, durch das ich auf den Strand hinausschauen konnte. Jogger trabten über den nassen, festen Sandstreifen. Ich selbst war viel zu müde, um eine Runde zu laufen, obwohl das meinen Kreislauf vielleicht wieder in Schwung gebracht hätte. Hinter mir unterhielten sich die Gäste, wie sie das vermutlich schon seit Jahren jeden Tag taten.

»Was glaubst du, hat er vor?«

»Das weiß der Himmel. Ich hoffe nur, dass er Kalifornien verlassen hat. Ich würde ihm sofort eine Schrotladung draufbrennen, wenn er mir unter die Augen käme.«

»Wetten, dass du jeden Abend erst mal unter dein Bett guckst?«

»Da schau ich jeden Abend drunter. Es ist schließlich das einzig Aufregende an meinem Leben. Und ich hoffe immer, dass mir da mal jemand entgegenschaut.« In dem folgenden schrillen Gelächter schwang Angst mit.

»Ich komme gern mal rüber, um dir zu helfen.«

»'ne schöne Hilfe wärst du.«

»Wär ich auch. Ich hab 'ne Pistole«, sagte Ace.

»Da erzählt Betty aber was anderes.«

»Ja, der hat immer geladen, aber das heißt noch lange nicht, dass seine Pistole funktioniert.«

»Wenn Bailey Fowler auftaucht, denkst du anders«, bemerkte Ace.

»Nicht wenn ich ihn zuerst erwische«, warf einer der Männer ein.

Auf der ersten Seite der Lokalzeitung stand eine Zusammenfassung der bisherigen Ereignisse. Der Tenor war dazu angetan, die Stimmung anzuheizen. Fotos von Jean. Ein altes Zeitungsfoto vom Tatort, Einwohner von Floral Beach im Hintergrund. Ihre Gesichter verschwommen und undeutlich; sechzehn Jahre jünger als heute. Jeans Leiche, kaum erkennbar, von einer Decke verhüllt. Niedergetrampelter Sand. Betonstufen in der rechten äußeren Bildhälfte. Darunter stand ein Zitat von Quintana, der schon damals den Mund zu voll genommen hatte. Vermutlich war er von Anfang an auf den Sheriffposten aus gewesen. Er schien der Typ zu sein.

Ich verschlang hastig mein Frühstück und kehrte ins Motel zurück.

Als ich die Außentreppe hinaufging, sah ich, wie eines der Zimmermädchen an die Tür von Nummer 20 klopfte. In ihrer Nähe standen ein Wagen mit frischer Bettwäsche und der Staubsauger.

»Zimmerservice!«, rief sie. Niemand antwortete.

Das Zimmermädchen war klein und mollig. Beim Lächeln entblößte sie einen Zahn mit Goldkrone. Ihr Hauptschlüssel passte offenbar nicht, und sie ging zum nächsten Zimmer weiter. Es war das Zimmer, das ich bewohnt hatte, bis Bert gnädig einem Wechsel zugestimmt hatte. Ich schloss Zimmer 24 auf, ging hinein und machte die Tür hinter mir zu.

Mein zerwühltes Bett wirkte ausgesprochen einladend. Alles in mir prickelte von dem Kaffee, den ich literweise getrunken hatte, doch unter der flimmernden Wirkung des Koffeins war mein Körper vor Müdigkeit bleischwer. Das Zimmermädchen klopfte. Ich gab alle Hoffnung auf ein wenig Schlaf auf und ließ sie herein. Mit einem Plastikeimer voller Lappen und Putzmitteln verschwand sie im Badezimmer. Man fühlt sich selten so nutzlos, wie wenn jemand für einen sauber macht. Ich ging ins Büro hinunter.

Ori stand hinter dem Empfangstresen und hielt sich zittrig an ihrem Stock fest, während sie die Rechnungen durchsah, die Bert im Postkorb abgelegt hatte. Sie trug eine Kittelschürze aus Baumwolle über ihrem Krankenhausnachthemd.

»Mutter!«, rief Ann aus dem angrenzenden Zimmer. »Wo bist du? Mein Gott ...«

»Ich bin hier!«

Ann tauchte im Türrahmen auf. »Was tust du da? Ich habe dir doch gesagt, dass ich noch den Blutzuckertest machen will, bevor ich zu Pop fahre.« Dann sah sie mich und lächelte. Die schlechte Laune vom Vorabend war offenbar überwunden. »Guten Morgen.«

»Guten Morgen, Ann.«

Ori stützte sich schwer auf Anns Arm, als sie ins Wohnzimmer hinüberschlurfte.

»Kann ich helfen?«, fragte ich.

»Ja, würden Sie das tun?«

Ich schlüpfte unter der Klappe des Empfangstresens hindurch

und stützte Ori von der anderen Seite. Ann schob den Stock aus dem Weg. Zu zweit führten wir Ori zum Bett zurück.

»Sollen wir noch zur Toilette gehen, wenn du schon mal auf bist?«

»Ja, das ist das Beste«, antwortete Ori.

Ann setzte sie auf die Klobrille, kam in den Korridor hinaus und machte die Tür zu.

Ich sah Ann an. »Darf ich Ihnen ein paar Fragen wegen Jean stellen, solange wir hier warten?«

»Okay«, erwiderte sie.

»Ich habe mir gestern Jeans Schulakte angesehen, und darin steht, dass Sie sich als Schulpsychologin auch mit ihr befasst haben. Können Sie mir sagen, worum es dabei ging?«

»Hauptsächlich um ihre Mitarbeit im Unterricht. Wir sind vier Schulpsychologen, und wir beraten die Schüler in schulischen Angelegenheiten. Wir informieren über die Voraussetzungen für den Übergang zum College, beraten bei der Stundenplanzusammenstellung und Kursauswahl. Auch wenn jemand mit einem Lehrer Schwierigkeiten hat oder den Anforderungen nicht gerecht wird, schalten wir uns ein, um zu helfen, die Ursachen zu ergründen oder Streit zu schlichten. Mehr können wir kaum tun. Jean hatte schulische Probleme, und wir haben darüber gesprochen, dass ihre Probleme möglicherweise mit ihrer häuslichen Situation zusammenhingen. Aber ich glaube nicht, dass sich irgendjemand von uns dazu berufen gefühlt hätte, den Psychoanalytiker zu spielen. Möglicherweise haben wir empfohlen, sie zu einem Psychotherapeuten zu schicken, aber ich persönlich habe mich in dieser Rolle bei ihr nicht versucht.«

»Wie war Jeans Beziehung zu Ihrer Familie? Sie ist doch ziemlich viel hier gewesen, oder?«

»Ja, schon. Während der Zeit, als sie und Bailey befreundet waren.«

»Ich habe den Eindruck, dass Ihre Eltern Jean durchaus gemocht haben.«

»Ja, sehr. Das hat meine Aufgabe in der Schule natürlich umso schwieriger gemacht. Die Verbindung zu ihr war gewissermaßen zu eng, als dass ich objektiv hätte sein können.«

»Hat sie sich Ihnen je wie einer Freundin anvertraut?«

Ann runzelte die Stirn. »Ich habe sie dazu jedenfalls nicht ermutigt. Manchmal hat sie sich über Bailey beklagt – wenn die beiden zum Beispiel Streit hatten –, aber er war schließlich mein Bruder. Wie hätte ich mich da so einfach auf ihre Seite schlagen sollen? Schwer zu sagen. Vielleicht hätte ich mich intensiver um sie bemühen müssen. Das habe ich mir hinterher oft gesagt.«

»Was ist mit den anderen Kollegen oder Lehrkräften? Könnte sie sich jemandem anvertraut haben?«

Ann schüttelte den Kopf. »Nicht, dass ich wüsste.«

Wir hörten das Rauschen der Toilettenspülung. Ann ging hinein, während ich im Korridor wartete. Dann brachten wir Ori gemeinsam ins Wohnzimmer zurück.

Ori streifte ihre Kittelschürze ab, und wir verfrachteten sie mit vereinten Kräften ins Bett. Sie wog mindestens hundertfünfzig Kilo, zähes Fett unter kalkweißer Haut. Ein muffiger Geruch ging von ihr aus, und ich musste aufpassen, mir meinen Ekel nicht anmerken zu lassen.

Ann begann Alkohol, Tupfer und Lanzette bereitzulegen. Ich wusste, wenn ich diese Prozedur noch einmal mitansehen musste, würde ich ohnmächtig werden.

»Darf ich mal telefonieren?«

»Das ist das Geschäftstelefon«, sagte Ori. »Es sollte möglichst nicht benutzt werden.«

»Gehen Sie in die Küche«, riet Ann. »Und wählen Sie zuerst die Neun.«

21

Vom Apparat in der Küche aus wählte ich Shana Timberlakes Nummer, doch niemand meldete sich. Ich nahm mir vor, noch einmal bei ihr vorbeizuschauen. Shana hütete einen wesentlichen Teil des Geheimnisses, und so leicht kam sie mir nicht davon. Auf der Küchentheke lag das Telefonbuch. Ich schlug Dr. Dunnes Praxis-Nummer nach und wählte. Am anderen Ende meldete sich die Sprechstundenhilfe. »Praxis Dr. Dunne.«

»Guten Tag. Ist Mr. Dunne schon da?« Man hatte mir gesagt, dass er erst am Montag wieder in der Praxis sein würde, aber ich wollte ja auch mit der Sprechstundenhilfe reden.

»Nein, tut mir Leid. Heute ist Dr. Dunne in der Klinik in Los Angeles. Kann ich Ihnen helfen?«

»Das hoffe ich doch«, erwiderte ich. »Ich bin vor ein paar Jahren Patientin bei ihm gewesen und brauche meine Unterlagen von damals.«

Ann betrat die Küche und ging zum Kühlschrank. Sie holte eine Ampulle Insulin heraus und rollte sie zwischen den Handflächen hin und her, um sie anzuwärmen.

»Wann soll das gewesen sein?«

»Hm ... tja, warten Sie ... 1966.«

»Das tut mir Leid, aber so lange bewahren wir die Patientenakten nicht auf. Wenn Sie fünf Jahre lang nicht bei uns gewesen sind, archivieren wir Ihre Akte. Nach sieben Jahren werden die Unterlagen vernichtet.«

Ann verließ die Küche. Wenn ich das Gespräch noch etwas in die Länge zog, würde ich die Spritze überhaupt nicht mehr mitbekommen.

»Und das wird auch so gehandhabt, wenn ein Patient verstirbt?«, erkundigte ich mich.

»Wenn er stirbt? Ich dachte, wir sprechen von Ihrer Akte«, entgegnete sie. »Wie ist Ihr Name?«

Ich legte auf. So viel also zu Jean Timberlakes alten Krankenblättern. Ich war frustriert. Ich hasse Fälle, bei denen ich nicht weiterkomme. Schließlich kehrte ich ins Wohnzimmer zurück.

Das Telefongespräch war zu kurz gewesen.

Ann starrte auf die Spritze, hielt die Nadel hoch und drückte einen Tropfen heraus, um sicherzugehen, dass keine Luft in dem milchig weißen Insulin war. Ich bewegte mich so unauffällig wie möglich in Richtung Tür. Als ich an Ann vorbeikam, sah sie auf.

»Ich hab ganz vergessen zu fragen. Sind Sie gestern eigentlich bei Pop gewesen?«

»Ja, am Spätnachmittag, aber er hat geschlafen. Warum? Hat er nach mir gefragt?« Ich vermied es tunlichst, in ihre Richtung zu sehen.

»Das Krankenhaus hat heute Morgen angerufen«, erklärte sie seufzend. »Er macht denen dort die Hölle heiß. Wie ich ihn kenne, will er nach Hause.« Sie reinigte eine Stelle auf dem Oberschenkel der Mutter mit Alkohol.

Ich suchte in meiner Handtasche nach einem Papiertaschentuch, als sie die Nadel ins Fleisch stieß. Ori zuckte merklich zusammen. Meine Hände waren feucht, und ich spürte ein erstes Schwindelgefühl.

»Vermutlich macht er Ärzten und Schwestern das Leben schwer«, plauderte Ann weiter, doch ihre Stimme drang nur noch von fern an mein Ohr. Aus den Augenwinkeln sah ich, wie sie die Nadel von der Einwegspritze brach und in den Papierkorb warf. Dann räumte sie die Tupfer und die Verpackung der Lanzette weg. Ich setzte mich auf die Couch.

Plötzlich hielt sie inne und musterte mich besorgt. »Geht's Ihnen gut?«

»Ja, danke. Ich muss mich nur mal setzen«, murmelte ich. Ich war sicher, dass auf diese heimtückische Weise auch der Tod eines Tages kommen würde. Was um Himmels willen sollte ich sagen? Dass ich eine zart besaitete Privatdetektivin bin, die beim Anblick einer Spritze ohnmächtig wird? Ich sah sie nur freundlich lächelnd an, um ihr zu beweisen, dass mit mir alles in Ordnung war. Vor meinen Augen begann es zu flimmern.

Ann war schon wieder beschäftigt. Sie ging in die Küche, um das Insulin in den Kühlschrank zurückzustellen. Kaum hatte sie das Zimmer verlassen, klemmte ich den Kopf zwischen die Knie. Angeblich wird man auf diese Weise nicht ohnmächtig, aber mir ist es trotzdem schon mehrfach gelungen. Ich warf Ori einen entschuldigenden Blick zu, sie zuckte ruhelos mit den Beinen und kam wie üblich nicht auf den Gedanken, es könne irgendjemandem schlechter gehen als ihr. Allmählich sah ich wieder klarer. Ich richtete mich auf und fächelte mir mit lässiger Geste Kühlung zu.

»Mir ist nicht gut«, sagte Ori und kratzte sich am Arm. Wir waren wirklich ein tolles Paar. Ihr geheimnisvoller Ausschlag regte sich offenbar wieder, und ich rechnete damit, das Ergebnis jeden Moment begutachten zu müssen. Ich setzte ein resigniertes Lächeln auf, das allmählich erstarb. Oris Atem ging nur noch keuchend, und ein seltsam katzenähnlicher Ton entrang sich ihrer Kehle, als sich ihre Finger in den Arm krampften. Sie sah mich entsetzt durch dicke Brillengläser an, die die Angst in ihren Augen überdimensional vergrößerten.

»O Gott!«, keuchte sie. »Ich kann nicht ...« Sie war aschfahl im Gesicht. Ihre Züge schwollen an, und an ihrem Hals bildeten sich heiße rote Flecken.

»Was ist los, Ori? Kann ich was holen?«

Vor meinen Augen verschlechterte sich ihr Zustand so zusehends, dass ich es kaum fassen konnte. Ich lief zum Bett und rief in die Küche: »Ann, kommen Sie! Hier stimmt was nicht!«

»Bin gleich da«, kam es von Ann zurück, und ihr Ton machte deutlich, dass ihr die Dringlichkeit meiner Bitte entgangen sein musste.

»Ann! Um Himmels willen! Machen Sie schnell!«

Und plötzlich wusste ich, wo ich die Szene schon einmal gesehen hatte. Damals war ich acht Jahre gewesen und war zur Geburtstagsfeier des Nachbarjungen Donnie Dixon hinübergegangen. Er war von einer Hornisse gestochen worden und starb, bevor seine Mutter überhaupt in den Garten gelaufen kommen konnte.

Oris Hände griffen an ihre Kehle, ihre Augen rollten, Schweiß brach ihr aus. Es war klar, dass sie keine Luft mehr bekam. Ich versuchte ihr zu helfen, doch es war zwecklos. Sie streckte wie eine Ertrinkende die Arme nach mir aus und packte mich mit solcher Kraft beim Arm, dass ich das Gefühl hatte, sie würde mir jederzeit ein Stück Fleisch herausreißen.

»Was ist denn los?«, fragte Ann.

Sie stand im Türrahmen, und ihre Miene drückte eine Mischung von Ärger und Resignation aus. Dann schluckte sie, blinzelte, als versuche sie den Anblick, der sich ihr bot, zu deuten. »Was um alles in der Welt ... Mutter, was ist los? O mein Gott!«

Seit dem Beginn des Anfalls konnten kaum mehr als zwei Minuten vergangen sein. Ori wurde von Krämpfen geschüttelt, und ich sah, wie sich eine Urinlache unter ihr auf dem Laken ausbreitete. Sie gab Töne von sich, die ich noch nie bei einem Menschen gehört hatte.

Anns Entsetzen machte sich in einem bebenden Schrei Luft, der tief aus ihrer Kehle zu kommen schien. Mit zitternden Fingern griff sie nach dem Telefon und versuchte die Nummer des Notrufs zu wählen. Als sie endlich die 911 gewählt hatte, zuckte Oris Körper wie unter einer Elektroschockbehandlung.

Die Vermittlung für Notfälle meldete sich, ich hörte vage eine weibliche Stimme. Ann versuchte etwas zu sagen, doch ihre Worte wurden zu einem schrecklichen Schrei, als sie das Gesicht ihrer Mutter sah. Ich versuchte mich aufgeregt in Wiederbelebungsmethoden und wusste doch, dass alles umsonst war.

Dann war alles Leben aus Ori gewichen, ihre Augen starrten weit aufgerissen ins Leere. Kein Arzt konnte ihr mehr helfen. Ich warf automatisch einen Blick auf die Uhr. Es war genau neun Uhr und sechs Minuten. Ich nahm Ann den Telefonapparat aus der Hand und verlangte nach der Polizei.

Innerhalb von einer halben Stunde hatten die Leute des Sheriffs den Wohntrakt der Fowlers mit Beschlag belegt: Detective Quintana und sein Kollege, dessen Namen ich noch immer nicht kannte, der Coroner, ein Gerichtsarzt, dem die Untersuchung der Todesursache oblag, ein Fotograf, zwei Beamte von der Spurensicherung und ein Sachverständiger für Fingerabdrücke, drei uniformierte Polizeibeamte, die Haus und Grundstück sicherten, und die Besatzung eines Krankenwagens, die geduldig darauf wartete, dass die Leiche abtransportiert werden konnte. Alles, was irgendwie mit Bailey Fowler zu tun hatte, würde sorgfältig geprüft werden.

Kurz nachdem der erste Streifenwagen eingetroffen war, hatte man Ann und mich getrennt. Es war unschwer zu erraten, dass man verhindern wollte, dass wir uns absprachen. Die Polizei ging kein Risiko ein. Immerhin konnte man nicht ausschließen, dass wir gerade gemeinschaftlich Ori Fowler umgebracht hatten. Allerdings hätte man ruhig annehmen dürfen, dass zwei Frauen, die skrupellos genug gewesen waren, sie zu töten, sicher auch so schlau gewesen wären, ihre Aussagen vor Eintreffen der Polizei abzustimmen. Möglicherweise wollte man also nur verhindern, dass wir uns ungünstig beeinflussten und damit nicht mehr objektiv blieben.

Ann saß bleich und erschüttert im Esszimmer. Während der Polizeiarzt Ori untersucht und sie nach Herztönen abgehört hatte, hatte Ann kurz und emotionslos geweint. Mittlerweile wirkte sie wie betäubt und beantwortete Quintanas Fragen ruhig und mit leiser Stimme. Ich hatte diese Reaktion schon unzählige Male erlebt, wenn der Tod so plötzlich gekommen war, dass kein unmittelbar Betroffener die Konsequenzen im vollen Umfang erfassen konnte. Später erst, wenn die Endgültigkeit des Ereignisses begriffen wird, kommt wütende und tränenreiche Trauer zum Ausbruch.

Quintanas Blick schoss flüchtig in meine Richtung, als ich an der Tür vorbeiging. Ich war auf dem Weg in die Küche, von einer

Polizeibeamtin begleitet, deren Dienstausrüstung ihren Taillen-Umfang sicher noch einmal um dreißig Zentimeter vergrößerte: schwerer Gürtel, Funkgerät, Schlagstock, Handschellen, Schlüssel, Taschenlampe, Munition, Pistole und Halfter. Ich fühlte mich unangenehm an meine Zeit in Uniform erinnert. Es ist schwer, ein Gefühl von Weiblichkeit zu bewahren in einer Hose, in der man wie ein Kamel von hinten aussieht.

Ich nahm am Küchentisch Platz und setzte eine gelangweilte Miene auf, um zu verbergen, dass ich jeden Handgriff der Polizei am Tatort genau registrierte. Offen gestanden war ich in diesem Augenblick erleichtert, Ori nicht mehr ansehen zu müssen. Im Tod erinnerte sie mich an eine gestrandete alte Seelöwin. Bestimmt war sie noch nicht einmal erkaltet, aber ihre Haut hatte bereits den stumpfen, fleckigen Schimmer des Todes. Ein Körper, aus dem jedes Leben gewichen ist, scheint fast sichtbar zu verfallen. Das ist natürlich Einbildung; vielleicht dieselbe optische Täuschung wie der Eindruck, Tote würden noch atmen.

Ann musste der Polizei gesagt haben, dass sie ihrer Mutter Insulin gespritzt hatte, denn ein Beamter von der Spurensicherung kam in die Küche, holte die Insulinampulle aus dem Kühlschrank und etikettierte und beschriftete sie sorgfältig. Vorausgesetzt, das Polizeilabor entsprach dem üblichen Standard einer Stadt dieser Größe, würden Insulin und sämtliche Blut- und Urin-Proben der Toten zusammen mit Mageninhalt, Galle und anderen Gewebeproben an das Zentrallabor in Sakramento geschickt. Als Todesursache kam meines Erachtens nur anaphylaktischer Schock in Frage. Die Frage war lediglich, was diesen ausgelöst hatte. Sicher nicht das Insulin, das Ori jahrelang bekommen hatte – es sei denn, jemand hatte sich an der Ampulle zu schaffen gemacht, was mir durchaus möglich erschien. Es konnte sich auch um einen Unfall handeln, aber das bezweifelte ich.

Ich blickte zur Hintertür, wo der Riegel hochgeschoben war. Soweit ich wusste, waren Büro und Empfang des Motels nur selten verschlossen. Es war hier üblich, Fenster und Türen offen zu lassen. Ich dachte daran, wie viele Menschen sich in den letzten Tagen hier eingefunden hatten. Praktisch jeder konnte auch Zugang zum Kühlschrank gehabt haben. Oris Zuckerkrankheit war allgemein bekannt gewesen, und für den Mörder musste es ein leichtes Spiel gewesen sein. Dass Ann es war, die ihr die todbringende Flüssigkeit injiziert hatte, würde ihre Trauer noch durch Schuldgefühle verstärken. Eine teuflische Situation. Ich war neugierig, welchen Reim sich Detective Quintana darauf machen würde.

Wie aufs Stichwort kam er in diesem Augenblick in die Küche und setzte sich an den Tisch mir gegenüber. Ich kann nicht gerade behaupten, dass ich mich auf einen Plausch mit ihm freute. Seine Gegenwart wirkte erdrückend. In seiner Nähe fühlte ich mich wie in einem überfüllten Aufzug, der zwischen zwei Stockwerken stecken geblieben war. Und das ist wahrlich kein Erlebnis, das man herbeisehnt.

»Also hören wir uns mal Ihre Version der Geschichte an«, begann er.

Ich muss zugeben, dass er diesmal einfühlsamer war als bei unserer ersten Begegnung; vielleicht aus Respekt gegenüber Ann. Ich legte mit aller mir möglichen Offenheit los. Schließlich hatte ich nichts zu verbergen und sah keinen Grund, Katz und Maus mit dem Mann zu spielen. Ich begann mit dem Drohanruf mitten in der Nacht und endete mit dem Moment, als ich Ann den Telefonhörer aus der Hand genommen und die Polizei verständigt hatte. Quintana machte sich sorgfältig Notizen in seiner schnellen, sauberen Handschrift, die aussah wie die Kursivschrift einer Schreibmaschine. Am Ende hatte er mit seiner Gründlichkeit und seinem Gespür für Details mein Vertrauen gewonnen. Er klappte sein Notizbuch zu und steckte es in die Jacketttasche.

»Haben Sie Grund zu der Annahme, dass sie es getan haben könnte?«

»Wer? Ann?«, fragte ich verdutzt. »Nein. Sie?«

Darauf antwortete er erst gar nicht. »Miss Fowler sagt, dass der Hausarzt freitags nicht praktiziert. Kümmern Sie sich um sie. Sie sieht aus, als könne sie jeden Moment zusammenbrechen. Einen besonders frischen Eindruck machen Sie allerdings auch nicht gerade.«

»Einen Monat Schlaf, und ich bin wieder okay.«

»Rufen Sie mich an, wenn es was Neues gibt.«

Als Quintana schließlich ging, waren die Untersuchungen abgeschlossen, und das Team von der Spurensicherung packte seine Koffer. Ich fand Ann noch immer am Esstisch sitzend vor. Sie blickte in meine Richtung, als ich eintrat, zeigte aber keinerlei Reaktion.

»Geht es Ihnen einigermaßen?«, fragte ich.

Sie antwortete nicht.

Ich setzte mich neben sie. Vielleicht hätte ich ihre Hand nehmen sollen, aber sie war keine Frau, die man anfasste, ohne vorher um Erlaubnis zu fragen. »Quintana hat Ihnen die Frage bestimmt auch schon gestellt: Litt Ihre Mutter unter einer Allergie?«

»Penizillin«, erwiderte Ann tonlos. »Ich erinnere mich, dass sie darauf einmal ganz furchtbar reagiert hat.«

»Welche Medikamente hat sie sonst noch genommen?«

Ann schüttelte den Kopf. »Nur das, was auf dem Nachttisch steht, und natürlich Insulin. Ich begreife überhaupt nicht, wie das passieren konnte.«

»Wer wusste von der Penizillinallergie?«

Ann wollte etwas sagen, schüttelte dann jedoch nur den Kopf.

»Bailey?«

»Er hätte das nie getan. Er konnte keiner …«

»Wer noch?«

»Pop. Der Arzt.«

»Dunne?«

»Ja. In seiner Praxis hat sie das erste Mal einen Penizillinschock gehabt.«

»Und John Clemson? Sind Sie Kunden in seiner Apotheke?«

Ann nickte.

»Und die Leute von der Kirchengemeinde?«

»Die vermutlich auch. Sie hat kein Geheimnis daraus gemacht. Sie haben sie ja gekannt. Sie hat immer von ihren Krankheiten …« Sie blinzelte, und ich sah, wie sie rot wurde. Ihre Mundwinkel zuckten, als die Tränen kamen.

»Ich rufe jemanden an, der bei Ihnen bleiben kann. Ich habe noch einiges zu tun. Wem soll ich Bescheid sagen? Mrs. Emma? Mrs. Maude?«

Sie kauerte sich zusammen und legte ihre Wange auf die Tischplatte, als ob sie schlafen wollte. Stattdessen begann sie zu weinen, und die Tränen fielen wie heißes Wachs auf die polierte Holzfläche. »O mein Gott, Kinsey! Ich hab's getan. Ich kann's nicht fassen. Ich habe ihr das Zeug gespritzt. Wie soll ich damit nur weiterleben?«

Ich wusste nicht, was ich dazu sagen sollte.

Schließlich ging ich ins Wohnzimmer zurück, wobei ich tunlichst vermied, zum Bett zu sehen, das mittlerweile leer war; die Bettwäsche war abgezogen und zusammen mit den übrigen Beweisstücken abtransportiert worden. Wer weiß, was sie in den Betttüchern finden würden? Eine Natter, eine giftige Spinne, den letzten Gruß einer Selbstmörderin?

Ich rief Mrs. Maude an und berichtete, was geschehen war. Nachdem ich die obligatorischen Entsetzensbekundungen über mich hatte ergehen lassen, sagte sie, dass sie sofort kommen würde. Vermutlich wollte sie noch schnell ein paar Anrufe tätigen und die Mitglieder des Einsatzkommandos für Familienkatastrophen zusammentrommeln. Ich glaubte schon zu hören, wie sie die Kartoffelchips für die Tunfischkasserollen in der Küchenmaschine zerkleinerten.

Sobald Mrs. Maude eingetroffen war und das Regiment in der Rezeption übernommen hatte, ging ich auf mein Zimmer, schloss die Tür ab und setzte mich aufs Bett. Oris Tod verwirrte mich. Ich hatte keine Vorstellung, was er zu bedeuten hatte, wie er in die

Geschichte passte. Ich war völlig fertig vor Erschöpfung und Müdigkeit. Ich wusste, dass ich es mir nicht leisten konnte, jetzt schlafen zu gehen, aber ich war nicht sicher, wie lange ich das noch durchhalten würde.

Neben mir schrillte das Telefon. Hoffentlich war das kein weiterer Drohanruf. »Hallo?«

»Kinsey, ich bin's. Was zum Teufel ist bloß los?«

»Bailey, wo sind Sie?«

»Sagen Sie mir, was mit meiner Mutter passiert ist?«

Ich erzählte ihm alles, was ich wusste, und das war nicht viel. Am anderen Ende war es danach so lange still, dass ich schon glaubte, er habe aufgelegt. »Sind Sie noch da?«

»Ja, natürlich.«

»Tut mir Leid. Wirklich. Sie haben sie noch nicht einmal wieder sehen können.«

»Ja.«

»Bailey, tun Sie mir einen Gefallen. Sie müssen sich stellen.«

»Erst, wenn ich weiß, was hier eigentlich vorgeht.«

»Hören Sie ...«

»Vergessen Sie's.«

»Verdammt, lassen Sie mich gefälligst ausreden. Dann können Sie tun, was Sie wollen. Solange Sie frei herumlaufen, schiebt man Ihnen die Schuld für alles in die Schuhe, was passiert. Begreifen Sie das denn nicht? Tap wird niedergeschossen, und Sie flüchten. Und als Nächstes stirbt Ihre Mutter.«

»Sie wissen, dass ich das nicht gewesen bin.«

»Dann stellen Sie sich. Wenn Sie wieder in Haft sitzen, kann man Sie wenigstens nicht auch noch für weitere Verbrechen verantwortlich machen.«

Am anderen Ende war es still. »Vielleicht haben Sie Recht«, sagte er schließlich. »Ich weiß es nicht. Das ist alles eine solche Scheiße.«

»Da haben Sie Recht. Das finde ich auch. Hören Sie, rufen Sie Clemson an, und hören Sie sich an, was er Ihnen sagt.«

»Ich weiß, was der sagen wird.«

»Dann befolgen Sie seinen Rat, und machen Sie ausnahmsweise mal was Gescheites!« Damit warf ich den Hörer auf die Gabel.

22

Ich brauchte dringend frische Luft. Ich schloss meine Zimmertür ab und verließ das Motel. Ich überquerte die Straße, setzte mich auf die Kaimauer und starrte auf den Strand hinunter, wo Jean Timberlake gestorben war. Hinter mir lag Floral Beach, sechs Straßenzüge lang, drei Straßenzüge breit. Irgendwie beunruhigte es mich, dass die Stadt so klein war. Alles war im Umkreis von diesen achtzehn Blocks passiert. Die Bürgersteige, die Gebäude, die Geschäfte – sie alle konnten sich seit damals kaum verändert haben. Und was die Bewohner der Stadt betraf, war es kaum anders. Einige waren weggezogen, einige waren gestorben. In der Zeit, die ich hier war, hatte ich bestimmt zumindest einmal mit dem Mörder gesprochen. Und das empfand ich irgendwie als Affront. Ich drehte mich um und betrachtete jenen Teil der Stadt, den ich von hier aus sehen konnte. Ich fragte mich, ob nicht zumindest einer der Bewohner der schmalen, pastellfarbenen Holzhäuser auf der gegenüberliegenden Straßenseite in jener Nacht etwas beobachtet hatte. War ich schon so weit, von Haustür zu Haustür zu gehen? Aber irgendetwas musste ich unternehmen. Ich sah auf die Uhr. Es war kurz nach eins. Tap Grangers Beerdigung sollte um zwei beginnen. Er würde eine schöne Totenfeier bekommen. In der Stadt wurde von nichts anderem gesprochen, seit man ihn erschossen hatte. Niemand wollte dieses Ereignis versäumen.

Ich ging zum Motel zurück, stieg in meinen Wagen und fuhr die anderthalb Blocks weiter zu Shana Timberlakes Haus. Am Morgen war sie nicht zu Hause gewesen, aber mittlerweile müsste sie zurückgekommen sein, um sich für Taps Beerdigung umzuziehen; vorausgesetzt, dass sie vorhatte, dorthin zu gehen. Ich hielt auf der gegenüberliegenden Straßenseite. Die kleinen Holzhäuser um den zentralen Hof hatten den Charme einer Kaserne. Der Plymouth stand noch immer nicht in der Einfahrt. Die Vorhänge hinter den Fenstern an der Vorderfront waren wie am Morgen. Die Zeitungen der letzten zwei Tage lagen auf der Veranda. Ich klopfte, und als sich niemand meldete, drehte ich unauffällig am Türknauf. Sie war verschlossen.

Auf der winzigen Veranda des Nachbarhauses stand eine alte Frau mit tiefhängenden Tränensäcken unter den Augen, die mich an einen Beagle erinnerten.

»Wissen Sie, wo Shana ist?«

»Was?«

»Ist Shana hier?«

Sie machte eine ungeduldige Handbewegung, wandte sich ab und schlug die Haustür hinter sich zu. Ich konnte mir aussuchen, ob sie wütend war, weil sie mich nicht verstand oder weil es ihr völlig egal war, wo Shana sich aufhielt. Ich zuckte mit den Schultern, verließ die Veranda und lief den schmalen Durchgang zwischen den beiden Häusern entlang zur Rückseite.

Auch hier sah alles noch so aus wie am Morgen. Mit einer Ausnahme. Ein Tier – ein Hund oder vielleicht ein Waschbär – hatte ihren Mülleimer umgeworfen und den Inhalt überall verstreut. Alles vom Feinsten. Ich stieg die Treppe zur rückwärtigen Veranda hinauf und sah noch einmal durchs Küchenfenster. Alles deutete darauf hin, dass Shana seit Tagen nicht mehr zu Hause gewesen war. Ich drückte die Klinke der Küchentür herunter und überlegte krampfhaft, wie ich einen Einbruch begründen könnte. Mir fiel jedoch nichts ein. Immerhin ist es gegen das Gesetz, und ich tue so was nur ungern, es sei denn, ich vermute, einen wichtigen Hinweis zu finden.

Als ich die Treppe wieder hinunterstieg, fiel mir unter dem Müll, der in dem kleinen Hinterhof verstreut lag, ein weißer Umschlag auf. War es derselbe, der mir schon in die Hände gefallen war, als ich neulich bei ihr herumgeschnüffelt hatte? Ich hob ihn auf. Er war leer. Also nichts. Vorsichtig begann ich, den Müll zu durchwühlen. Und da war sie. Eine Postkarte, die Reproduktion eines Stilllebens mit üppigem Rosenstrauß in einer Vase. Auf die Rückseite hatte jemand geschrieben: »Sanctuary. Mittw. 2 Uhr.« Mit wem könnte sie sich im »Allerheiligsten« getroffen haben? Mit Bob Haws? June? Ich steckte die Karte in die Handtasche und fuhr zur Kirche.

Die Baptisten-Kirche von Floral Beach (übrigens die einzige Kirche der Stadt, um präzise zu sein) lag an der Ecke Kai und Palm Street und war ein bescheidener Holzbau mit mehreren Nebengebäuden. Eine Treppe erstreckte sich über die gesamte Breite des Hauptgebäudes. Weiße Säulen trugen das Vordach. Eines musste man den Baptisten lassen: sie neigten offenbar nicht dazu, das Geld der Gemeinde an irgendeinen unfähigen Architekten zu verschwenden. Diesen Kirchentyp hatte ich schon oft gesehen; ich nehme an, dass die Kopien der Pläne gegen die Einsendung des Portos verschickt werden. Draußen auf der Straße parkte der Lieferwagen eines Blumengeschäfts; er brachte vermutlich den Blumenschmuck für die Beerdigung.

Die Flügeltür der Kirche stand offen, und ich ging hinein. Die bunten Kirchenfenster innen waren Massenware, Jesus in einem knöchellangen Nachthemd, in dem man ihn in dieser Stadt gesteinigt hätte. Die Apostel zu den Füßen des Gottessohnes, der wie eine albern lächelnde Frau mit lockigem Haar aussah. Haben sich die Männer damals wirklich rasiert? Das waren Fragen, die mich als Kind brennend interessierten und die mir niemand beantwortet hat.

Die Wände waren weiß gestrichen, der Fußboden mit beigefarbenem Linoleum ausgelegt. Die Kirchenbänke hatte man mit schwarzen Satinschleifen geschmückt. Tap Grangers Sarg stand ziemlich weit vorn aufgebahrt. Joleen hatte sich offensichtlich dazu überreden lassen, viel mehr auszugeben, als sie sich leisten konnte. Aber es ist schwer, von Trauer überwältigt standhaft zu bleiben und nüchtern zu kalkulieren.

Eine Frau in weißer Schürze war dabei, ein herzförmiges Blumenarrangement auf einem Ständer aufzustellen. Die breite, lavendelfarbene Schleife trug in schwungvollen Goldbuchstaben die Inschrift: »Ruhe sanft in Jesus' Armen.« Oben auf der Empore war June Haws zu sehen, die unter heftigen Bewegungen des Oberkörpers und der Füße einen Choral intonierte und mit piepsiger Stimme dazu sang; die Melodie klang wie die musikalische Untermalung eines Seifen-Werbespots. Die Bandagen an ihren Händen weckten merkwürdige Erinnerungen. Als ich näher kam, unterbrach sie ihr Spiel und drehte sich zu mir um.

»Entschuldigen Sie, dass ich störe«, begann ich.

Sie legte die Hände in den Schoß. »Das macht nichts«, sagte sie. Sie wirkte sanft und gelassen, einmal abgesehen davon, dass orangefarbene Wundtinktur mittlerweile bis zur Höhe der Ellbogen durch die Bandagierung drang. Breitete er sich weiter aus, der Aussatz, dieses Giftgeschwür der Seele?

»Ich wusste nicht, dass Sie hier als Organistin aushelfen.«

»Das tue ich normalerweise auch nicht, aber Mrs. Emma ist bei Ann. Haws ist zu Royce ins Krankenhaus gefahren, um ihm beizustehen. Ich nehme an, dass die Ärzte ihm von Oribelles Tod erzählt haben. Arme Seele. Es war die Reaktion auf ein Medikament, oder? Das hat man uns wenigstens gesagt.«

»Ja, sieht so aus. Aber sicher kann man das erst sagen, wenn die Laborberichte vorliegen.«

»Gott sei ihrer Seele gnädig«, murmelte sie und zupfte an der Bandagierung ihres linken Arms. Die Handschuhe hatte sie zum Musizieren abgenommen. Sie hatte kräftige Finger mit kurz geschnittenen Nägeln.

Ich nahm die Postkarte aus meiner Handtasche. »Haben Sie zufällig hier in der Kirche vor ein paar Tagen mit Shana Timberlake gesprochen?«

Sie blickte flüchtig auf die Karte und schüttelte den Kopf.

»Vielleicht Ihr Mann?«

»Da müssen Sie ihn schon selbst fragen.«

»Wir hatten noch gar keine Gelegenheit, über Jean Timberlake miteinander zu sprechen«, bemerkte ich.

»Sie war ein armes Ding, sehr hübsch, aber das hat ihr für ihr Seelenheil nichts genützt.«

»Vermutlich nicht«, stimmte ich zu. »Kannten Sie sie gut?«

June Haws schüttelte den Kopf. Irgendein Kummer schien ihren Blick zu verdunkeln, und ich wartete, ob sie weitersprechen würde. Offenbar hatte sie jedoch nicht die Absicht.

»Sie ist Mitglied der kirchlichen Jugendgruppe gewesen, stimmt's?«

Schweigen.

»Mrs. Haws?«

»Für den Trauergottesdienst sind Sie viel zu früh dran und, ich fürchte, außerdem nicht angemessen gekleidet, Miss Millhone«, sagte in diesem Augenblick Bob Haws hinter mir.

Ich drehte mich um. Haws zog sich gerade einen schwarzen Talar über. Er sah seine Frau nicht an, aber sie schien vor ihm zurückzuweichen. Seine Miene war ausdruckslos und kalt. Ich stellte mir unwillkürlich vor, wie er auf seinem Schreibtisch gelegen hatte, während Jean ihre freiwillige Pflichtübung an ihm vollführt hatte.

»Ich fürchte, dann werde ich an der Beerdigung nicht teilnehmen können«, entgegnete ich. »Wie geht's Royce?«

»Den Umständen entsprechend. Kommen Sie doch bitte mit in mein Büro. Sicher kann ich Ihnen die Informationen geben, deretwegen Sie Mrs. Haws bedrängt haben.«

Warum nicht, dachte ich. Der Mann machte mir Angst, aber es war helllichter Tag, und wir befanden uns in einer Kirche. Außerdem waren wir nicht ganz allein. Ich folgte ihm in sein Amtszimmer. Er machte die Tür zu. Reverend Haws' übliche wohlwollend salbungsvolle Miene war einem bedeutend kühleren Ausdruck gewichen. Er blieb hinter seinem Schreibtisch stehen.

Ich blickte mich im Raum um und ließ mir Zeit. Die Wände waren mit Kiefernholz getäfelt, die Vorhänge von staubigem Grün. Eine dunkelgrüne Couch mit Kunstlederbezügen, ein ausladender Eichenschreibtisch, ein Drehstuhl, Bücherregale, eingerahmte Zeugnisse, Urkunden und Pergamentblätter, vermutlich mit biblischen Texten, an der Wand.

»Royce hat mich gebeten, Ihnen was auszurichten. Er hat versucht, Sie zu erreichen. Er braucht Ihre Dienste nicht mehr. Sobald Sie mir eine genaue Aufstellung Ihrer Leistungen geben, sorge ich dafür, dass Sie dafür angemessen bezahlt werden.«

»Danke, aber ich warte lieber, bis er mir das persönlich sagen kann.«

»Er ist ein kranker Mann. Und völlig verzweifelt. Als sein Pfarrer bin ich bevollmächtigt, Sie auf der Stelle von Ihrem Auftrag zu entbinden.«

»Ich habe mit Royce Fowler einen schriftlichen Vertrag abgeschlossen. Möchten Sie ihn mal sehen?«

»Ich kann Sarkasmus nicht ausstehen und finde Ihr Benehmen beschämend.«

»Ich bin von Natur aus skeptisch. Tut mir Leid, wenn Sie das als Beleidigung empfinden.«

»Warum sagen Sie nicht einfach, was Sie uns vorwerfen, und lassen uns dann in Ruhe?«

»Im Augenblick habe ich Ihnen gar nichts ›vorzuwerfen‹«, entgegnete ich. »Ich dachte lediglich, Ihre Frau könnte mir bei meinen Nachforschungen helfen.«

»Sie hat mit der Sache nichts zu tun. Helfen kann nur ich Ihnen.«

»Das ist ein faires Angebot«, behauptete ich. »Möchten Sie mir dann vielleicht von Ihrem Treffen mit Shana Timberlake erzählen?«

»Tut mir Leid. Aber mit Shana Timberlake treffe ich mich nie.«

»Und was bedeutet dann das hier?« Ich hielt die Glückwunschkarte so, dass er die Nachricht auf der Rückseite lesen konnte.

»Keine Ahnung.« Er schob sinnlos einige Papiere auf seinem Schreibtisch hin und her. »Sonst noch was?«

»Ich habe da gewisse Gerüchte über Sie und Jean Timberlake gehört. Da ich nun schon mal hier bin, sollten wir uns vielleicht darüber unterhalten.«

»Gerüchte dürften nach all den Jahren schwer zu beweisen sein, meinen Sie nicht?«

»Ich mag es, wenn's kompliziert wird. Das macht meinen Beruf erst richtig aufregend. Möchten Sie gar nicht wissen, was für Gerüchte das sind?«

»Das interessiert mich nicht.«

»Na, gut. Dann vielleicht ein andermal. Die meisten Leute sind neugierig, wenn die Gerüchteküche kocht. Ich freue mich zu hören, dass Ihnen so etwas gar nichts ausmacht.«

»Ich kümmere mich nicht um das Geschwätz der Leute. Es überrascht mich, dass Sie das tun.« Er lächelte frostig und rückte seine Manschetten unter den Ärmeln des Talars zurecht. »Jetzt haben Sie meine Zeit lange genug in Anspruch genommen. Ich habe gleich eine Beerdigung und möchte vorher noch allein ein Gebet sprechen.«

Ich ging zur Tür, öffnete sie und drehte mich dann ganz beiläufig um. »Es gab natürlich einen Zeugen.«

»Einen Zeugen?«

»Na, Sie wissen schon: jemanden, der einen anderen bei einer verbotenen Tat beobachtet hat.«

»Ich fürchte, ich kann Ihnen nicht folgen. Einen Zeugen wofür?«

Ich machte ein Handzeichen, das er sofort zu verstehen schien.

Sein Lächeln war maskenhaft, als ich die Tür hinter mir schloss.

Die Luft draußen kam mir angenehm warm vor. Ich setzte mich in meinen Wagen, blätterte noch einmal meine Notizen durch und suchte nach Unterlassungssünden bei meinen Ermittlungen. Dabei wusste ich nicht einmal, was ich zu finden hoffte. Ich nahm mir erneut die Aufzeichnungen vor, die ich nach der Lektüre von Jean Timberlakes Schulakte gemacht hatte. Damals hatte das Mädchen in der Palm Street gewohnt, also praktisch von der Kirche aus gesehen gleich um die Ecke. Ich überlegte, ob es sich lohnen könnte, sich das Haus anzusehen. Warum eigentlich nicht, dachte ich. In Ermangelung harter Tatsachen durfte ich ruhig auf eine Eingebung hoffen. Ich startete den VW und fuhr zu der früheren Adresse der Timberlakes. Es war nur einen Block entfernt, sodass ich auch zu Fuß hätte gehen können, aber ich hielt es für besser, meinen Parkplatz für den Leichenwagen frei zu machen. Das Wohnhaus lag auf der linken Seite, ein zwei Stockwerke hoher Komplex mit schäbigem, blassgrünem Putz, der unsensibel an einen Steilhang geklatscht worden war.

Beim Näherkommen wusste ich schon, dass es hier nicht viel zu entdecken geben konnte. Das Haus war verlassen, die Fenster mit Brettern vernagelt. An der linken Seite führte ein hölzerner Treppenaufgang in den zweiten Stock hinauf, wo ein Balkon rund ums Gebäude führte. Ich stieg die Stufen hinauf. Die Timberlakes hatten in Nummer 6, also im Schatten des Hanges gewohnt. Es sah trostlos aus. In der Wohnungstür war ein glattes rundes Loch, dort wo früher der Türknauf gesessen hatte. Ich stieß sie auf. Das Holzfurnier war teilweise abgesplittert und hatte das billige Holz darunter freigelegt.

Die Fenster waren noch intakt, aber der Unterschied zu den mit Brettern vernagelten Fensteröffnungen war nur geringfügig; die dicke Staub- und Schmutzschicht auf den Scheiben ließ kaum Licht herein. Rußiger Staub lag auf dem Linoleumfußboden. Die Arbeitsplatte in der Küche war aufgequollen, die Schranktüren hingen schräg in den Angeln. Mäusekot gab überall Zeugnis von den neuen Bewohnern. Das Apartment hatte nur ein Schlafzimmer. Von hier führte die Hintertür auf den Balkon an der Rückseite des Gebäudes zu einer primitiven Treppe, die man in der

Hangseite verankert hatte. Ich sah hinauf. Die freiliegende Erde auf dem steilen Abhang war erodiert. Gut fünfzehn Meter weiter oben quollen dichte Weinranken über die Hangkante. Und dort, am höchsten Punkt, lag ein Privathaus. Von dort musste man einen spektakulären Ausblick auf die Stadt haben, linker Hand das Meer, rechter Hand lehnte sich das Grundstück an einen sanften Hügel an.

Ich trat ins Haus zurück und versuchte im Geiste die Jahre zurückzudrehen. Natürlich war das Apartment möbliert gewesen; vielleicht nicht luxuriös, aber mit Sinn für bescheidene Gemütlichkeit. An den Spuren auf dem Fußboden glaubte ich zu erkennen, wo die Couch gestanden haben musste. Ich vermutete, dass die Timberlakes den Essplatz in der Küche als zweite Schlafnische genutzt hatten und überlegte, wessen Bett hier wohl gestanden haben mochte. Shana hatte erwähnt, dass Jean sich nachts häufig davongeschlichen hatte.

Ich ging erneut durch das eine Zimmer, trat durch die Hintertür ins Freie und studierte nachdenklich die Hintertreppe und blickte an der Hangkante in die Höhe. Vielleicht hatte Jean diesen Weg benutzt, um zu der Straße zu gelangen, die oben vorbeiführte, wo ihre jeweiligen Freunde sie mit dem Auto abholen und wieder absetzen konnten. Ich rüttelte an dem Geländer aus rohem Holz, das schlampig verarbeitet und nach der langen Zeit locker geworden war. Die primitive Treppe war ungewöhnlich steil und der Aufstieg nicht ungefährlich. Zahlreiche Teile des Handlaufs waren weggebrochen.

Ich stieg langsam hinauf und gelangte schwer atmend bis zur oberen Hangkante, an der ein Maschendrahtzaun entlangführte. Eine Tür war hier nicht zu sehen, doch früher mochte es durchaus einen Durchgang gegeben haben. Vorsichtig wandte ich den Kopf und sah hinunter auf die Dächer unter mir. Der Blick war atemberaubend ... Baumwipfel zu meinen Füßen und dahinter die Stadt ... Mir wurde schwindelig. Ein parkendes Auto hatte von hier aus ungefähr die Größe eines Stücks Seife.

Dann sah ich mir das Haus an, das vor mir lag, eine zweistöckige Konstruktion aus Holz mit viel Glas und leicht verwitterten Fassaden. Der Garten war gepflegt und herrlich angelegt, mit Swimmingpool, einem Warmwasserbecken, Terrasse, elegantem Glastisch und Gartenstühlen. Anderswo in der Stadt wäre ein solcher Besitz mit Sichtschutzhecken umgeben, um die Privatsphäre zu schützen. Hier oben konnten die Besitzer ungestört den Rundblick genießen.

Ich wandte mich nach rechts und hangelte mich am Zaun entlang weiter, auf dem schmalen Pfad, der am Grundstück vorbeiführte. Als ich die Grundstücksgrenze erreicht hatte, folgte ich dem Drahtzaun, der das unbebaute Nachbargrundstück begrenzte. Ich erreichte die Straße, das Ende einer Sackgasse, an der nur noch ein anderes Haus lag. Nach allem, was ich bisher von Floral Beach kannte, was dies die einzige »feine« Wohngegend der Stadt.

Ich ging zum Vordereingang der Villa und klingelte. Dann drehte ich mich um und sah auf die Straße hinaus. Hier oben auf der Anhöhe brannte die Sonne erbarmungslos auf die kalifornischen Dornensträucher mit ihren harten, ledrigen Blättern hinunter. Es gab nur vereinzelt Bäume und kaum einen Windschutz. In ungefähr vierhundert Metern Entfernung lag das Meer. Ich fragte mich, ob der Nebel so weit heraufreichte; eine Vorstellung, die mir in dieser Einsamkeit kaum anheimelnd erschien. Ich klingelte zum zweiten Mal, doch offenbar war niemand zu Hause. Was nun?

Der Ausdruck »Sanctuary« machte mir Kopfzerbrechen. In seiner Bedeutung »Allerheiligstes« hatte ich ihn automatisch mit der Kirche und den Haws' in Verbindung gebracht. Aber es gab noch eine andere Möglichkeit. Die Thermalquellen-Pools auf dem Gelände des Badehotels trugen solche Bezeichnungen. Vielleicht war die Zeit reif für einen weiteren Besuch bei den Dunnes.

23

Auf dem Hotelparkplatz standen nur zwei Lieferwagen. Der eine gehörte einer Swimmingpool-Firma, der andere war ein hochbordiger Pritschenwagen, auf dem Gartengeräte lagen. Von fern hörte ich das durchdringende Motorengeräusch einer Holzsäge und schloss daraus, dass irgendwo auf dem Grundstück Unterholz und Buschwerk ausgesägt wurden.

In der Rezeption war niemand zu sehen. Vielleicht nahmen alle an Taps Beerdigung teil. Ich warf einen Blick auf die Informationstafel. Freitags fanden offenbar weder Anwendungen noch Behandlungen oder Kurse statt. Da ich schon einmal hier war, ließ ich mir die Gelegenheit nicht entgehen, ein bisschen herumzuschnüffeln, aber ich muss zugeben, dass mich die Aussicht, womöglich mit Elva Dunne zusammenzutreffen, etwas schreckte.

Vorsichtig spähte ich um die Ecke in den Korridor. Auch dort war niemand zu sehen. Lautlos schlich ich zurück hinter den Empfangstresen. Auf dem Tresen entdeckte ich einen Lageplan des Hotelgeländes. Verschlungene Linien markierten die Verbindungswege zwischen den einzelnen Thermalquellen. Ich fuhr mit dem Finger eine der Linien entlang, vorbei an »Peace«, »Serenity«, »Tranquility« und »Composure«; letztere musste wohl ein besonders einschläferndes Eckchen sein. »Sanctuary« war ein kleiner Pool für zwei Personen am Rande des Geländes. Nach dem Terminbuch, das neben dem Plan lag, war das »Sanctuary« am Mittwochnachmittag nicht besetzt gewesen. Ich blätterte eine Woche zurück. Wieder nichts. Vermutlich hatte Shanas Verabredung um zwei Uhr nachts und nicht um zwei Uhr nachmittags stattgefunden und war nirgends offiziell eingetragen. Ich durchstöberte die Schubladen, ohne Ergebnis. In einem Pappkarton auf dem Tresen mit der Aufschrift »FUNDSACHEN« fand ich ein silbernes Armband, eine Plastikhaarbürste, Autoschlüssel und einen Füllfederhalter. Ich sah mir gerade die Wandfächer zu meiner Linken genauer an, als es mich wie ein Blitz durchzuckte. In der Schachtel mit den Fundsachen lag ein Autoschlüsselring mit einem großen metallenen T.: Shanas.

Im Korridor hörte ich Schritte. Hastig lief ich auf Zehenspitzen hinter dem Tresen hervor, riss die Tür auf, wirbelte herum und schien gerade in dem Augenblick das Gebäude zu betreten, als Elva und Joe Dunne um die Ecke kamen. Bei meinem Anblick erstarrte Elva. Ich zog die Postkarte aus meiner Handtasche; Dr. Dunne schien sie sofort zu erkennen. Begütigend tätschelte er Elvas Arm und flüsterte ihr etwas zu, vermutlich dass er sich meiner annehmen würde. Elva verschwand in dem kleinen Büro hinter der Rezeption. Dr. Dunne packte mich am Ellbogen und schob mich ins Freie. In diese Richtung hatte ich eigentlich nicht gewollt.

»Das war keine gute Idee«, flüsterte er an meinem linken Ohr. Er hatte mich fest im Griff und drängte mich auf den Parkplatz.

»Ich dachte, Sie wären freitags immer in der Klinik in Los Angeles?«

»Ich musste mir den Mund fusselig reden, um Mrs. Dunne davon abzubringen, Sie wegen Körperverletzung anzuzeigen«, sagte er ohne jeden Bezug. Oder war das vielleicht als Drohung gedacht?

»Oh, sorgen Sie lieber dafür, dass sie's bald tut, solange die Wunden auf meinen Handknöcheln noch nicht verheilt sind«, entgegnete ich. »Und wenn schon Polizei, dann sollen die sich auch gleich das hier mal ansehen.« Ich schob den Ärmel meines T-Shirts hoch, damit er die regenbogenfarbenen Blessuren begutachten konnte, die Madames Tennisschläger hinterlassen hatte. Dann entriss ich ihm meinen Arm und hielt die Postkarte hoch. »Möchten Sie dazu was sagen?«

»Was ist das?«

»Die Karte, die Sie Shana Timberlake geschickt haben.«

Er schüttelte den Kopf. »Die habe ich nie in meinem Leben gesehen.«

»Verzeihen Sie, Doktor, aber das ist eine beschissene Lüge. Sie haben ihr vergangene Woche aus Los Angeles geschrieben. Offenbar hatten Sie von Baileys Verhaftung erfahren und beschlossen, dass Sie sich mit Shana unterhalten sollten. Warum eigentlich die Umstände? Können Sie nicht einfach den Hörer in die Hand nehmen und Ihre Geliebte anrufen?«

»Bitte sprechen Sie nicht so laut!«

Er sah zum Gebäude zurück. Ich folgte seinem Blick und erkannte seine Frau hinter dem Bürofenster. Sie beobachtete uns. Als sie merkte, dass wir sie entdeckt hatten, verschwand sie. Dr. Dunne öffnete die Tür meines Käfers auf der Fahrerseite, als ob er mich hineinbugsieren wollte. Er wirkte nervös und blickte immer wieder zum Hotelgebäude zurück. Ich stellte mir Mrs. Dunne vor, wie sie durch die Büsche robbte mit einem Messer zwischen den Zähnen.

»Meine Frau ist Paranoikerin ... und gewalttätig.«

»Das kann ich bestätigen. Und?«

»Sie führt die Bücher. Wenn sie herausfinden würde, dass ich Shana angerufen habe, würde sie ... Ich weiß auch nicht, was dann passieren würde.«

»Ich wette, das können Sie sich sehr gut vorstellen. Vielleicht ist sie auf Jean eifersüchtig gewesen und hat ihr den Gürtel um den Hals gelegt?«

Dr. Dunnes rosafarbenes Gesicht wurde um eine Nuance dunkler, als wäre plötzlich eine Glühlampe in seinem Kopf angegangen. In seinen Halsfalten glitzerten Schweißperlen. »So was würde sie niemals tun«, sagte er, nahm ein Taschentuch aus der Hosentasche und wischte sich damit über die Stirn.

»Was würde sie denn tun?«

»Sie hat nichts damit zu schaffen.«

»Dann sagen Sie mir, was los ist. Wo ist Shana?«

»Sie sollte mich Mittwochnacht hier treffen. Ich bin später gekommen als vorgesehen. Sie ist entweder gar nicht da gewesen oder schon vorzeitig wieder gegangen. Ich habe sie seitdem nicht mehr gesprochen. Ich weiß also auch nicht, wo sie gewesen ist.«

»Sie wollten sie hier ... auf dem Grundstück treffen?« Meine Stimme überschlug sich fast. Ich glaubte ihm kein Wort.

»Elva nimmt jeden Abend eine Schlaftablette. Sie wacht nie auf.«

»Denken Sie«, entgegnete ich scharf. »Ich schließe daraus, dass Ihre Affäre noch andauert.«

Er zögerte. »Es ist keine Affäre in dem Sinn. Sexuell haben wir schon Jahre nichts mehr miteinander. Shana ist eine liebe Frau. Ich bin gern mit ihr zusammen. Ich habe ein Recht auf Freundschaft.«

»O natürlich. Ich pflege alle meine Freundschaften mitten in der Nacht.«

»Bitte! Ich flehe Sie an! Setzen Sie sich in Ihren Wagen und fahren Sie fort. Elva wird jedes Wort wissen wollen, das wir gesprochen haben.«

»Dann erzählen Sie ihr, dass wir uns über Ori Fowlers Tod unterhalten haben.«

Er starrte mich an. »Das ist nicht Ihr Ernst.«

»O doch. Ori Fowler hat heute Morgen vermutlich eine Penizillinspritze bekommen. Das Zeug hat sie geradewegs in den Himmel befördert.«

Einen Moment lang sagte er kein Wort. Der Ausdruck in seinem Gesicht war überzeugender, als wenn er geleugnet hätte. »Wie ist es dazu gekommen?«

Ich erzählte ihm kurz von den Ereignissen des Vormittags. »Hat Elva Zugang zu Penizillin?«

Er wandte sich abrupt ab und ging in Richtung Hotel zurück.

Aber so leicht sollte er mir nicht davonkommen. »Sie sind Jean Timberlakes Vater, stimmt's?«

»Es ist vorbei. Sie ist tot. Sie könnten es sowieso nie beweisen. Warum also darüber reden?«

»Hat sie gewusst, wer Sie sind, als sie wegen einer Abtreibung zu Ihnen kam?«

Er schüttelte den Kopf und ging weiter.

Ich lief hinterher. »Sie haben ihr nicht die Wahrheit gesagt? Sie haben nicht mal Ihre Hilfe angeboten?«

»Ich möchte nicht darüber sprechen«, fuhr er mich scharf an.

»Aber ich wette, Sie wissen, mit wem Jean sich damals eingelassen hatte.«

»Warum hätte ich eine viel versprechende Karriere ruinieren sollen?«, konterte er.

»Die Karriere eines Kerls soll wichtiger gewesen sein als ihr Leben?«

Er hatte die Eingangstür erreicht und ging hinein. Ich überlegte, ob ich ihm folgen sollte. Aber das würde jetzt nichts bringen. Zuerst brauchte ich weitere Informationen. Ich machte kehrt und lief zu meinem Wagen. Als ich über die Schulter zurücksah, stand Mrs. Dunne schon wieder am Fenster. Mit undurchdringlicher Miene. Ich wusste nicht, ob meine Stimme bis zu ihr ins Haus gedrungen war, und es interessierte mich auch nicht. Sollten die beiden das untereinander ausmachen. Joe Dunne konnte selbst auf sich aufpassen. Ich machte mir vielmehr Sorgen um Shana. Wenn sie Mittwochnacht nicht hier gewesen war, woher kamen dann ihre Autoschlüssel? Und falls sie doch zu dem Rendezvous erschienen war, wo war sie jetzt?

Ich fuhr zum Motel zurück. Bert hielt die Stellung in der Rezeption. Mrs. Emma und Mrs. Maude hatten im Wohnzimmer das Regiment übernommen. Dort standen sie Seite an Seite, korpulente Frauen in den Siebzigern, die eine im purpurroten, die andere im malvenfarbenen Jerseykostüm. Ann habe sich hingelegt, sagten sie. Die beiden waren so frei gewesen, Oris Krankenhausbett in Royces Zimmer schaffen zu lassen. Im Wohnraum war nun offenbar die alte Ordnung wieder hergestellt worden. Er wirkte unnatürlich groß, nachdem das alles dominierende Krankenhausbett mit seinen seitlichen Gitterklappen und zahlreichen Hebeln verschwunden war. Verschwunden war auch der Nachttisch. Das Medikamententablett hatte die Polizei bereits mitgenommen. Nichts hätte Oris Allgegenwärtigkeit wirkungsvoller ausradieren können als diese Veränderungen.

Maxine kam herein. Die Tatsache, dass sie sich hier aufhielt, ohne sauber machen zu müssen, schien sie zu verwirren. »Ich koche Tee«, murmelte sie, als sie mich sah.

Wir sprachen alle im Flüsterton. Ich ertappte mich dabei, dass ich auch schon in den Umgangston verfiel, der hier üblich war: zuckersüß, betulich, patent und mütterlich. Und ich merkte, dass solche Verhaltensweisen in Situationen wie dieser nützlich sein konnte. Mrs. Maude bestand darauf, mir etwas zu essen zu bringen, aber ich lehnte ab.

»Ich muss noch was erledigen. Vielleicht komme ich erst spät zurück.«

»Das macht doch nichts«, sagte Mrs. Emma und tätschelte mir die Hand. »Wir passen hier schon auf. Keine Sorge. Und wenn Sie später was essen wollen, bringen wir Ihnen ein Tablett aufs Zimmer.«

»Danke.« Wir lächelten uns mit erprobter Leidensmiene zu, was bei den beiden älteren Damen sicher aufrichtiger war als bei mir, aber ich muss gestehen, dass Oris Tod auch mir im Magen lag. Warum hatte man sie ermordet? Was konnte sie gewusst haben? Ich sah nirgends einen Zusammenhang zwischen ihrem Tod und dem Mord an Jean Timberlake.

Bert tauchte im Türrahmen auf und warf mir einen bedeutungsvollen Blick zu. »Anruf für Sie!«, verkündete er. »Dieser Anwalt.«

»Clemson? Gut. Ich gehe an den Apparat in der Küche. Können Sie das Gespräch dorthin durchstellen?«

»Klar.«

Ich hob den Hörer ab. »Hallo, ich bin's«, meldete ich mich. »Bleiben Sie dran.« Ich machte eine Pause und sagte dann: »Danke, Bert. Alles klar.« In der Leitung klickte es. »Schießen Sie los.«

»Was sollte denn das?«, fragte Clemson.

»Nicht der Rede wert. Was gibt's?«

»Es tut sich was. Gerade hat mich June Haws, die Pfarrersfrau, angerufen. Sie hat offenbar Bailey die ganze Zeit über versteckt.«

»Er ist bei ihr?«

»Das ist ja gerade das Problem. Er war bei ihr. Die Polizei startet eine groß angelegte Haussuchungskampagne. Ich nehme an, dass ein Beamter auch bei ihr geklingelt hat, und bevor sie sich versah, war Bailey getürmt. Sie weiß nicht, wohin er geflohen ist. Haben Sie was von ihm gehört?«

»Kein Wort.«

»Bleiben Sie im Hotel. Wenn er Kontakt mit Ihnen aufnimmt, überreden Sie ihn, sich zu stellen. Seitdem bekannt ist, dass seine Mutter tot ist, spielt diese Stadt verrückt. Ich mache mir Sorgen um sein Leben.«

»Ich auch. Aber was soll ich Ihrer Meinung nach tun?«

»Bleiben Sie in der Nähe des Telefons. Die Situation ist kritisch.«

»Jack, das ist unmöglich. Shana Timberlake ist verschwunden. Ich habe ihre Wagenschlüssel im Kurhotel gesehen, und ich fahre nach Einbruch der Dunkelheit rauf, um sie zu suchen.«

»Zum Teufel mit Shana. Das ist jetzt wichtiger.«

»Warum kommen Sie dann nicht her? Wenn Bailey anruft, können Sie gleich mit ihm reden.«

»Bailey traut mir nicht.«

»Und weshalb nicht, Jack?«

»Das wüsste ich auch gern. Wenn er meine Stimme am Telefon hört, legt er sofort wieder auf, weil er vermutet, dass die Leitung angezapft wird. June behauptet, abgesehen von ihr traut er nur Ihnen.«

»Hören Sie. Vielleicht dauert es ja nicht lange. Ich komme so schnell wie möglich wieder und setze mich mit Ihnen in Verbindung. Falls ich von Bailey höre, überrede ich ihn, sich zu stellen. Ich versprech's.«

»Er *muss* sich stellen.«

»Jack, das weiß ich selbst!« Ich war wütend, als ich den Hörer auflegte. Warum bedrängte mich der Mann plötzlich? Ich war mir schließlich bewusst, in welcher Gefahr Bailey Fowler schwebte.

Ich machte kehrt, um die Küche zu verlassen. Im Korridor stand Bert. Er kam auf mich zu, als habe er keinen Moment gelauscht. »Miss Ann möchte ein Glas Wasser«, murmelte er.

Elender Schnüffler, dachte ich.

Oben in meinem Zimmer zog ich meine Joggingschuhe an. Ich verstaute meine Taschenlampe, die Dietriche und meinen Zimmerschlüssel in meinen Jeans. Ob ich die Dietriche brauchen würde, wusste ich zwar noch nicht, aber ich wollte auf alles vorbereitet sein. Unschlüssig wog ich einen Augenblick meine Davis in der Hand. Als ich die Pistole gekauft hatte, hatte ich auch ein maßgefertigtes Schulterhalfter erworben, das sich unauffällig an meine linke Seite direkt unterhalb der Brust anschmiegte. Ich zog mein T-Shirt aus, legte das Halfter um, rückte es zurecht und schlüpfte in einen Rollkragenpullover. Dann begutachtete ich mich im Spiegel. Ich war zufrieden.

Zuerst schaute ich noch einmal bei Shanas Haus vorbei, um mich zu vergewissern, dass sie in der Zwischenzeit nicht zurückgekommen war. Aber alles sah unverändert aus, keinerlei Anzeichen deuteten darauf hin, dass sie inzwischen hier gewesen wäre. Ich ging weiter, eine Seitenstraße entlang, die über den Hang hinüberführte und auf der anderen Seite die Floral Beach Road schnitt. Vermutlich hatte der Trauerzug für Tap Granger dieselbe Route genommen, und ich war darauf bedacht, diesen Teil der Strecke möglichst hinter mich zu bringen, bevor die Trauergesellschaft zurückkam. Im leichten Dauerlauf machte ich mich auf in Richtung Norden, zum Highway 101. Es roch nach Eukalyptus, heißer Sonne und Salbei. Rechts neben der Straße lief ein steiniger, schmaler Graben entlang, dann kam ein niedriger Drahtzaun, und dahinter begann der grasüberwachsene und mit Steinquadern übersäte Hang. Eichen boten gelegentlich Schatten, und die Stille wurde nur durch den Gesang der Vögel unterbrochen.

Dann hörte ich das Dröhnen eines Motors. Kurz darauf tauchte ein Ford-Lieferwagen vor mir auf. Als der Fahrer mich entdeckte, verlangsamte er die Fahrt. Es war Pearl, und auf dem Beifahrersitz erkannte ich seinen Sohn Rick. Pearls nackter fleischiger Unterarm lag in der Fensteröffnung. Er trug ein kurzärmeliges, blaues Oberhemd und eine Krawatte, die er so weit gelockert hatte, dass er den obersten Kragenknopf öffnen konnte.

»Hallo, Pearl. Wie geht's?« Ich nickte Rick zu.

»Sie haben die Beerdigung verpasst«, bemerkte Pearl.

»So gut habe ich Tap auch wieder nicht gekannt. Ich finde, das Begräbnis sollte seinen Freunden vorbehalten bleiben. Kommen Sie schon zurück?«

»Die anderen sind vermutlich noch auf dem Friedhof. Rick und ich sind früher gegangen, um den Billardsalon rechtzeitig zum Leichenschmaus öffnen zu können. Joleen meint, dass er's so gewollt hätte. Wo wollen Sie denn hin? Trainieren Sie?«

»Richtig«, erwiderte ich. Den Leichenschmaus im Billardsalon konnte ich mir lebhaft vorstellen: Chips und ein kleines Fass Bier. Rick flüsterte seinem Vater etwas zu.

»Ach so, ja. Rick möchte wissen, ob Sie Cherie gesehen haben.«

»Cherie? Glaube nicht.« Ich nahm an, dass Cherie bereits im Bus nach Los Angeles saß, aber das sagte ich nicht.

»Eigentlich sollte sie mit uns kommen, aber dann ist sie kurz zum Einkaufen weg und nicht wieder aufgetaucht. Wir mussten ohne sie los. Wenn Sie sie sehen, sagen Sie ihr, dass wir in der Kneipe sind.« Er warf einen Blick in den Rückspiegel. »Ich fahre jetzt lieber weiter, bevor mir noch einer von hinten reinbrummt. Kommen Sie nach dem Joggen doch auch auf ein Bier vorbei.«

»Gern. Danke.«

Pearl fuhr an, und ich trabte weiter. Sobald der Lieferwagen außer Sichtweite war, überquerte ich den Graben und sprang über den Drahtzaun. Ich kletterte steil den Hang hinauf und auf den Saum des Wäldchens zu. Zwei Minuten später hatte ich die Kammhöhe erreicht. Unter mir auf der anderen Seite lag, durch das Eukalyptuswäldchen halb verdeckt, das Thermalhotel.

Die Tennisplätze waren verlassen. Der Swimmingpool war von hier aus nicht zu sehen, aber dafür hatte ich einen freien Blick auf das Arbeitsteam: drei Männer und eine Baumsäge. Im Schatten einiger Felsen fand ich ein natürliches Versteck und richtete mich aufs Warten ein. Allein, ohne Lektüre und klingelnde Telefone, übermannte mich die Müdigkeit, und ich schlief ein.

Gegen vier Uhr ging die Sonne unter. Klimatisch gesehen hatten wir Winter, was in Kalifornien bedeutet, dass die Sonne nicht vierzehn, sondern nur zehn Stunden scheint. In den vergangenen Jahren hatte es im Februar meistens geregnet, aber das schien sich in letzter Zeit zu ändern. Unter mir am Hang war es ruhig geworden. Das Waldarbeiterteam hatte offenbar Feierabend gemacht. Ich kroch aus meinem Versteck. Ich überzeugte mich, dass ich auch wirklich allein war, und pinkelte im Schutz einiger Büsche, sorgfältig darauf achtend, dass meine Joggingschuhe nicht nass wurden. Das einzige, was mich daran stört, eine Frau zu sein, ist, nicht im Stehen pinkeln zu können.

Dann suchte ich mir eine Stelle, von der aus ich das Hotel beobachten konnte. Plötzlich bog ein Polizeiwagen auf den Parkplatz ein: Quintana und sein Kollege auf dem Kriegspfad. Oder hatte Elva doch Anzeige erstattet? Das wäre ein dicker Hund, dachte ich. Eine Viertelstunde später tauchten die Bullen wieder auf und fuhren davon. Als sich die Dämmerung über die Baumwipfel senkte, gingen einige Lichter an. Gegen sieben Uhr schließlich begann ich meinen Abstieg in Richtung der Brandschutzschneise. Auf diesem Weg konnte ich mich dem Hotel von der Rückseite nähern. Die Taschenlampe benutzte ich nur selten. Vorsichtig bahnte ich mir einen Weg durch Buschwerk und Unterholz. Zweige knackten unter meinen Schritten. Eigentlich hatte ich gehofft, dass die Waldarbeiter mir einen bequemen Pfad freigeschnitten hätten, doch die Jungs hatten offenbar an einer anderen Stelle gewirkt. Endlich erreichte ich die Schneise, einen Trampelpfad aus nackter Erde, der gerade breit genug war für ein Fahrzeug. Ich hielt mich links und bemühte mich, die Orientierung nicht zu verlieren. Die Rückseite des Hotels lag im Dunkeln, sodass es schwierig war, meinen Standort exakt zu bestimmen. Ich riskierte es, die Taschenlampe anzuknipsen. Der schmale Lichtkegel erfasste ein Objekt, das mir den Weg zu versperren schien. Mir stockte der Atem. Direkt vor mir, fast vollständig von überhängenden Zweigen verdeckt, stand Shanas verbeulter Plymouth.

24

Ich ging um den Wagen herum, der hier seltsam bedrohlich wirkte, wie das Skelett eines unbekannten Tieres. Aus allen vier Reifen war die Luft herausgelassen. Shana hatte offenbar nirgendwo mehr hinfahren sollen. Ich wäre jede Wette eingegangen, dass sie tot war, dass sie zu ihrer Verabredung mit Dr. Dunne erschienen war und danach das Grundstück nicht mehr verlassen hatte. Ich hob den Kopf. Unter den Bäumen war es kühl. Es roch nach fauligen Blättern, feuchtem Moos und Schwefel. Die Dunkelheit war undurchdringlich, die Geräusche der Nacht auf unheimliche Weise verstummt, so als wäre meine Gegenwart allein bedrohlich genug für die Zikaden und Frösche, um das Zirpen und Quaken einzustellen. Ich wollte sie nicht finden. Ich wollte nicht suchen. Jede Faser in mir sagte mir mit schmerzlicher Sicherheit, dass hier irgendwo ihre Leiche liegen musste.

Ich fühlte, wie sich mein Magen zusammenzog, als ich den Schein meiner Taschenlampe über die Vordersitze des Plymouth gleiten ließ. Nichts. Ich wiederholte die Prozedur auf der Rückbank. Wieder nichts. Ich starrte auf den Kofferraumdeckel. Mit meinem Dietrich würde ich an diesem Schloss nichts ausrichten können. Vermutlich blieb mir nichts anderes übrig, als in das Hotelbüro einzubrechen, Shanas Schlüssel aus dem Karton für »Fundsachen« zu entwenden und damit hierher zurückzukommen. Ich drückte auf den Knopf, und der Deckel klappte auf. Der Kofferraum war leer. Erleichtert atmete ich aus, ich hatte automatisch die Luft angehalten. Ich ließ den Kofferraum offen, um nicht unnötig Krach zu machen. Das »Sanctuary« musste irgendwo in der Nähe sein.

Ich versuchte mich an den Lageplan zu erinnern. Auf der Suche nach einem Weg ließ ich den Lichtkegel der Taschenlampe über die Büsche gleiten. Blattwerk, das bei Tag in frischem Grün leuchtete, wirkte jetzt in der Nacht matt und gelblich wie Pergamentpapier. Bei einer Lücke zwischen den Büschen führten einfache Stufen aus Eisenbahnschwellen und gestampfter Erde abwärts.

Ich stieg die Treppe hinunter. Ein Holzpfeil mit der Aufschrift ›Adlerhorst‹ zeigte nach links. Ich kam an »Hafen« und »Tipp Top« vorbei. »Sanctuary« war die vierte Heilquelle von oben. Plötzlich fiel mir wieder ein, dass »Sanctuary« am Ende eines gewundenen Weges lag, von dem zwei kleinere Pfade abzweigten. Die Blätter unter meinen Füßen waren feucht und weich und schluckten jedes Geräusch meiner Schritte. Die Abdrücke meiner Schuhe füllten sich mit Wasser. Als ich das »Sanctuary« erreicht hatte, leuchtete ich mit der Taschenlampe über den Boden und entdeckte drei Zigarettenkippen zwischen dem Laub. Ich bückte mich. Camel ohne Filter. Shanas Marke.

Die Stille wurde nur gestört durch das gelegentliche Aufheulen einer Sirene auf dem Highway. Hin und wieder raschelte der Wind in den Zweigen. Der starke Schwefelgestank machte es unmöglich, andere Gerüche wahrzunehmen. Man sagt mir nach, dass ich eine Leiche mit der Nase finden könne, aber an einem solchen Ort musste auch ich passen.

Über dem Badebecken lag eine zweilagige Isolierplane mit einem Plastikgriff am Rand. Nach kurzem Zögern hob ich die Plane hoch. Eine Schwefelwolke wehte mir ins Gesicht. Das Wasser in dem Holzbassin war pechschwarz, die Oberfläche spiegelglatt, Dampfschwaden hingen darüber. Ich spürte, wie sich mir der Mund zusammenzog. Um keinen Preis der Welt hätte ich meine Hand da hineingesteckt. Ich spürte schon förmlich an meinen Fingerspitzen Shanas weiches, wallendes Haar in der schwarzen Brühe. Dann fiel mir ein, dass sie, falls sie getötet und dann hier ins Wasser geworfen worden war, mittlerweile durch die Gasbildung längst an der Oberfläche treiben müsste. Ich merkte, wie mir schwindlig wurde. Manchmal sind meine eigenen Gedanken meine größten Feinde.

Auf Kniehöhe entdeckte ich eine Holztür, hinter der sich vermutlich Heizaggregat und Pumpe befanden. Ich öffnete sie. Der Mörder hatte die Leiche mit den Füßen zuerst hineingestopft. Shanas Oberkörper klappte automatisch rückwärts aus der Öffnung, sodass ihr Kopf auf meinen Fuß fiel. Blicklose Augen starrten mich an. Ich stöhnte entsetzt auf.

»Bleiben Sie, wo Sie sind!«

Ich fuhr hoch und wirbelte herum, mein Herz raste, und ich presste die Hand dagegen.

Da stand Elva Dunne mit einer Taschenlampe in der linken Hand.

»O Gott, Elva! Haben Sie mich erschreckt!«, fuhr ich sie an.

Elva warf einen flüchtigen Blick auf Shana, ohne auch nur annähernd so entsetzt zu wirken, wie ich es gerade gewesen war. Viel zu spät entdeckte ich die kleine halbautomatische Pistole vom Kaliber 5,6 Millimeter, die sie in Gürtelhöhe auf mich gerichtet hielt. Waffenfreaks mögen vom Kaliber 5,6 Millimeter nichts halten, da sie offenbar der Meinung sind, eine Waffe tauge erst dann etwas, wenn man damit ein schönes großes Loch durch eine Holzscheibe schießen kann. Elva hatte solche Skrupel wohl leider nicht. Sie sah aus, als sei sie entschlossen, mir direkt über dem Nabel ein hübsches kleines Loch zu verpassen. Mit einer Kugel vom Kaliber 5,6 Millimeter in den Eingeweiden fühlt man sich kaum sonderlich wohl. Sie prallt wie ein kleines Spielzeugauto von jedem Knochen ab und zerfetzt jedes Organ, das ihr im Weg ist.

»Ein Mann hat mich angerufen und behauptet, Bailey Fowler sei hier oben«, sagte Elva. »Also keine Bewegung, sonst schieße ich.«

Ich hob die Hände hoch, wie es die Leute im Film immer tun, um sie zu beruhigen. »Hier ist kein Bailey. Ich bin's nur.« Ich deutete auf Shanas Leiche. »Hoffentlich denken Sie jetzt nicht, dass ich das war.«

»Reden Sie keinen Quatsch. Natürlich waren Sie das. Weshalb wären Sie denn sonst hier?«

Mittlerweile konnte ich die Polizeisirene auf der kurvenreichen Straße unten näher kommen hören. Irgendjemand musste auch mit den Bullen telefoniert haben. Man brauchte nur Baileys Namen zu nennen, und die Polizei funktionierte wie auf Knopfdruck. »Hören Sie, nehmen Sie das Ding da weg. Glauben Sie mir doch! Ich habe Shanas Autoschlüssel heute Nachmittag in der Schachtel für Fundsachen bei Ihnen entdeckt. Daraus habe ich geschlossen, dass sie noch irgendwo hier sein müsste, und wollte nachsehen.«

»Wo ist die Tatwaffe? Was haben Sie ihr getan? Sie mit einem Baseballschläger erschlagen?«

»Elva, sie ist seit Tagen tot. Vermutlich hat man sie Mittwochnacht umgebracht. Wenn ich sie gerade getötet hätte, würde sie noch bluten ...« Ich hasse es, wenn die Leute nicht mal das Fundamentalste begreifen.

Elva blickte unruhig umher und trat nervös von einem Bein aufs andere. Dr. Dunne hatte sie als Paranoikerin bezeichnet. Die Frage war nur, was das bedeutete. Eigentlich hatte ich angenommen, dass solche Leute heutzutage mit Thorazin ruhig gestellt würden. Und die Frau war groß, der breitschultrige nordische Typ. Außerdem hatte ich bereits erlebt, wie unberechenbar sie reagierte. Wenn sie mich schon mit einem Tennisschläger beinahe erschlagen hatte, was würde sie erst mit einer Schusswaffe anrichten? Von unten näherten sich im Zickzack zwei Polizisten mit Taschenlampen. Es sah nicht gut aus für mich.

Ich sah bedeutungsvoll an Elvas Hosenbeinen hinab. »Oje! Erschrecken Sie nicht! Aber da krabbelt eine ziemlich große Spinne an Ihrem Bein.«

Elva konnte nicht anders, sie musste nachsehen.

Ich holte aus und trat ihr die Waffe aus der Hand; sie verschwand in hohem Bogen mit einem doppelten Salto in der Dunkelheit. Dann rannte ich geduckt auf Elva zu und rammte ihr meinen Kopf in den Magen. Sie schrie auf, stolperte rückwärts und stürzte den Hang hinunter.

Einer der Polizisten war offenbar bereits auf halber Höhe. Ich lief, was ich konnte. Ohne zu wissen wohin, wollte ich nur möglichst schnell weg. Zwischen den Bäumen hindurch kletterte ich in Richtung Brandschutzschneise, weil ich glaubte, dort eine Weile ungehindert weiterlaufen zu können. Die Schneise war von Unterholz überwuchert und wurde von Shanas Plymouth blockiert. Selbst wenn die Polizei es schaffen sollte, mit einem Streifenwagen so weit vorzudringen, würden sie an dieser Stelle nicht weiterkommen. Ich konnte nicht feststellen, ob mir jemand folgte; dazu machte ich selbst viel zu viel Krach. Aber sicher war es klüger anzunehmen, dass sie mir dicht auf den Fersen waren. Ich rannte schneller und stolperte über einen Baumstamm, der quer über dem Weg lag.

Schließlich führte die Schneise steil bergan und endete ohne Vorwarnung an einem Gatter in einem Drahtzaun, der am Hang entlanglief. Ich stützte die Hände auf den Gatterpfosten, versuchte mit einer Flanke darüberzuspringen, blieb mit dem Fuß an der Drahtkante hängen und landete unsanft auf der anderen Seite. Ich unterdrückte ein Stöhnen und sprang sofort wieder auf die Beine. Beim Fallen hatte ich mir die Davis in die Rippen gerammt. Und das tat verdammt weh.

Weiter, immer bergan. Die Steigung flachte ab und endete in einer wild wuchernden Wiese mit Buscheichen. Wir hatten zwar nicht Vollmond, aber der Mond schien hell genug, um das Gelände zu beleuchten. Ich musste noch gut vierhundert Meter von der Straße entfernt sein in einem für Fahrzeuge unzugänglichen Areal. Was ich dringend brauchte, war eine Verschnaufpause. Ich warf einen Blick zurück. Hinter mir war niemand zu sehen. Ich wurde langsamer und trabte im Joggingtempo weiter und suchte das Gras nach einer günstigen Kuhle ab.

Völlig außer Atem ließ ich mich fallen und wischte mir mit dem Ärmel des Rollkragenpullovers den Schweiß von der Stirn. Irgendein geflügeltes Wesen segelte auf mich zu und entfernte sich flügelschlagend wieder. Vielleicht hatte es mich irrtümlich für etwas Essbares gehalten. Ich hasse Natur. Wirklich. Natur, das sind Äste und Wurzeln, über die man fallen kann, Löcher, in die man ahnungslos hineinstolpert, das ist Schmutz, das sind beißende, stechende Tiere und zahllose andere Gemeinheiten. Ich stehe mit dieser Einstellung übrigens nicht allein. Seit Jahrtausenden baut der Mensch Städte, um der Natur zu entkommen. Mittlerweile sind wir auf dem Weg zum Mond und anderen Planeten, wo man noch einen Stein hochheben kann, ohne gleich von irgendeinem Tier erschreckt zu werden. Je schneller wir dorthin kommen, desto besser, finde ich.

Es war Zeit, mich wieder auf den Weg zu machen. Ich stand auf, fiel in mein normales Joggingtempo und wünschte, ich hätte einen genauen Plan gehabt. Ins Motel konnte ich nicht zurück – in spätestens zehn Minuten würde die Polizei dort auftauchen –, aber was sollte ich ohne Autoschlüssel und Geld anfangen? Vielleicht wäre es vernünftiger gewesen, mit Elva zusammen auf die Polizei zu warten und mich auf mein Glück im Umgang mit den Männern des Gesetzes zu verlassen. Jetzt war *ich* auf der Flucht, und das passte mir gar nicht.

Ich sah die tote Shana wieder vor mir. Vermutlich war sie erschlagen und dann in die Pumpkammer des Pools geschoben worden; vielleicht hatte der Mörder vorgehabt, die Leiche später verschwinden zu lassen, überlegte ich. Vielleicht war das der Grund gewesen, weshalb sich Elva im Dunkeln dort oben rumgetrieben hatte. Ich wusste nicht, ob ich Elva die Sache mit dem Anruf glauben sollte. Hatte sie Shana Timberlake umgebracht? Und vielleicht auch ihre Tochter siebzehn Jahre zuvor? Aber weshalb der große Zeitabstand? Und warum Ori Fowler? Wenn Elva die Mörderin sein sollte, ergab Oris Tod überhaupt keinen Sinn. Oder wollte der Anrufer mich in eine Falle locken? Die einzigen, die wussten, wo ich war, waren meines Erachtens Jack Clemson und Bert.

Ich blieb stehen. Das Gelände vor mir führte wieder steil bergab. Ich spähte angestrengt in die Dunkelheit. Am Fuß des Abhangs erkannte ich das graue Asphaltband einer Straße. Ich hatte zwar keine Ahnung, wohin diese Straße führte, doch wenn die Polizisten schlau waren, hatten sie Verstärkung angefordert, und die Streifenwagen mussten jeden Augenblick hier vorbeikommen, um mir den Weg abzuschneiden. Ich kletterte so schnell wie möglich den steinigen Hang hinunter, halb laufend, halb auf dem Hinterteil rutschend und kleine Lawinen aus Erde und Steinen lostretend. Gerade als ich die letzten Meter über das lockere Erdreich hinunterschlidderte, hörte ich das Heulen von Polizeisirenen näher kommen. Mein Atem ging keuchend vor Anstrengung, doch ich gönnte mir keine Pause. Ich rannte geduckt über die Straße und hatte die gegenüberliegende Seite gerade erreicht, als der erste schwarz-weiße Streifenwagen an der gut sechshundert Meter entfernten Kurve auftauchte.

Ich sprang mit einem Satz ins Gebüsch, warf mich zu Boden und kroch auf dem Bauch weiter durchs hohe Gras. Sobald ich den schützenden Baumgürtel erreicht hatte, blieb ich liegen. Jetzt galt es erst, die Orientierung wieder zu gewinnen. Gegen die aufziehende Nebelbank erkannte ich den reflektierenden Schein der Straßenbeleuchtung auf der Ocean Street. Floral Beach war nicht weit. Mein Pech war nur, dass zwischen mir und der Stadt das bewachte Gelände der Ölraffinerie lag. Ich schätzte den gut zwei Meter hohen Maschendrahtzaun ab. Die Oberkante war noch zusätzlich mit Stacheldraht gesichert. Da gab es kein Durchkommen. Hinter dem Zaun ragten die monströsen pastellfarbenen Öltanks wie überdimensionale Geburtstagskuchen in den Nachthimmel.

Ich war noch so nahe an der Straße, dass ich die quäkenden Geräusche aus den Funkgeräten der Streifenwagen hören konnte, die mittlerweile auf der Bankette parkten. Lichtkegel glitten über den Abhang. Ich hoffte inständig, dass die Bullen keine Hunde mitgebracht hatten. Das hätte mir gerade noch gefehlt. Ich kroch bis zum Zaun und setzte meinen Weg dicht am Zaun entlang fort. Er diente mir im Dunkeln nicht nur als Orientierungshilfe, sondern auch als Halt. Immer mehr Warnschilder tauchten auf. Auf dem Gelände galten strenge Sicherheitsvorschriften, und ich hatte nicht einmal einen Schutzhelm. Ich war völlig außer Atem und schweißgebadet, meine Hände waren zerschunden, und meine Nase lief. Der Geruch des Meeres wurde stärker. Das war mein Trost.

Plötzlich machte der Zaun eine scharfe Biegung nach links, und vor mir öffnete sich ein Trampelpfad, von Abfall übersät. Vielleicht ein Pfad, der von Liebespaaren benutzt wurde. Ich wagte nicht, meine Taschenlampe anzuknipsen. Zwar befand ich mich noch immer oberhalb von Floral Beach, aber ich näherte mich der Stadt. Nach weniger als vierhundert Metern mündete der Trampelpfad in die Kehre einer Sackgasse. Und dann wusste ich zum Glück, wo ich war: direkt über dem Steilhang hinter dem alten Wohngebäude der Timberlakes. Ich brauchte nur die wacklige Holztreppe bis zur Haustür von Jeans alter Wohnung hinunterzusteigen und mich zu verstecken. Rechts lag das große Haus aus Holz und Glas, wo ich vorhin geklingelt hatte. Drinnen brannte Licht.

Ich ging an der hüfthohen Hecke des Grundstücks entlang. Hinter dem Küchenfenster stand der Bewohner und schien mich geradewegs anzusehen. Ich ließ mich automatisch fallen. Dann wurde mir klar, dass der Mann an der Spüle stehen musste und in der reflektierenden Scheibe nicht mich, sondern sein Spiegelbild sah. Vorsichtig richtete ich mich wieder auf und schaute genauer hin. Es war Dwight Shales.

Ich überlegte. Konnte ich ihm vertrauen? War ich hier oben bei ihm sicherer als in dem leer stehenden Wohnhaus unten am Hang? Schüchternheit konnte ich mir jetzt nicht leisten. Ich brauchte Hilfe.

Schließlich ging ich zum Vordereingang zurück und klingelte. Während ich wartete, behielt ich die Straße im Auge; schließlich konnte auch hier jederzeit ein Streifenwagen auftauchen. Irgendwann mussten sie ja gemerkt haben, dass ich ihnen durchs Netz geschlüpft war. Und da der Zaun zum Gelände der Ölraffinerie unüberwindbar war, musste ich logischerweise hier oben gelandet sein. Die Außenbeleuchtung flammte auf. Die Haustür wurde geöffnet. Ich drehte mich um und sah ihn an. »Kinsey, mein Gott! Was ist denn mit Ihnen passiert?«

»Hallo, Dwight! Darf ich reinkommen?«

Er hielt die Tür weit auf und trat einen Schritt zurück. »Was ist los? Haben Sie Schwierigkeiten?«

»So könnte man's nennen«, erwiderte ich. Mein Abriss der Ereignisse war ein Kurztext von gut fünfundzwanzig Worten oder weniger, die ich loswurde, während ich ihm durch die Diele aus viel rohem Holz und moderner Kunst folgte. Wir stiegen eine Stufe ins Wohnzimmer hinunter, das direkt vor uns lag: Glasscheiben über zwei Stockwerke und eine großartige Aussicht. Das Dach von Jean Timberlakes ehemaliger Wohnung war zwar nicht zu sehen, aber dafür hatte man die Lichter von Floral Beach fast bis zum großen Hotel am Hang vor sich.

»Ich hole Ihnen erst mal was zu trinken«, sagte Dwight.

»Danke. Kann ich mich irgendwo frisch machen?«

Er deutete nach links. »Am Ende des Ganges.«

Ich fand das Badezimmer, drehte den Wasserhahn an und

wusch Hände und Gesicht. Dann sah ich mich im Spiegel an. Ich hatte eine auffällige Schramme an der Backe, und mein Haar war stumpf vor Staub und Schmutz. Im Apothekerkasten fand ich einen Kamm und fuhr mir durch die zerzauste Mähne. Dann ging ich pinkeln, wusch noch einmal Hände und Gesicht und kehrte ins Wohnzimmer zurück, wo Dwight mir einen Brandy im Kognakschwenker reichte.

Ich leerte das Glas mit einem Schluck. Er schenkte nach.

»Danke«, murmelte ich. Ich fühlte, wie der Alkohol mir heiß hinunterrann und musste im ersten Moment nach Luft schnappen.

»Wow! Großartig.«

»Setzen Sie sich. Sie sehen ziemlich geschafft aus.«

»Bin ich auch«, gestand ich und warf einen ängstlichen Blick zur Haustür hinüber. »Kann man uns von der Straße aus sehen?«

Die schmalen Scheiben rechts und links neben der Haustür waren aus Milchglas. Das Wohnzimmer mit seiner riesigen Glasfront machte mir eher Sorgen. Ich fühlte mich wie auf der Bühne. Dwight stand auf und schloss die Vorhänge. Der Raum wirkte plötzlich viel gemütlicher, und ich entspannte mich etwas.

Er setzte sich in den Sessel mir gegenüber. »Also, erzählen Sie noch einmal.«

Ich berichtete ein zweites Mal, was geschehen war, und ging diesmal mehr ins Detail. »Vermutlich hätte ich doch auf die Polizei warten sollen.«

»Wollen Sie die Polizei anrufen? Das Telefon ist hier.«

»Nein, noch nicht«, wehrte ich ab. »Das habe ich Bailey zwar auch geraten, aber mittlerweile weiß ich, wie ihm zu Mute gewesen sein muss. Sie würden mich nur die ganze Nacht lang mit Fragen quälen, auf die ich keine Antworten habe.«

»Was haben Sie vor?«

»Das weiß ich nicht. Zuerst muss ich mal einen klaren Kopf kriegen. Ich bin übrigens schon vor Stunden hier gewesen und habe geklingelt, aber da waren Sie nicht zu Hause. Eigentlich wollte ich nämlich fragen, ob jemand hier oben je gesehen hat, dass Jean die Holztreppe benutzt hat.«

»Die Holztreppe?«

»Ja, die, die von der Wohnung der Timberlakes hier raufführt. Die liegt nämlich direkt dort unten.« Ich deutete unwillkürlich auf den Fußboden, um zu verdeutlichen, dass ich den Fuß des Steilhangs meinte.

»Ja, richtig. Das hatte ich ganz vergessen. Wir leben eben in einer Kleinstadt. Hier sitzt jeder jedem auf der Pelle.«

»Kann man wohl sagen.« Ich fühlte mich plötzlich unbehaglich. Seine Antwort hatte nicht ehrlich geklungen. Vielleicht war es seine betont lässige Art, die so unecht wirkte. Gelassenheit zu spielen, ist schwieriger, als man denken sollte. Hatte es irgendetwas zu bedeuten, dass sie so nahe beieinander gewohnt hatten? »Haben Sie vergessen, dass Jean Timberlake nur einen Steinwurf von Ihnen entfernt gewohnt hat?«

»Sie haben nur ein paar Monate hier gewohnt, vor ihrem Tod«, entgegnete er und stellte seinen Kognakschwenker auf den Couchtisch. »Haben Sie Hunger? Ich mache Ihnen gern was zu essen.«

Ich schüttelte den Kopf und kam auf das Thema zurück, das mich zu interessieren begonnen hatte. »Heute Nachmittag habe ich erst festgestellt, dass man durch die Hintertür der Timberlakeschen Wohnung direkt zu der Treppe gelangen konnte. Vermutlich hat sie diesen Weg gewählt, um sich mit den Jungen zu treffen, mit denen sie geschlafen hat. Haben Sie sie mal hier oben gesehen?«

Er schien sein Gedächtnis anzustrengen. »Nein, ich glaube nicht. Ist das so wichtig?«

»Es könnte wichtig werden. Wer Jean gesehen hat, hat vielleicht auch den Mann gesehen, mit dem sie die entscheidende Affäre hatte.«

»Jetzt, da Sie fragen ... Ich glaube, ich habe gelegentlich nachts Autos hier oben bemerkt. Aber damals ist mir offen gestanden nie der Gedanke gekommen, dass die Fahrer auf Jean gewartet haben.«

Ich mag lausige Lügner. Sie bemühen sich so sehr und sind doch so leicht zu durchschauen. Ich selbst kann prima lügen, aber nur weil ich eine jahrelange Erfahrung darin habe. Und auch ich komme nicht immer damit durch. Dieser Typ beherrschte nicht einmal die Grundregeln. Ich saß schweigend in meinem Stuhl, sah ihn an und ließ ihm Zeit, seine Position neu zu überdenken.

Er runzelte die Stirn. »Was ist übrigens mit Anns Mutter passiert? Mrs. Emma hat ungefähr vor einer Stunde angerufen und mir erzählt, Bailey habe die Medikamente vertauscht. Ich konnte es nicht fassen ...«

»Verzeihen Sie, aber könnten wir zuerst noch von Jean Timberlake sprechen?«

»Selbstverständlich. Ich dachte, das Thema sei erledigt. Und ich habe mir Sorgen gemacht um Ann. Unglaublich, was sie durchmacht. Aber bitte, fahren Sie fort!«

»Haben Sie Jean Timberlake auch gefickt?«

Der Ausdruck war genau richtig; ordinär und deutlich. Er stieß ein kurzes ungläubiges Lachen aus, als habe er sich verhört. »Wie bitte?«

»Kommen Sie! Sagen Sie einfach die Wahrheit. Ich will es wirklich wissen.«

Er lachte erneut und schüttelte den Kopf, als wolle er auf diese Weise Klarheit in seine Gedanken bringen. »Mein Gott, Kinsey, ich bin der Direktor der Highschool.«

»Ich weiß, wer Sie sind, Dwight. Ich frage Sie, was Sie getan haben.«

Er starrte mich an. Es war ihm anzusehen, dass meine Hartnäckigkeit ihn ärgerte. »Das ist doch lächerlich. Das Mädchen war siebzehn.«

Ich schwieg, und allmählich gefror sein Lächeln. Er stand auf und schenkte sich Kognak nach. Dann hielt er die Kognakflasche fragend in meine Richtung. Ich schüttelte den Kopf.

Er setzte sich. »Ich finde, wir sollten über Wichtigeres reden. Ich bin durchaus bereit zu helfen, aber diese Spielchen mache ich nicht mit.« Er klang wieder sehr geschäftsmäßig. Der Herr Direktor rief die Versammlung zur Ordnung. »Ich hätte ja verrückt sein müssen, mich mit einer Schülerin einzulassen«, fuhr er fort. »Mein Gott, allein die Vorstellung!« Theatralisch zog er die Schultern hoch. Es war nicht zu übersehen, wie dringend er mich einwickeln wollte, doch seine Worte waren alles andere als überzeugend.

Ich starrte auf die Tischplatte und rückte meinen Kognakschwenker ein Stück vom Rand weg. »Wenn's um Sex geht, tun wir alle manchmal die erstaunlichsten Dinge.«

Er schwieg.

Ich blickte ihn unverwandt an.

Er schlug die Beine übereinander. Jetzt war er es, der es vermied, mich anzusehen.

»Dwight?«

»Ich habe geglaubt, in sie verliebt zu sein«, sagte er schließlich.

Vorsichtig, dachte ich. Ganz behutsam. Die Situation war kritisch. Er bewegte sich auf dünnem Eis. »Es muss eine harte Zeit für Sie gewesen sein. Damals stellte sich auch heraus, dass Karen MS hatte, stimmt's?«

Er stellte sein Glas wieder ab und sah mich an. »Sie haben ein gutes Gedächtnis.«

Ich schwieg.

Schließlich nahm er den Faden wieder auf. »Die Untersuchungen waren noch nicht abgeschlossen, aber ich glaube, wir haben es geahnt. Es ist erstaunlich, wie einen so was aus der Bahn werfen kann. Zuerst war sie verbittert. Hat sich ganz in sich zurückgezogen. Am Ende ist sie besser damit fertig geworden als ich. Mein Gott, ich konnte es einfach nicht fassen! Und als ich mich umsah, war Jean da. Jung, sexy, hemmungslos.«

Er schwieg einen Moment.

Ich sagte kein Wort und überließ ihm das Reden. Er brauchte kein Stichwort. Er kannte seine Geschichte auswendig.

»Karens erster Krankheitsschub war so heftig, dass ich glaubte, sie würde sowieso nicht mehr lange leben. Ihr Zustand hatte sich praktisch über Nacht drastisch verschlechtert. Herrgott, ich war überzeugt, dass sie das Frühjahr nicht mehr erleben würde. In einer solchen Situation will man alles nur einfach hinter sich bringen. Ich erinnere mich, dass ich damals dachte, ich schaffe es ... Und ich habe mir eingeredet, dass mit unserer Ehe sowieso nicht mehr viel los war. Ich war damals neununddreißig. Ich hatte noch ein ganzes Leben vor mir. Ich dachte daran, wieder zu heiraten. Warum auch nicht? Wir beide waren nicht perfekt. Ich weiß nicht einmal, ob wir so gut zueinander gepasst haben. Ihre Krankheit hat alles verändert. Als sie starb, habe ich sie so geliebt wie nie zuvor.«

»Und Jean?«

»Tja, Jean. Zuerst ...« Er unterbrach sich und schüttelte den Kopf. »Ich war verrückt. Muss verrückt gewesen sein. Wenn unsere Beziehung je bekannt geworden wäre ... Ich wäre ruiniert gewesen. Und Karen auch ...«

»Sind Sie der Vater des Kindes gewesen?«

»Das weiß ich nicht. Vermutlich. Ich wünschte, ich könnte Nein sagen, aber was hätte ich tun sollen? Ich habe erst nach Jeans Tod davon erfahren. Die Konsequenzen wären unvorstellbar gewesen ... Ich meine, wenn ihr Zustand publik geworden wäre.«

»Ja, Unzucht mit Minderjährigen.«

»Hören Sie bloß auf! Selbst jetzt noch wird mir übel, wenn ich den Ausdruck nur höre.«

»Haben Sie sie umgebracht?«

»Nein. Das schwöre ich. Ich war damals zu vielem fähig, aber dazu niemals.«

Ich musterte ihn aufmerksam und spürte, dass er die Wahrheit sagte. Dwight Shales war kein Mörder. Er mochte verzweifelt gewesen sein; mochte im Nachhinein erkannt haben, in welch gefährliche Situation er sich begeben hatte, aber aus ihm sprach nicht die Logik eines Killers. »Wer wusste sonst noch, dass sie schwanger war?«

»Keine Ahnung. Ist das jetzt noch wichtig?«

»Vielleicht. Ich weiß nicht. Sie können nicht mit Sicherheit sagen, dass das Kind von Ihnen war. Vielleicht gab es noch einen anderen.«

»Bailey wusste davon.«

»Ich meinte, abgesehen von ihm. Könnte sonst noch jemand von der Schwangerschaft erfahren haben?«

»Sicher. Und wenn schon? Ich weiß, dass sie ziemlich aufgeregt in die Schule kam und sofort in die Sprechstunde der Schulpsychologin gerannt ist.«

»Ich dachte, die Schulpsychologen befassen sich nur mit schulischen Problemen der Schüler.«

»Es gab Ausnahmen. Manchmal mussten wir uns auch um persönliche Probleme kümmern.«

»Was hätte die Schule unternommen, wenn Jean um Hilfe gebeten hätte?«

»Wir hätten getan, was wir konnten. In San Luis gibt es für solche Fälle Sozialstationen.«

»Mit Ihnen hat Jean nie darüber gesprochen?«

Er schüttelte den Kopf. »Wenn sie es doch getan hätte. Vielleicht wäre dann alles anders gekommen. Wer weiß. Aber Jean war manchmal eigensinnig. Abtreibung war für sie kein Thema. Sie hätte das Kind ausgetragen und es auch alle Welt wissen lassen. Und sie hätte um jeden Preis darauf bestanden, geheiratet zu werden. Ich muss Ihnen gestehen ... und ich weiß, es klingt schrecklich ... aber ich war erleichtert über ihren Tod. Und zwar ungemein erleichtert. Als mir klar wurde, worauf ich mich eingelassen hatte ... was auf dem Spiel stand! Es war wie ein Geschenk Gottes. Danach habe ich einen klaren Schlussstrich gezogen und meine Frau nie wieder betrogen.«

»Ich glaube Ihnen«, sagte ich. Aber irgendetwas beunruhigte mich noch. Ich wusste nur noch nicht, was.

»Es war ein ziemlich unsanftes Erwachen, als dann einiges ans Tageslicht kam nach Jeans Tod«, fuhr Dwight fort. »Ich war so naiv gewesen zu glauben, uns beide hätte etwas ganz Besonderes verbunden. Das stellte sich im Nachhinein als Irrtum heraus.«

Ich blieb hartnäckig am Ball. »Da Jean nicht Sie um Hilfe gebeten hat, könnte sie sich doch an jemand anderen gewandt haben, oder?«

»Sicher, aber viel Zeit ist ihr ja nicht mehr geblieben. Sie hat das Ergebnis des Schwangerschaftstests erst am Nachmittag vor ihrem Tod erfahren.«

»Wie lange dauert ein Telefonanruf?«, hielt ich ihm entgegen. »Sie hatte Stunden zur Verfügung. Sie hätte die Hälfte der männlichen Bevölkerung von Floral Beach und San Luis anrufen können. Angenommen ein anderer war der Vater ihres Kindes. Angenommen Sie waren nur das Feigenblatt für eine andere Beziehung? Es muss andere Männer gegeben haben, die mindestens ebenso viel zu verlieren hatten.«

»Das ist möglich«, murmelte er, doch sein Ton blieb skeptisch.

In diesem Moment klingelte das Telefon. In der Stille des großen Hauses klang das besonders schrill und unangenehm. Dwight lehnte sich zurück und griff nach dem Hörer des Apparats, der auf dem Beistelltisch neben der Couch stand. »Ja? Ah, hallo!«

Seine Miene hellte sich sichtlich auf, und er blickte mich an.

»Nein, nein. Keine Sorge. Bleib dran. Sie ist hier bei mir.« Er hielt mir den Telefonhörer hin. »Es ist Ann.«

»Hallo, Ann. Was gibt's?«

Ihre Stimme klang kalt, und sie war hörbar aufgebracht. »Endlich finde ich Sie! Wo sind Sie gewesen? Ich suche Sie seit Stunden.«

Ich starrte verwirrt auf den Hörer in meiner Hand und versuchte mir vorzustellen, warum sie einen solchen Ton mir gegenüber anschlug. »Ist die Polizei bei Ihnen?«, fragte ich.

»Das kann man wohl sagen.«

»Wollen Sie wieder anrufen, wenn die weg sind?«

»Nein, meine Liebe. Das habe ich nicht vor. Hören Sie mir gut zu. Ich will, dass Sie augenblicklich Ihren Hintern in Bewegung setzen und hierher kommen. Daddy hat das Krankenhaus auf eigenes Risiko verlassen und macht mir hier die Hölle heiß. Wo sind Sie gewesen?«, schrie sie schrill. »Haben Sie eine Ahnung ... haben Sie überhaupt eine Ahnung, was hier los ist? Verdammt noch mal!«

Ich hielt den Hörer vom Ohr weg. Ann begann sich in Rage zu reden. »Ann, hören Sie auf. Beruhigen Sie sich. Die Sache ist kompliziert. Ich kann Ihnen das alles jetzt nicht erklären.«

»Speisen Sie mich bloß nicht mit diesem Unsinn ab. Damit ist Schluss!«

»Abspeisen? Worüber regen Sie sich eigentlich so auf?«

»Das wissen Sie genau!«, zischte sie am anderen Ende. »Was machen Sie da oben? Jetzt hören Sie mir mal zu, Kinsey. Hören Sie mir mal gut zu ...«

Ich wollte sie schon unterbrechen, doch sie hatte die Hand über die Sprechmuschel gelegt und sprach mit jemandem im Hintergrund. Wer war bei ihr? Ein Bulle? Erzählte sie ihm gerade, wo ich war?

Ich legte einfach auf.

Dwight musterte mich verdutzt. »Alles in Ordnung? Worum ging's eigentlich?«

»Ich muss nach San Luis Obispo«, antwortete ich vorsichtig. Das war natürlich eine Lüge, aber was anderes war mir nicht eingefallen. Ann hatte der Polizei meinen Aufenthaltsort verraten. In wenigen Minuten würde die Sackgasse von Polizisten wimmeln. Ich musste hier weg, und ich hielt es nicht für ratsam, ihm zu sagen, wohin ich wirklich wollte.

»San Luis?«, wiederholte er. »Wozu denn das?«

Ich ging zur Haustür. »Lassen Sie das meine Sorge sein. Ich bin bald zurück.«

»Brauchen Sie keinen Wagen?«

»Ich kriege schon einen.«

Ich machte die Tür hinter mir zu, nahm die Stufen der Treppe mit einem Satz und rannte.

25

Das Ocean Street Motel lag nur vier Blocks weit entfernt. Lange dürfte die Polizei also kaum brauchen. Ich blieb auf dem Gehsteig, bis ich das Motorengeräusch eines Wagens hörte, der mit Vollgas die Anhöhe heraufraste. Gerade als ein Streifenwagen in Sicht kam, rettete ich mich mit einem Satz in die Büsche. Mit blinkendem Blaulicht, aber ohne Sirene, hielt er vor Dwights Haus. Tolle Burschen, diese Bullen! Der Typ am Steuer des zweiten Streifenwagens war höchstens zweiundzwanzig. Ganz legal mit Höchstgeschwindigkeit durch Floral Beach rasen zu können, das war schon was. Für den Jungen war das sicher wie Weihnachten.

Die Lösung so vieler Probleme ergibt sich fast wie von selbst, wenn man erst weiß, wo man ansetzen muss. Das Gespräch mit Dwight hatte meine Gedanken in eine ganz neue Richtung gelenkt, und für die Fragen, die mich bislang so quälend beschäftigt hatten, boten sich plötzlich völlig logische Antworten an; das heißt, zumindest für einige dieser Fragen. Natürlich fehlten mir noch die Beweise, aber ich hatte doch immerhin eine Arbeitsgrundlage. Jean Timberlake war ermordet worden, um Dwight Shales zu schützen. Ori Fowler musste sterben, weil sie im Weg gewesen war. Und Shana? Auch das Motiv für diesen Mord glaubte ich zu verstehen. Man wollte Bailey alles in die Schuhe schieben, und er war wie ein Idiot in die Falle getappt. Hätte er

Grips genug gehabt, nicht zu türmen, sondern in Haft zu bleiben, hätte man ihn für nichts von alledem, was seither passiert war, verantwortlich machen können.

Ich näherte mich dem Motel von der Rückseite her über ein unbebautes Grundstück. Viele Fenster waren hell erleuchtet. Ich konnte mir den Aufruhr, den die Anwesenheit der Streifenwagen verursachte, nur allzu gut vorstellen. Und ich vermutete, dass auch hier draußen, wahrscheinlich unterhalb meines Zimmers, ein Polizist postiert war. Ich näherte mich der Hintertür. In der Küche brannte Licht, und ich sah, wie sich im rückwärtigen Bereich der Wohnung ein Schatten bewegte. Auf der Empfangstheke stand ein kleines Schwarzweiß-Fernsehgerät. Über den Bildschirm flimmerte eine Nachrichtensendung. Eine Aufzeichnung, offenbar vom Nachmittag, zeigte Quintana auf den Stufen zum Justizgebäude mit stummen Mundbewegungen. Dann wurde Bailey Fowler eingeblendet. Man führte ihn in Handschellen zu einem wartenden Wagen. Im nächsten Moment erschien wieder der Nachrichtensprecher mit der Wetterkarte. Ich drückte die Klinke der Küchentür herunter. Sie war verschlossen. Hier draußen mit dem Dietrich herumzufummeln, wagte ich nicht.

Dicht an die Außenmauern gepresst, schlich ich um das Gebäude herum und prüfte, ob eines der dunklen Fenster vielleicht geöffnet war. Stattdessen entdeckte ich eine Seitentür direkt gegenüber dem Treppenaufgang im Korridor. Der Knauf ließ sich spielend herumdrehen. Ich stieß die Tür vorsichtig auf und spähte hinein. Royce, in einem schäbigen Bademantel, schlurfte mit hängenden Schultern und gesenktem Blick den Gang entlang auf mich zu. Ich hörte sein leises Wimmern, das er mehrfach durch tiefe Seufzer unterbrach. Auf und ab gehend, versuchte er seinen Kummer wie ein Kind loszuwerden. Vor der Tür zu seinem Zimmer drehte er um und schlurfte zur Küche zurück. Hin und wieder murmelte er mit brüchiger Stimme Oris Namen. Glücklich der Ehegatte, der zuerst stirbt und nie erfährt, was es heißt zu überleben. Royce musste die Klinik gleich nach Reverend Haws'

Besuch verlassen haben. Oris Tod hatte wohl seinen Kampfeswillen gebrochen. Weshalb sollte er jetzt noch seinen Tod hinauszögern?

Der Lichtschein aus dem Wohnzimmer machte mir unangenehm bewusst, dass ich nicht allein war mit Royce. Ich hörte zwei Frauen im Esszimmer. Sie unterhielten sich leise. War Mrs. Emma noch bei Ann? Royce erreichte die Küche, wo er, wie ich ahnte, wieder umkehren würde.

Ich zog die Tür hinter mir zu, lief zur Treppe und rannte lautlos, zwei Stufen auf einmal nehmend, hinauf. Eigentlich hätte mir bereits ein ganzer Kronleuchter aufgehen müssen, als ich beobachtet hatte, dass sich Zimmer 20 mit dem Hauptschlüssel des Zimmermädchens nicht öffnen ließ. Es gehörte vermutlich zu den Fowlerschen Privaträumen und hatte ein anderes Schloss.

Im zweiten Stock war es dunkel; nur durch ein Fenster über dem Treppenabsatz fiel gedämpft ein gelbliches Licht. Ich hatte die Orientierung verloren. Irgendwie sah es hier nicht so aus, wie ich erwartet hatte. Links von mir ging ein kurzer Korridor ab, der vor einer Tür endete. Ich lief auf die Tür zu und horchte angestrengt. Absolute Stille. Ich drehte am Knauf und schob die Tür einen Spaltbreit auf. Kühle Luft wehte mir entgegen. Vor mir lag der Balkon, der an meinem Zimmer vorbeiführte. Ich sah sogar den Automaten und die Außentreppe. Zu meiner Linken lag das Zimmer 20 und daneben die Nummer 22, in der ich meine erste Nacht verbracht hatte. Ein Bulle war nirgends zu entdecken. Sollte ich es wagen, in mein Zimmer zu flüchten? Aber was war, wenn die Polizei mich da erwartete?

Ich griff um die Tür herum und probierte den Knauf. Verschlossen. Wenn ich durch diese Tür hinausging, konnte ich nicht mehr zurück. Also blieb ich, wo ich war, und zog die Tür lautlos wieder zu. Links von mir fand ich eine unverschlossene Tür. Ich schlich hinein und nahm meine Taschenlampe zur Hand. Wie die übrige Wohnung der Fowlers war auch dieser Büroraum ursprünglich ein ganz normales Motelzimmer gewesen.

Gläserne Schiebetüren führten auf den Balkon direkt über der Ocean Street. Die Vorhänge waren zurückgezogen, und ich erkannte im Halbdunkel einen Schreibtisch mit Drehstuhl, Bücherregale, eine Leselampe. Ich ließ den schmalen Lichtkegel meiner Taschenlampe weiter durchs Zimmer gleiten. In den Regalen standen Romane und College-Lehrbücher für Psychologie. Sie konnten nur Ann gehören.

Auf dem Schreibtisch stand ein Foto der jungen Ori. Sie war tatsächlich ein bildschönes Mädchen gewesen mit großen, strahlenden Augen. Ich durchsuchte die Schreibtischschubladen. Fehlanzeige. In der Schranknische hing Sommerkleidung. Auch das Badezimmer gab nichts her. Die Zwischentür, die diesen Raum mit der Nummer 20 verband, war verschlossen. Verschlossene Türen sind immer interessanter als andere. Diesmal zog ich meinen Satz Dietriche heraus und machte mich an die Arbeit. In Fernsehfilmen öffnen die Leute immer spielerisch leicht mit Dietrichen alle Türen. Im richtigen Leben ist das nicht ganz so. Da braucht man eine Engelsgeduld. Ich arbeitete im Dunkeln, die Taschenlampe zwischen den Zähnen. Manchmal war es eine Sache von Minuten, aber an jenem Abend dauerte es eine Ewigkeit. Ich schwitzte vor Anspannung, als die Tür endlich aufging.

Zimmer Nummer 20 war ein Duplikat des Raumes, den ich bewohnt hatte. Es war Anns Schlafzimmer, jenes, das Maxine nicht betreten durfte. Und ich begriff jetzt auch, weshalb das so war. Im Schrank, direkt vor mir, stand ein Ponsness-Warren-Gerät zum Nachladen von Schrotpatronen mit allen technischen Finessen und zwei Munitionskartons mit grobem Steinsalz. Ich schlich zum Schrank, kauerte nieder und inspizierte das Gerät genauer, das wie eine Kreuzung aus einem Vogelfutterautomaten und einer Cappuccinomaschine aussah und dazu dient, Patronen mit jedem beliebigen Inhalt zu füllen. Eine Patrone mit Salzkristallen, die aus nächster Nähe abgeschossen wird, richtet kaum großen Schaden an; sie verursacht nur teuflisch brennende und juckende Hautwunden. Tap hatte am eigenen Leib erfahren, wie wirkungslos grobes Steinsalz sein konnte, wenn man damit die Beamten des Sheriffs abschrecken wollte.

Ich hatte den absoluten Volltreffer gelandet. Auf dem Schrankboden neben dem Patronen-Ladegerät stand ein kleiner handlicher Kassettenrecorder mit eingelegter Kassette. Ich spulte das Band zurück, drückte die Taste »Play« und hörte plötzlich eine bekannte, schleppende und verzerrte Stimme wüste Drohungen aussprechen. Ich spulte erneut zurück und änderte die Laufgeschwindigkeit. Es war unverwechselbar Anns Stimme, die genüsslich drohend erklärte, was sie mit Axt und Säge vorhatte. Das Ganze klang lächerlich, aber es muss ihr einen Riesenspaß gemacht haben. »Ich kriege dich ...« Diesen Mist hatten wir als Kinder verzapft. »Ich schneide dir den Kopf ab ...« Ich lächelte grimmig in mich hinein, als ich an die Nacht dachte, in der ich einen solchen Anruf erhalten hatte. Damals hatte ich sogar die Tatsache, dass zwei Türen weiter noch jemand wach gelegen hatte, als ausgesprochen tröstlich empfunden. Der Lichtschein hatte zu jener nächtlichen Stunde so beruhigend ausgesehen. Dabei war Ann die ganze Zeit über hier in diesem Raum gewesen, hatte von Zimmer zu Zimmer telefoniert und den Psychoterror gegen mich inszeniert. Mittlerweile konnte ich mich kaum noch daran erinnern, wann ich zum letzten Mal eine Nacht durchgeschlafen hatte. Ich bestand nur noch aus Adrenalin und Nerven, und die Eigendynamik der Ereignisse riss mich mit. In der Nacht, als in mein Zimmer eingebrochen worden war, musste Ann die Tür mit dem Hauptschlüssel geöffnet und anschließend das Schloss der Schiebetür zerstört haben, um vorzutäuschen, dass der Einbrecher über den Balkon gekommen sei. Ich stand auf und durchsuchte das nächste Schrankfach. In einem Schuhkarton fand ich einen Fensterumschlag mit Kontoauszügen, an »Erica Dahl« adressiert. Gut hundert solcher Umschläge lagen fein säuberlich geordnet im Karton ... zusammen mit einer Sozialversicherungskarte, Führerschein und Pass, alle ausgestellt auf den Namen »Erica Dahl« und mit Ann Fowlers Foto. Die Depotauszüge der Bank wiesen ein IBM-Aktienpaket aus, das 1967 für 42 000 $ erworben worden war. In den vergangenen Jahren hatte sich der Wert der Investition mehr als verdoppelt. Ich stellte fest, dass »Erica Dahl« die Ertragszinsen gewissenhaft versteuert hatte. Ann Fowler war viel zu schlau, als dass sie riskiert hätte, eines Tages über das Finanzamt zu stolpern.

Ich ließ den Lichtkegel meiner Taschenlampe noch einmal in einer großen Acht durch den Raum und die Kochnische gleiten. Als der dünne Lichtstrahl über das Bettgestell glitt, sah ich aus den Augenwinkeln ein weißes Oval und richtete die Taschenlampe direkt auf die Stelle. Ann saß aufrecht im Bett und beobachtete mich. Ihr Gesicht war totenblass. Sie hatte die Augen weit aufgerissen und starrte mich mit einem so irrsinnigen, hasserfüllten Ausdruck an, dass ich unwillkürlich Gänsehaut bekam. Ich hatte das Gefühl, von einer eisigen Pfeilspitze getroffen worden zu sein, deren Kälte sich allmählich bis in meine Fingerspitzen ausbreitete. Auf dem Schoß hielt Ann eine doppelläufige Schrotflinte. Sie hob sie hoch und richtete die Mündung auf meine Brust. Mit grobem Steinsalz war das Ding vermutlich nicht geladen. Und die Geschichte mit der Spinne erschien mir hier auch kaum Erfolg versprechend.

»Haben Sie alles gefunden, was Sie brauchen?«, erkundigte sie sich.

Ich hob die Hände hoch, um zu zeigen, dass ich mich zu benehmen wusste. »Sie sind wirklich große Klasse. Fast wären Sie damit durchgekommen.«

Sie lächelte gequält. »Jetzt, da Sie von der Polizei gesucht werden, gehe ich kein Risiko mehr ein, was meinen Sie?«, räsonierte sie im Plauderton. »Ich brauche nur abzudrücken und auf Notwehr zu plädieren.«

»Und dann?«

»Na raten Sie mal.«

Ich hatte mir noch nicht die ganze Geschichte zusammengereimt, aber ich wusste genug, um zu improvisieren. In solchen Situationen unterhält man sich mit Mördern, weil man gegen jedes bessere Wissen hofft, erstens, sie von ihrer Tötungsabsicht abzubringen, zweitens, sie hinzuhalten, bis Hilfe kommt, oder drittens, einfach noch ein paar Augenblicke dieser kostbaren Existenz zu genießen, die wir Leben nennen und die zum größten Teil aus Atemübungen besteht.

»Tja«, begann ich in der Hoffnung, dass mir schon genug einfallen würde. »Ich schätze, wenn Ihr Vater stirbt, verhökern Sie das Motel, nehmen den Erlös, packen ihn zu den Einkünften aus den 42 000 Piepen, die Sie gestohlen haben, und reisen der Sonne entgegen. Und zwar möglicherweise in Begleitung von Dwight Shales, so denken Sie sich das doch.«

»Und warum nicht?«

»Tja, warum nicht? Der Plan klingt gut. Weiß er schon davon?«

»Er wird's erfahren«, entgegnete sie.

»Wieso glauben Sie eigentlich, dass er sich darauf einlässt?«

»Warum sollte er nicht? Er ist jetzt ein freier Mann. Und auch ich werde frei sein, sobald Pop tot ist.«

»Und Sie meinen wirklich, dass das allein für eine Beziehung reicht?«, fragte ich erstaunt.

»Was wissen Sie denn schon über *Beziehungen*?«

»He, ich war zweimal verheiratet. Was Sie von sich kaum behaupten können.«

»Sie sind zweimal geschieden. So gut scheinen Sie also wohl doch nicht Bescheid zu wissen.«

Ich zuckte mit den Schultern.

»Ich wette, dass es Jean verdammt Leid getan hat, sich Ihnen anvertraut zu haben.«

»Sehr Leid. Zum Schluss hat sie mir noch einen hübschen Kampf geliefert.«

»Aber Sie haben gewonnen.«

»Ich musste gewinnen. Ich konnte nicht zulassen, dass sie Dwights Leben ruiniert.«

»Immer vorausgesetzt, es war seins.«

»Das Kind? Natürlich war's seins.«

»Na, großartig. Dann ist ja alles klar. Das rechtfertigt natürlich alles«, bemerkte ich. »Weiß er eigentlich, wie viel Sie für ihn getan haben?«

»Das bleibt unser kleines Geheimnis, Kinsey.«

»Woher wussten Sie, wo Shana am Mittwochabend sein würde?«

»Ganz einfach. Ich bin ihr gefolgt.«

»Aber warum haben Sie die Frau umgebracht?«

»Aus demselben Grund, aus dem ich auch Sie umbringen werde. Weil sie mit Dwight geschlafen hat.«

»Sie war dort oben, um sich mit Joe Dunne zu treffen«, erklärte ich. »Keine von uns beiden hat mit Dwight geschlafen.«

»Quatsch!«

»Das ist kein Quatsch. Er ist zwar ein netter Kerl, aber nicht mein Typ. Und er hat mir selbst gesagt, dass er zu Shana ein freundschaftliches Verhältnis hatte. Rein platonisch. Die beiden haben nicht ein einziges Mal miteinander gefickt!«

»Sie lügen! Glauben Sie, ich weiß nicht, was los ist? Sie kommen hier in die Stadt, machen sich an ihn ran, lassen sich mit seinem Wagen rumchauffieren, essen mit ihm zu Abend ...«

»Ann, wir haben uns unterhalten. Mehr nicht.«

»Mir stellt sich niemand in den Weg, Kinsey. Nicht nach allem, was ich durchgemacht habe. Ich habe viel zu hart gearbeitet, zu lange gewartet. Ich habe mein ganzes Leben als erwachsene Frau geopfert, und Sie werden mir jetzt nicht alles verderben, nachdem ich schon fast frei bin!«

»Hören Sie, Ann ... Sie sind komplett verrückt. Nehmen Sie's mir nicht übel, aber Sie ticken doch nicht richtig. Sie haben ein Rad ab.« Ich redete nur Unsinn, während ich angestrengt überlegte, wie ich an meine Waffe rankommen konnte. Die Davis steckte noch immer im Halfter unterhalb meiner linken Brust. Ich wollte nur eines: ziehen, zielen und ihr ein Loch zwischen die Augen schießen. Aber bis ich die Davis unter dem Pullover vorgefummelt, auf Ann gerichtet und abgedrückt hätte, hätte sie mir mit dem Schrotgewehr längst das Gesicht weggeblasen. Und wie sollte ich an ihre Waffe kommen? Einen Herzanfall vortäuschen? Darauf fiel sie wohl kaum herein. Meine Augen hatten sich inzwischen an die Dunkelheit gewöhnt, und da ich sie genau sah, nahm ich an, dass es ihr umgekehrt ebenso ging.

»Haben Sie was dagegen, wenn ich meine Taschenlampe ausmache? Ich möchte die Batterie nicht unnötig vergeuden«, sagte ich. Der Schein der Lampe zeigte zur Decke, und meine Arme wurden müde. Ihre vermutlich auch. Ein Schrotgewehr wiegt einiges und ist nicht leicht ruhig zu halten ... auch dann nicht, wenn man regelmäßig mit Hanteln trainiert.

»Bleiben Sie, wo Sie sind. Keine Bewegung.«

»Wow, genau das hat Elva auch gesagt.«

Ann knipste die Nachttischlampe an. Im Licht sah sie noch schlimmer aus. Sie hatte gemeine Züge. Mit dem fliehenden Kinn sah sie aus wie eine Ratte. Das Schrotgewehr in ihrer Hand war ein Zwölfkaliber, und sie schien genau Bescheid zu wissen, was man damit anrichten konnte.

Fast unbewusst registrierte ich ein schlurfendes Geräusch im Korridor. Royce. Wann war er heraufgekommen? »Ann? Annie, ich habe Fotos von deiner Mutter gefunden, die dir sicher gefallen. Kann ich reinkommen?«

Ihr Blick schoss zur Tür. »Ich komme gleich runter, Pop. Dann sehen wir sie uns an!«

Zu spät. Er hatte die Tür schon aufgestoßen. Royce hatte ein Fotoalbum unter dem Arm, und man sah ihm die Arglosigkeit an. Seine Augen waren sehr blau, die Wimpern spärlich und noch nass von den Tränen, die Nase war gerötet. Verschwunden waren die Schroffheit, die Arroganz und sein herrisches Wesen. Seine Krankheit hatte ihn gebrechlich und verwundbar gemacht, und Oris Tod hatte ihm wohl den Rest gegeben. Trotzdem war er hier heraufgekommen, ein alter Mann voller Hoffnungen. »Mrs.

Maude und Mrs. Emma warten darauf, dass du ihnen gute Nacht sagst.«

»Ich bin noch beschäftigt. Kannst du das für mich erledigen?«

Dann erblickte Royce mich. Es musste ihm komisch vorkommen, dass ich die Hände in die Luft hielt. Dann nahm er das Schrotgewehr wahr, das Ann in Schulterhöhe hielt. Ich dachte, er würde sich jeden Moment umdrehen und wieder hinausschlurfen. Doch er zögerte unsicher.

»Hallo, Royce«, begrüßte ich ihn. »Zweimal dürfen Sie raten, wer Jean Timberlake umgebracht hat.«

Er sah mich an und wandte dann den Blick ab. »Hm.« Seine Augen suchten Ann, als erwarte er jeden Moment, dass sie diese Beschuldigung weit von sich weisen würde. Ann stand auf und griff nach dem Türknauf hinter seinem Rücken.

»Geh wieder runter, Pop. Ich habe noch was zu erledigen. Dann komme ich.«

Er schien verwirrt zu sein. »Du tust ihr doch nicht weh?«

»Nein, natürlich nicht«, wehrte sie ab.

»Sie will mir damit nur den Hintern polieren!«, bemerkte ich.

Er blickte wieder fragend zu Ann hin.

»Was glauben Sie, hat sie mit der Flinte vor? Sie erschießt mich und behauptet dann, es wäre Notwehr gewesen. Das hat sie mir gesagt.«

»Pop, ich habe sie dabei erwischt, wie sie meinen Schrank durchsucht hat. Die Polizei ist hinter ihr her. Sie steckt mit Bailey unter einer Decke. Sie will ihm zur Flucht verhelfen.«

»Reden Sie kein Blech. Weshalb sollte ich das wohl tun?«

»Bailey?«, wiederholte Royce. Und zum ersten Mal war ein Aufleuchten von Verständnis in seinen Augen.

»Royce, ich habe Beweise für seine Unschuld. Ann hat Jean umgebracht ...«

»Sie lügen!«, fuhr Ann dazwischen. »Ihr beide wollt Pop ausnehmen wie eine Weihnachtsgans!«

Es war nicht zu fassen. Ann und ich zankten uns wie Kinder,

jede versuchte, Royce auf ihre Seite zu ziehen. »Du warst's.« »Nein, du.« – »Nein, du.«

Royce legte einen zitternden Finger an die Lippen. »Wenn sie Beweise hat, dann sollten wir uns anhören, was sie zu sagen hat«, sagte er beinahe wie zu sich selbst. »Meinst du nicht, Annie? Wenn sie beweisen kann, dass Bailey unschuldig ist?«

Ich sah, wie allein Baileys Name Ann in rasende Wut versetzte. Ich hatte Angst, sie würde schießen und sich mit ihrem Vater später auseinander setzen. Er schien denselben Gedanken zu haben. Er streckte die Hand nach der Flinte aus. »Gib sie mir, Kleines.«

Sie fuhr abrupt zurück. »FASS MICH NICHT AN!«

Ich spürte, wie mein Herz klopfte, rasend vor Angst, er könne aufgeben. Doch Royce schien nur neue Kräfte zu sammeln.

»Was hast du vor, Ann? Das darfst du nicht tun.«

»Los, verschwinde! Geh runter!«

»Ich will hören, was Kinsey zu sagen hat.«

»Tu, was ich dir sage, und verschwinde!«

Er packte mit einer Hand den Lauf des Schrotgewehrs. »Gib es mir, bevor du damit Unheil anrichtest.«

»Nein!« Ann riss die Flinte an sich.

Royce schoss vorwärts und griff nach der Waffe. Die beiden kämpften um die Flinte. Ich starrte wie gelähmt auf die große, schwarze 8, die die beiden Mündungsöffnungen der Doppellaufflinte formten und die mal auf mich, dann zum Boden, zur Decke oder einfach nur wahllos in irgendeine Richtung zeigte. Royce hätte eigentlich der Stärkere sein müssen, aber er war durch seine Krankheit stark geschwächt, und Anns blinde Wut verlieh ihr ungeahnte Kräfte. Royce packte die Waffe beim Schaft und riss daran.

Mündungsfeuer blitzte auf, und der Schuss füllte den Raum mit Pulvergestank. Die Schrotflinte fiel zu Boden, als Ann gellend aufschrie.

Sie starrte fassungslos an sich herab. Die Schrotladung hatte ihr fast den ganzen rechten Fuß weggerissen. Es war nur noch ein

Stumpf aus rohem Fleisch übrig. Ich fühlte, wie es mir heiß wurde, und wandte mich entsetzt ab.

Der Schmerz muss schrecklich gewesen sein. Blut schoss pulsierend aus der Wunde. Ihr Gesicht hatte jede Farbe verloren. Sie sank sprachlos zu Boden, umfasste ihr Bein und schaukelte mit dem Oberkörper vor und zurück, während ihre Schreie in leises, durchdringendes Jammern übergingen.

Royce zuckte vor ihr zurück. »Entschuldige«, brachte er kaum hörbar heraus. »Das wollte ich nicht. Ich wollte nur helfen.«

Ich hörte Schritte auf der Treppe. Bert, Mrs. Maude und ein junger Polizist, den ich noch nie gesehen hatte. Wieder ein halbes Kind.

»Rufen Sie einen Krankenwagen!«, schrie ich. Ich riss ein Kissen vom Bett und presste es gegen Anns blutigen Stumpf, um zu verhindern, dass das Blut überallhin spritzte. Der Polizist fummelte an seinem Sprechfunkgerät herum, während Mrs. Maude sinnlos vor sich hinbrabbelte und die Hände rang. Mrs. Emma war hinter ihr ins Zimmer gekommen und begann zu schreien, als sie sah, was passiert war. Maxine und Bert klammerten sich bleich aneinander. Endlich schob der Polizist alle in den Korridor und schloss die Tür. Selbst noch durch die Wand konnte ich Mrs. Emmas schrille Schreie hören.

Ann lag mittlerweile auf dem Rücken, einen Arm über das Gesicht gepresst. Royce hielt ihr die rechte Hand und wackelte mit dem Oberkörper vor und zurück. Sie weinte wie eine Fünfjährige. »Du bist nie für mich da gewesen ... nie für mich da gewesen ...«

Ich dachte an meinen Vater. Als er starb, war ich fünf. Ein Bild tauchte vor mir auf, eine Erinnerung, die ich jahrelang verdrängt hatte. Im Auto, kurz nach dem Unfall, als ich auf dem Rücksitz eingeklemmt saß und auf das endlose Weinen meiner Mutter hörte, hatte ich mit der Hand nach dem Vordersitz getastet und die kraftlose Hand meines Vaters gefunden. Ich hatte meine Finger in seine Finger verschränkt, nicht wissend, dass er bereits tot war, sondern in dem Glauben, alles würde gut werden, solange ich ihn nur hatte. Wann war mir eigentlich klar geworden, dass er für immer gegangen war? Wann hatte Ann begriffen, dass Royce nicht für sie da war? Und was war mit Jean Timberlake? Keine von uns hatte die Wunden verkraftet, die uns unsere Väter viele Jahre zuvor zugefügt hatten. Hatten sie uns geliebt? Wie sollen wir das je erfahren? Er war nicht mehr da, und er würde nie wieder das für uns sein, was er für uns in all seiner gespenstisch quälenden Vollkommenheit gewesen war.

Epilog

Das Verfahren gegen Bailey Fowler wurde eingestellt. Ann wurde des Mordes an Ori Fowler und Shana Timberlake angeklagt. Den Mord an Jean Timberlake wird die Staatsanwaltschaft ihr vermutlich nie nachweisen können.

Zwei Wochen waren inzwischen vergangen. Ich bin wieder in meinem Büro in Santa Teresa und habe meine Abrechnung gemacht. Für Arbeitsstunden, Kilometergeld und Essensspesen stelle ich Royce Fowler 1.832 $ in Rechnung, die ich von den 2.000 $ Vorschuss abziehe. Wir haben am Telefon darüber gesprochen, und er hat mich gebeten, den Differenzbetrag zu behalten. Er klammert sich noch immer mit der ihm eigenen Zähigkeit ans Leben; wenigstens ist Bailey nun in seinen letzten Wochen bei ihm.

Ich habe festgestellt, dass ich Henry Pitts plötzlich mit ganz anderen Augen sehe. Er ist vielleicht der einzige Ersatzvater, den ich je haben werde. Anstatt ihm mit Misstrauen zu begegnen, will ich die Zeit genießen, die wir noch zusammen sind, was immer das heißen mag. Er ist erst zweiundachtzig, und ich lebe, weiß Gott, wesentlich gefährlicher als er.

Bis demnächst,
Ihre Kinsey Millhone